Mord im Wasser

A. Collin

JAVY«

Mord im Wasser
Der zweite Fall für den Maler
Kriminalroman

info@javy-verlag.de

Coverillustration: ac-agentur unter
Bildverwendung von pixabay.com
Lektorat, Satz, Umschlaggestaltung: JAVY Verlag

Druck: Caho Druckereibetriebsges. mbH
www.caho.de

ISBN: 978-3-948820-02-2

JAVY«

DAS BUCH

Schwimm um dein Leben, solange du noch kannst!
Es ist eine Urangst vor dem Unbekannten und
wehe, wenn sich unsere Befürchtungen bestätigen!
Wenn Wasser zur tödlichen Gefahr wird,
gibt es kein Entrinnen mehr.
Immer wieder passieren mysteriöse Badeunfälle.
Sehr gute Schwimmer ertrinken aus unbekannter Ursache.
Wer hat nachgeholfen und warum?
Gibt es eine mörderische Serie?
Es herrscht Panik unter den Badegästen und Urlaubern.
Deshalb wird es ein Fall für den erfolgreichen
Privatermittler und Maler Niklas Lux.
Als ehemaliger Kriminalkommissar genießt Niklas Lux
höchstes Vertrauen, als Künstler hat er die Kreativität und mit
seiner Zwillingsschwester Frieda beim BKA eine einflussreiche
Unterstützung. Er erzielt mit seinen außergewöhnlichen Bildern
auf Auktionen hohe Preise. Aber nur engste Vertraute wissen:
Hinter jedem Bild steckt ein gelöster Fall. Ein aufgeklärtes
Verbrechen, an dem vorher jeder andere Ermittler scheiterte,
außer der Maler!
Jedes Buch ist immer ein in sich abgeschlossener
Kriminalroman und kann einzeln und unabhängig
gelesen werden.

INHALT

DANKE

3

MORD IM WASSER

319

AUSBLICKE

322

IMPRESSUM

DANKE

DANKE

Zeit ist etwas sehr Kostbares.
Dass Sie mir ein wenig von Ihrer Zeit abgeben und meine Bücher lesen oder sich für diese interessieren, dafür bedanke ich mich ganz herzlich.

Was wäre ich ohne Sie, liebe Leserinnen und Leser, ohne Ihren großartigen Zuspruch oder Ihre wohlwollende Kritik. Ich möchte Ihnen auch weiterhin emotionale, kurzweilige und vor allem spannende Leseerlebnisse bieten.

Damit dies gelingt, benötige ich als Autorin die Unterstützung meiner Familie, meiner Freunde und natürlich aller, die an einem Buchprojekt professionell mitarbeiten. Ohne diese ganz unterschiedlichen Menschen, deren Liebe und persönlicher Einsatz, wäre der bisherige Erfolg nicht möglich gewesen. Dafür ganz lieben Dank an alle Beteiligten. Ihr wisst selbst am besten, wer gemeint ist.

Mein Ziel ist es, Sie, liebes Lesepublikum, auch in Zukunft mit jeder neuen Buchidee noch besser zu unterhalten. Begleiten Sie mich gern dabei und genießen Sie die Zeit!
Viel Freude beim Lesen wünscht,

Ihre/Eure A. Collin

JAVY«

1. Kapitel

»Warum hast du dieses Boot für uns gemietet, wenn sowieso alles aus ist, Michael?« , fragte Sandra Hoffmann mit tränenerstickter Stimme. Ihr Ehemann Michael schaute verlegen auf die Schiffsplanken des Vorderdecks. »Es tut mir leid. Ich dachte, wir könnten hier in Ruhe über alles reden. Schließlich geht es um die Kinder.«

»Um die Kinder?!« , kreischte seine Frau hysterisch. »Nein, Michael, dir geht es nicht um die Kinder. Dir geht es, wie schon immer, nur um dich!«

»Das stimmt doch gar nicht« , vorsichtig versuchte Michael Hoffmann abzuwiegeln.

Ein hilfloser Versuch, denn seine Frau war nicht zu bremsen. Nach einem langen Redeschwall von Vorhaltungen drohte sie ihm, sich zu rächen. Ihr Mann legte nun seinerseits los und sparte dabei nicht mit Anschuldigungen. Der lautstark entbrannte Streit der Eheleute war über die ganze Bucht des Sees zu hören. Schließlich verließ Sandra Hoffmann wütend das Kajütboot, um sich auf dem nahen Campingplatz Zigaretten vom

Automaten zu holen, wie sie sagte.

Michael setzte sich auf einen der Campingstühle auf dem Vorderdeck und goss sich ein kühles Bier zur Beruhigung ein. Neuerdings raucht Sandra wieder, stellte er verwundert fest. Das hatte sie seit der ersten Schwangerschaft nicht mehr getan und die war immerhin schon neunzehn Jahre her. Ihr Erstgeborener, Vincent, war inzwischen 18, die Tochter Marie 14 Jahre alt. Wehmütig dachte er an seine Kinder, die schon jetzt sehr unter der angespannten Familiensituation litten. Es waren liebe und fleißige Kinder. Sandra hatte ganze Arbeit bei der Erziehung geleistet, da konnte er ihr wirklich keinen Vorwurf machen. Aber ihre eheliche Beziehung war auf der Strecke geblieben. Sandra hatte ihm gerade eben wieder vorgeworfen, dass sie sich aufgeopfert habe, während er die Karriereleiter als Architekt hinaufkletterte. Michael hatte energisch widersprochen. Er fand, dass er Sandra so oft ermutigt hatte, doch wieder als Bauzeichnerin zu arbeiten, wenigstens stundenweise. Aber Sandra scheute davor zurück, von vorn anfangen zu müssen. Sie traute sich nicht. Wenn ihr Mann ehrlich war, musste er aber zugeben, dass es inzwischen, mit Mitte vierzig, für Sandra tatsächlich schwer werden würde, in der Baubranche neu durchzustarten.

Doch auf die gesunkenen Karrierechancen von Sandra konnte er leider keine Rücksicht nehmen. Er würde sich scheiden lassen, ob es ihr passte oder nicht. Sein Entschluss stand fest. Das hatte er seiner Frau so schonend wie möglich versucht beizubringen. Michael Hoffmann war nie ein Mann von Kompromissen gewesen. Nach einem Jahr heimlicher Beziehung zu seiner Geliebten, einer jungen Bauingenieurin, wollte er endlich Nägel mit Köpfen machen. Sandra war wie vor den Kopf gestoßen, als er ihr seine Entscheidung mitgeteilt hatte. Sie hatte die ganze Zeit einfach nichts bemerkt. Das war für ihn wie eine stille Bestätigung, dass sie wenig Interesse an seinem Leben hatte. Hauptsache, es war genug Geld im Haus, um alle Wünsche zu erfüllen. Etwas anderes schien seiner Frau, zumindest in den letzten Jahren, nicht mehr wichtig gewesen zu sein. Sandra war zutiefst getroffen von seinen Vorwürfen und widersprach unter Tränen. Im Nachhinein tat es ihm schon wieder leid, was er gesagt hatte. Sandra verteidigte sich die ganze Zeit vehement. Sie sagte, sie habe stets geglaubt, ihr Mann liebe es, sie zu verwöhnen. Schließlich ergab ein Wort das andere und ehe er mit seiner Frau wegen der gemeinsamen Kinder sprechen konnte, war Sandra einfach losgelaufen.

Michael goss sich das nächste Bier ein. Er war hin und hergerissen mit seinen Gefühlen. Es tat ihm schon weh, Sandra so verzweifelt zu sehen, schließlich hatte er sie früher wirklich geliebt. Und es stimmte, was sie sagte, er hatte sie auch gern verwöhnt. Doch nun, so fand er, stellte Sandra unverschämte finanzielle Forderungen für den Fall einer Trennung. Diese wollte und konnte er ihr nicht erfüllen. Seine neue Partnerin war erst Anfang dreißig und wünschte sich in naher Zukunft eigene Kinder. Er wollte gern für Vincent und Marie sorgen. Aber Sandra könnte, seiner Meinung nach, selbst etwas tun. Er verlangte, dass sie es wenigstens mit einem Job versuchen sollte. Die Kinder waren inzwischen Jugendliche, Vincent war sogar schon volljährig. Ein Hotel Mama mit 24 Stunden Betreuung fand er wirklich nicht mehr erforderlich. Seine Frau Sandra hatte genug Zeit, etwas Geld zu verdienen. Sonst musste sie eben ihre Reitstunden oder ihre wöchentlichen Kosmetik- und Friseurbesuche etwas einschränken. Oder die teure Mitgliedschaft im Golfklub kündigen. Es gab, wie er feststellte, für seine Frau genug Einsparungspotential.

Er selbst hatte, bei seiner vielen Arbeit, kaum Zeit für persönlichen Luxus. Die Baubranche boomte gerade wie verrückt. In Zukunft konnte er gern auf das Golfspielen verzichten. Dann würde ihm Sandra wenigstens nicht über den Weg laufen.

Michael Hoffmann hatte inzwischen bereits drei Flaschen Bier getrunken, während er weiter auf seine Frau wartete und über seine gescheiterte Ehe grübelte. Wo blieb Sandra überhaupt, dachte er verärgert. Schließlich wollte er noch angeln und das teure Chartermotorboot am Abend nicht unbeaufsichtigt vor Anker lassen, ohne abzuschließen. Sandra hatte keinen Schlüssel mitgenommen. Angeblich wollte sie ja nur kurz weg, Zigaretten kaufen. Er stand auf und schaute hinüber zum Steg. Von Sandra keine Spur. Aus der Ferne hörte er Stimmen und Gelächter. Dieser Sommer war einfach mörderisch heiß! Alle saßen draußen bis spät in die Nacht. Inzwischen war es fast dunkel und Sandra schon über eine Stunde unterwegs. Michael hatte wirklich keine Lust mehr, länger auf seine Frau zu warten. Er wollte auch etwas von dem Abend haben und endlich zum Angeln aufbrechen.

Der idyllische Liegeplatz der Charteryacht befand sich zum Glück etwas weiter entfernt von dem lauten Treiben des ausgebuchten Campingplatzes. Der See war heute ganz ruhig und sowieso nicht besonders tief. Michael entschloss sich deshalb, auf den Angelkahn zu verzichten. Er wollte lieber seine Angelhose anziehen und vom Ufer aus ins Wasser hineinlaufen, um Fische zu fangen. Auf diese Weise konnte er sich bis fast unter die Achseln in das im Dunkeln tiefschwarze Gewässer wagen, ohne nass zu werden. Er blieb so außerdem in der Nähe der Charteryacht und musste die Schotten nicht dicht machen.

Es war herrlich. Nach dem brennend heißen Tag genoss er die sich langsam abkühlende Abendluft. Er warf die Angel aus. Die ersten zehn Minuten passierte nichts. Dann gab es plötzlich einen Ruck und die Angelpose begann zu wandern. Als erfahrener Angler spürte er den Druck und gab mit der Schnur etwas nach. Das musste ein kapitaler Fisch sein! Michael wollte nicht, dass seine Angel reißt und ging langsam hinterher. Schwerfällig watete er mit seinen Stiefeln und der sich daran befindlichen Gummihose über den modrigen Boden. Er spürte Widerstand. Auf einmal riss es ihn von den Beinen und eine unsichtbare Kraft zog ihn hinunter auf den Grund. Die Angelhose füllte sich sofort mit Wasser. Obwohl der See an dieser Stelle nicht tief war, schaffte er es einfach nicht, an die Oberfläche zurückzukommen. Irgendetwas lähmte ihn. Er bekam schreckliche Angst. Aber er wollte kämpfen, sich wehren. Das hatte es immer getan, sein Leben lang schon. Aufgeben kam für ihn nicht in Frage. Er duldete keine Schwäche. Weder bei sich selbst, noch bei anderen. Doch diesen Kampf konnte er nicht gewinnen. Er kam sich leblos vor, so ohne Gefühl in den Armen und Beinen. Seine zunehmende Wehrlosigkeit machte ihn panisch. Im Todeskampf schrie er nach seinen Kindern und er spürte, wie das Wasser seinen Körper jetzt endgültig eroberte. Ausgerechnet das Wasser, das er so liebte. Warum quälte es ihn jetzt so? Das Letzte, was Michael wahrnahm, war eine tiefe Verwunderung und Ungläubigkeit über das, was gerade mit ihm geschah.

2. Kapitel

Sandra Hoffmann war nach dem Streit mit ihrem Mann weinend weggelaufen. Das mit den Zigaretten war nur ein Vorwand gewesen, sie hatte noch eine ganze Schachtel in der Tasche. Sie fand, Michael hatte, außer ihr Vorwürfe zu machen, nicht viel gesagt. Wie meistens eigentlich. Woher sollte sie wissen, wann sie sich falsch verhalten hatte? Sie wollte doch immer alles richtig machen, vor allem mit den Kindern. Sandra schluchzte laut auf, während sie ziellos über den Campingplatz irrte. Sie schaute dabei nach unten auf den ausgetrockneten Boden, dessen letzte Grashalme der erbarmungslosen Hitze zum Opfer gefallen waren. Plötzlich erhielt sie einen Stoß in die Seite. Sie war mit einem Mann, der ein großes Badetuch über den Kopf gehängt hatte, zusammengestoßen.

»Oh, Verzeihung. Ich habe nur nach unten geschaut« , sagte Sandra.

Der Mann lachte und erwiderte mit angenehm warmer Stimme: »Na, da bin ich mit meiner Sichtbehinderung nicht ganz schuldlos. Ich wollte gerade zum Duschen. Und Sie? Ganz allein unterwegs?«

»Ja« , antwortete Sandra leise. Sie konnte ihre Tränen nicht zurückhalten. Plötzlich brach es aus ihr heraus. Sie schluchzte und erzählte dem wildfremden Camper, dass sich ihr Mann scheiden lassen wollte. Im gleichen Augenblick war es ihr schrecklich peinlich und sie entschuldigte sich.

»Sie müssen sich nicht entschuldigen. Sie sollten heute nicht allein bleiben. Schauen Sie, dort an der Feuerstelle haben sich schon einige Urlauber versammelt. Bei der Hitze kann sowieso niemand schlafen. Setzen Sie sich dazu, ich komme später vielleicht auch. Feuer dürfen wir wegen der Waldbrandgefahr keines machen, aber heiße Stimmung und kühle Getränke sind erlaubt.« Der Mann lachte.

Sandra zögerte erst, aber dann fand sie das Angebot doch verlockend. Die Stimme des Fremden hatte es ihr angetan. Sein Gesicht konnte sie im Dunklen unter dem Handtuch nur schemenhaft erkennen. Später würde er ja bestimmt ohne Kopfbedeckung kommen, hoffte sie.

Sandra beschloss, seinen Vorschlag anzunehmen und sich der Gruppe wildfremder, aber fröhlich feiernder Urlauber anzuschließen. Sie hatte keine Lust mehr, das Streitgespräch mit ihrem Mann fortzusetzen. Die Gruppe nahm sie sofort freundlich in Empfang, ohne viel zu fragen. Nach und nach taute Sandra auf und die Ablenkung tat ihr gut. Der charmante Fremde ließ sich, zu ihrer Verwunderung, allerdings nicht mehr sehen.

Es war schon ziemlich spät, als Sandra zum Boot zurückkam. Sie hatte nicht einmal mehr auf die Uhr geschaut, sondern sich gleich in der kleineren Kajüte am Bug der Charteryacht schlafen gelegt. Auf keinen Fall wollte sie mit ihrem treulosen Gatten die Nacht gemeinsam verbringen. Da nahm sie lieber die Enge der Bugkabine in Kauf, statt mit ihm das Doppelbett im Heck zu teilen. In ihrem Kopf dröhnten die Nachwirkungen von mindestens eineinhalb Flaschen Wein. Ihr Bett schaukelte, obwohl der See ganz ruhig war. Sandra weinte. Wie konnte es nur soweit kommen? Warum hatte sie nichts gemerkt, sie blöde Kuh. Schließlich schlief sie über ihrer Verzweiflung ein.

Am nächsten Morgen hörte sie laute Stimmen, viele Stimmen und bald darauf klopfte es energisch an die Bootsluke.

»Aufmachen, Polizei!«

Sandra kroch völlig verkatert aus ihrer Koje und blinzelte in die Morgensonne. »Was ist denn los? Michael, komm doch mal!«

»Frau Hoffmann? Frau Sandra Hoffmann?« , fragte der Polizist.

»Ja, Guten Morgen! Was wollen Sie? Ist etwas passiert?«

»Bitte kommen Sie an Land, auf den Steg. Dort wartet bereits meine Kollegin.«

Sandra wusste nicht wie ihr geschah und kletterte aus dem Boot. Am Ufer sah sie einige weiß gekleidete Menschen hinter einer Absperrwand geschäftig hin und herlaufen. Sie hatte keine Erklärung für das alles. Wo war bloß ihr Mann? Nie war er da, wenn man ihn brauchte. Nicht einmal im Urlaub!

Sie schlüpfte in ihren Bademantel, der draußen am Boot über der Leine hing, und folgte dem Polizisten. In ein paar Metern Abstand hatte sich eine riesige Menschentraube gebildet. Der halbe Campingplatz schien versammelt zu sein. Die Kollegin des Polizisten begrüßte Sandra Hoffmann mit leiser Stimme und überbrachte ihr die traurige Nachricht, wie sie es nannte. Von da ab verlief für die völlig geschockte Ehefrau des

Toten alles wie in der Trance. Die Identifizierung von Michael Hoffmann, die Befragungen und damit verbundenen Verdächtigungen – all das ließ Sandra stillschweigend über sich ergehen. Nach und nach begriff sie, was passiert war:

Ihr lebloser Mann war vom Bootsnachbarn, als dieser morgens mit dem Angelkahn unterwegs war, auf dem Seegrund entdeckt worden. Das Wasser war sehr klar und an dieser Stelle höchstens zwei Meter tief. Deshalb war dem Angler der menschliche Körper gleich aufgefallen. Doch alle Rettungsversuche waren leider vergeblich gewesen. Michael Hoffmann war tot und man konnte deutlich sehen, dass er schon ein paar Stunden unter Wasser gelegen hatte. Der Bootsnachbar hatte sofort die Polizei gerufen und auch an die Charteryacht der Hoffmanns geklopft. Doch niemand hörte ihn. Sandra hatte noch ihren Rausch ausgeschlafen und deshalb nicht mitbekommen, dass die polizeilichen Ermittlungen bereits im vollen Gange waren.

Nach ersten Befragungen der anderen Bootsbesitzer und Freizeitkapitäne ergab sich ein einhelliges Bild darüber, dass sich die Eheleute Hoffmann am frühen

Abend lautstark gestritten hatten.

Wie und wann Herr Hoffmann in dem flachen Wasser zu Tode gekommen war, musste erst eine Obduktion klären. Sandra Hoffmann beteuerte gegenüber den Beamten, ihren Mann bei bester Gesundheit verlassen zu haben. Sie habe zahlreiche Zeugen auf dem Campingplatz, wo sie lange mitgefeiert hatte, um sich nach dem Streit abzulenken. Wann sie zurückgekommen sei, wisse sie nicht und nach ihrem Mann habe sie nicht geschaut. Sie habe gedacht, dass er schon schlafen gegangen sei. Ob die Angelsachen fehlten, habe sie nicht bemerkt. Sie sei ziemlich betrunken gewesen und froh darüber, endlich in ihre Koje zu kommen.

Im Laufe der weiteren Befragungen durch die Polizeibeamten stellte sich aber heraus, dass Sandra Hoffmann die fröhliche Runde zechender Urlauber zwischendurch für eine Stunde verlassen hatte. Es war genau nach Einbruch der Dunkelheit gewesen und somit ziemlich genau zum errechneten Todeszeitpunkt von Michael Hoffmann. Die Ehefrau beteuerte jedoch weiterhin ihre Unschuld. Ja, sie habe sich von der Gruppe entfernt, gab sie zu. Sie wollte allein sein und wäre etwas abseits vom Campingplatz mit einer Flasche Wein durch die Gartenkolonie gelaufen. Sie habe nachdenken wollen, wie es weitergehen sollte und wie sie ihren Mann zurückgewinnen könnte. Und ja, sie habe kurz mit dem Gedanken gespielt, zum Boot zurückzukehren. Aber sie hatte es nicht getan, sondern nach ihrem Spaziergang mit den anderen weitergetrunken bis nach Mitternacht. Nachdem diese Fakten der polizeilichen Ermittlungen schwarz auf weiß auf dem Tisch lagen, konnte es auch die Anwältin von Sandra Hoffmann nicht bestreiten: Für den Todeszeitpunkt ihres Mannes hatte die Ehefrau kein Alibi. Niemand hatte sie bei ihrem Spaziergang gesehen. Ihr Mann verstarb laut Obduktionsbericht gegen 23.00 Uhr. Er war ertrunken und die Gründe dafür, konnten bisher nicht abschließend geklärt werden. Natürliche Ursachen, die eine plötzliche Bewusstlosigkeit hervorgerufen haben konnten, schlossen der Gerichtsmediziner aus. Die umfangreichen Gewebeuntersuchungen brachten bisher kein verwertbares Ergebnis.

Sandra Hoffmann konnte es nicht fassen, sie stand plötzlich unter dringendem Tatverdacht. Erst recht nachdem die neue Freundin ihres Mannes der Polizei von der geplanten Scheidung berichtete. Nun wurde

Sandra endgültig zur Hauptverdächtigen und der Haftrichter ordnete Untersuchungshaft für sie an.

Ihr Sohn Vincent und ihre Tochter Marie gingen von da an durch die Hölle. Der Vater ermordet, die Mutter im Gefängnis und die Lebensversicherung des Vaters weigerte sich zu zahlen, da die Begünstigte unter Mordverdacht stand. Zu ihrer Trauer kam für die beiden Jugendlichen nun die Angst und Unsicherheit vor der Zukunft dazu. Mit den finanziellen Verbindlichkeiten ihrer Eltern für das pompöse Haus, den Mitgliedsbeiträgen in exklusiven Klubs und vielem anderen waren die beiden Teenager völlig überfordert.

Sehr bald stellte sich heraus, dass ihre Eltern zwar viele Bekannte hatten, aber nur wenige Freunde. Großeltern gab es leider auch schon lange nicht mehr. Die anderen Verwandten waren nicht gerade vermögend und hatten früher bereits wenig wohlwollend auf den exklusiven Lebensstil der Familie geschaut. Sie spendeten Trost und kümmerten sich um Vincent und Marie. Deren bevorstehende finanzielle Probleme konnten sie jedoch nicht lösen. Die Familie war deshalb für die Zukunft dringend auf das Geld aus der Lebensversicherung angewiesen. Doch dafür musste sie die Unschuld der Ehefrau und Mutter beweisen. Sandra Hoffmann war verzweifelt. Sie fühlte sich nur noch als Versagerin. Doch sie wollte und musste kämpfen. Für ihre Kinder hatte sie immer alles getan und ebenso für ihren untreuen Ehemann Michael! Auch wenn der es ihr nicht gedankt hatte! Er war der Vater ihrer Kinder und er war ein guter Vater. Sandra wollte wissen, wer ihn ermordet hatte, denn sie selbst hatte mit dem schrecklichen Tod ihres Mannes nichts zu tun. Sie musste eigene Recherchen anstellen, um herauszubekommen, wer ihrer Familie so etwas Grausames angetan hatte.

Sandra erinnerte sich, dass sie von einer Berliner Freundin etwas über einen außergewöhnlich guten, privaten Ermittler gehört hatte. Es hieß Niklas Lux und war Kunstmaler und gleichzeitig Detektiv für eigentlich unlösbare Fälle. Früher arbeitete er wohl sogar als Kriminalkommissar. Sie schaffte es, mit Hilfe dieser wirklich guten und treuen Freundin aus Berlin an die Kontaktdaten von Niklas Lux heranzukommen. Ihre Anwältin setzte durch, dass sie mit ihm telefonieren durfte. Dass sie zurzeit kein Geld hatte, verschwieg

Sandra Hoffmann dem Maler und Detektiv lieber. Stattdessen appellierte sie an sein soziales Gewissen, ihren Kindern zu helfen. Der Maler willigte schließlich, nach kurzer Bedenkzeit, in ein Treffen mit ihrem achtzehnjährigen Sohn Vincent ein. Sandra schöpfte wieder Hoffnung, endlich aus ihrer misslichen Lage herauszukommen.

3. Kapitel

Kerstin Klein zog, wie an jedem Wochentag, morgens ihre Bahn im städtischen Hallenbad. Sie nutzte gern die frühe Öffnungszeit, um ungestört vor der Arbeit zu schwimmen. Als ehemalige Leistungsschwimmerin liebte sie es auch noch zwanzig Jahre später, durch das türkisblaue Wasser zu gleiten. Nicht einmal der Chlorgeruch störte sie. Kerstin hatte ihn sozusagen fast schon mit der Muttermilch aufgesogen. Bereits als Zweijährige hatten ihre Eltern sie kaum aus dem Wasser bekommen. Ihr Seepferdchen, das Zeichen für die erste Schwimmstufe, steckte bereits an der Schultüte und ihr Freischwimmerzeugnis erhielt Kerstin schon in der Grundschule. Als Jugendliche war sie ehrenamtliche Rettungsschwimmerin beim DLRG gewesen und wegen ihres Engagements mehrfach ausgezeichnet worden.

Unzählige Medaillen von Schwimmwettkämpfen hatten damals die Wände ihres Jugendzimmers geziert.

Das war nun alles wirklich schon eine ganze Weile her. Gerade dachte Kerstin beim Schwimmen darüber nach, wie sie wohl in ein paar Wochen ihren vierzigsten Geburtstag begehen könnte. Gab es überhaupt einen Grund zu feiern? Sie fand, ja. Aber wenn sie an die lästigen Fragen der Verwandtschaft nach einem Partner und Kindern dachte, hatte sie gleich keine Lust mehr. Sie würde wohl doch nur mit ein paar Freundinnen durch die Kneipen ziehen und es richtig krachen lassen, anstatt sich den ganzen Abend rechtfertigen zu müssen.

Kerstin schwamm die vorletzte Bahn noch einmal voll durch und schaute vorsichtshalber nach, ob alles frei war. Sie liebte es, sich beim Kraulschwimmen richtig auszupowern. Das Bad war ja am Morgen wenig besucht. Trotzdem musste Kerstin höllisch aufpassen. Denn falls eine der anwesenden Seniorinnen die Bahn kreuzte, weil sie eventuell dringend zur Toilette musste und auf kürzestem Weg eine Treppe erreichen wollte, konnte es gefährlich werden.

Heute war sogar ein ganzes Kaffeekränzchen im Wasser. Meistens hingen die Damen zum Plauschen an den Haltestangen des Beckenrands, doch diese Gruppe rüstiger Seniorinnen schwamm ehrgeizig hin und her.

Ansonsten war es auch heute, wie immer um diese Zeit, ziemlich leer im Schwimmbad. Vielleicht zehn weitere Erwachsene, hauptsächlich Männer mittleren Alters, schwammen außer den Damen im Becken. Einer der Männer war auffallend gut gebaut, fand Kerstin. Sein definierter Brustkorb war ihr gleich ins Auge gefallen. Sie hatte das Gefühl, der Mann suchte sogar ihre Nähe. Ja, er forderte sie geradezu heraus, mit ihm um die Wette zu schwimmen. Ständig versuchte er die Bahn neben ihr zu bekommen. Kerstin war es nicht unrecht und sie strengte sich in seiner Gegenwart besonders an, um elegant und schnell zu schwimmen.

In den letzten zwei Minuten hatte sie ihn jedoch nicht mehr gesehen. Kerstins Schwimmzeit war gleich vorbei, sie musste pünktlich in ihrer Firma sein. Wo war der Unbekannte denn jetzt nur? Vielleicht konnte sie ihn noch genauer in Augenschein nehmen, bevor sie das Bad verlassen musste. Man wusste ja nie, dachte Kerstin voller Hoffnung, wo und wann einem der Richtige über den Weg lief. Ein gemeinsames Hobby war, ihrer Meinung nach, kein schlechter Anfang, um sich näher kennenzulernen.

Auf einmal verspürte Kerstin einen Stoß in die Seite. Ach nicht doch! Nun wurde sie doch von einer der Damen gerammt! Wo kam diese bloß so schnell her, wunderte sich Kerstin. Sie hatte doch extra geschaut. Doch ehe Kerstin weiter darüber nachdenken konnte, spürte sie, wie eine unsichtbare Kraft sie mit Macht nach unten zog. Ihre Arme und Beine waren plötzlich wie gelähmt. Sie gehorchten der erfahrenen Schwimmerin nicht mehr und sie sank hilflos in die Tiefe. Auf ihrem Brustkorb drückte es, als wäre ein großer Stein auf ihn gefallen. Kerstin, die sonst schon in der Lage war einige Minuten lang zu tauchen, spürte, dass die Lähmung sich nun auch im Inneren ihres Körpers ausbreitete. Ein stechender Schmerz erfasste sie. Verzweifelt riss sie im Todeskampf die Augen auf. Doch sie sah nur das von ihr so geliebte türkisblaue Wasser, dass sich schnell verdunkelte. Ihre Augen färbten sich rot vom aufsteigenden Blut. Kerstin verstand nicht, was gerade mit ihr geschah. Warum war das Wasser plötzlich schwarz?

»Hilfe« , schrie eine füllige ältere Dame durch die Schwimmhalle. »Hier liegt jemand! Hier unten!«

Es platschte kurz, der Bademeister war kopfüber ins Wasser gesprungen. Er holte die leblose Kerstin nach oben und begann sofort mit den Wiederbelebungsversuchen. Sein Badehelfer, ein Student, der heute nur zur Aushilfe da war, drückte den Rettungsknopf und löste den Alarm aus. Nun lief alles seinen vorgeschriebenen Gang. Rettungswagen, Notarzt und Polizei waren unverzüglich auf dem Weg. Jürgen Clasen gab sein Bestes. Unterstützt von seinem studentischen Rettungshelfer, versuchte er der Frau wieder ein Fünkchen Leben einzuhauchen. Die Verunglückte hatte Schaum vor dem Mund und blutunterlaufene Augen, aber das war ihm egal. Jürgen Clasen ließ nicht nach mit der Herzdruckmassage und Beatmung. Sein Helfer unterstützte ihn nach Kräften. Der Bademeister gab die Hoffnung einfach nicht auf. Auch nicht, als der Notarzt übernahm und dann bald kopfschüttelnd die Rettungsmaßnahmen beendete. Jürgen Clasen wollte es nicht glauben, dass die Frau wirklich tot war. Er war doch sofort zur Stelle gewesen. So schnell konnte sie doch nicht ertrunken sein!

Am ganzen Körper zitternd setzte sich der Bademeister auf eine Bank am Beckenrand. Wie konnte ihm das nur passieren? So früh am Morgen in dem kaum gefüllten Bad! Die tote Frau war die ganze Zeit zügig und kontrolliert ihre Bahnen geschwommen. Jürgen Clasen hatte am Schwimmstil deutlich erkannt, dass sie eine erfahrene Schwimmerin war. Vielleicht sogar eine ehemalige Leistungssportlerin. Genau wusste er es natürlich nicht, denn er kannte die Frau ja nicht. Bademeister Clasen kannte überhaupt niemanden von den Gästen in diesem Hallenbad. Es war sein erster Arbeitstag vor Ort, da dieses Schwimmbad eigentlich nicht zu seinem Einsatzgebiet gehörte. Er war am Morgen von der Städtischen Bädervereinigung angerufen und gebeten worden, bitte einzuspringen. Der Kollege, der hier sonst morgens Dienst hatte, sei plötzlich erkrankt. Der freie Tag von Jürgen Clasen fing also schon schlecht an und nun kam noch ein Todesfall unter seiner Aufsicht dazu. Schlimmer konnte es fast nicht kommen.

4. Kapitel

»Was ist Vincent? Du bist so still. Bist du aufgeregt wegen deines Termins?« , Nicole Vogt strich flüchtig über den Arm des wortkargen Jugendlichen.

»Nein, überhaupt nicht. Ich will nur, dass es endlich losgeht. Das ewige Herumsitzen und Abwarten macht mich wahnsinnig.«

»Nun lass den Jungen doch in Ruhe!« , mischte sich Frank Vogt in das Gespräch ein. Frank Vogt war ein ganz alter Schulfreund des getöteten Michael Hoffmanns, dem Vater von Vincent. Die beiden Männer hatten sich nie aus den Augen verloren und die Familien besuchten sich regelmäßig, obwohl Frank Vogt als Bauingenieur in Berlin arbeitete und der inzwischen verstorbene Michael Hoffmann ein Architekturbüro in Hamburg leitete. Die beiden Ehefrauen Nicole und Sandra hatten über die Jahre hinweg ebenfalls einen guten Draht zueinander gefunden. Nicole ließ sich von der luxusverwöhnten Sandra nicht beeindrucken und Sandra genoss die bodenständige und direkte Art der Berlinerin.

Familie Vogt besaß einen Bungalow in einer Anglersiedlung an einem der, vielen, Berlin umgebenden Gewässer. Das Angeln war die gemeinsame große Leidenschaft der beiden Männer. Frank Vogt war sehr betroffen vom plötzlichen Tod seines Freundes. Und es war umso schlimmer für ihn, dass die Todesursache immer noch nicht feststand. Ein Fremdverschulden lag angeblich vor und als Hauptverdächtige galt Sandra Hoffmann, die Ehefrau von Michael und Mutter von Vincent und Marie. Frank Vogt konnte es nicht glauben und er war entsetzt darüber, dass Sandra sich jetzt sogar in Untersuchungshaft befand.

Da gerade Sommerferien waren hatte Familie Vogt die beiden zurückgebliebenen Teenager zu sich in den Bungalow am See geholt. Vincent und Marie schliefen im Zelt neben dem Bungalow. Im Haus gab es nur Schlafmöglichkeiten für vier Personen und die beiden Kinder der Vogts waren noch klein und brauchten ihren Platz bei den Eltern.

Nicole Vogt war es auch, die eine Verbindung zu dem renommierten Maler und Privatdetektiv Niklas Lux herstellte, um Sandras Unschuld zu beweisen. Nicole hatte Kunstgeschichte studiert und arbeitete als

Kuratorin in einem Berliner Museum. Dadurch hatte sie Kontakte zu einigen Galeristen, unter anderem zu Holger Schlehendorf, der die Bilder von Niklas Lux regelmäßig auf Kunstauktionen in seiner Berliner Galerie anbot. Holger Schlehendorf galt ein wenig als Plaudertasche in der Branche und erzählte in weinseliger intimer Runde, dass die Ölgemälde und Zeichnungen von Niklas Lux nicht nur künstlerisch etwas ganz Besonderes wären, sondern dass jedes Einzelne auch die Lösung eines spektakulären Kriminalfalls darstellte. Nicole Vogt bat den Galeristen, der ihr noch einen Gefallen schuldig war, deshalb um Hilfe bei der Kontaktaufnahme zu dem Wunderdetektiv.

Morgen war es nun so weit. Das Anwesen von Niklas Lux lag nur eine knappe Autostunde entfernt in einem idyllischen Brandenburger Seengebiet. Frank Vogt wollte den aufgeregten Vincent zu seinem Termin mit dem außergewöhnlichen Ermittler hinfahren. Die Vogts hofften inständig, dass Niklas Lux der Familie helfen könnte. Nicole würde in dieser Zeit mit Vincents Schwester Marie und ihren eigenen beiden Kindern in der Anglersiedlung bleiben.

Ihre beiden Kinder, der dreijährige Finn und die

fünfjährige Lisa beanspruchten Nicole sehr. Es war oft schwierig, trotz einer Ganztagskindergartenbetreuung alle Termine unter einen Hut zu bekommen. Insbesondere weil ihre Arbeit als Museumskuratorin oft abendliche Termine einschloss. Sie musste ehrlich zugeben, dass sie es ohne die Unterstützung ihrer Eltern nicht schaffen würde. Ihr Mann war in der Firma zu sehr eingespannt und oft außerhalb Berlins auf Baustellen unterwegs. Er konnte ihr deshalb nur wenig helfen.

Umso mehr genoss die Familie die gemeinsame Freizeit am See. Hier konnten sie sich vom hektischen Alltag entspannen.

»Wollen wir noch Baden gehen und uns abkühlen?«
, fragte Frank Vogt in die Runde.

Marie wollte nicht. Seit ihr Vater tot war, sprach sie kaum ein Wort und musste psychologisch betreut werden. Nicole Vogt blieb deshalb auch lieber beim Bungalow. Sie wollte Marie nicht allein lassen. Außerdem war es ihr selbst ganz recht so. Bei dieser Hitze war es am See so voll und unübersichtlich. Der kleine quirlige Finn nutzte jede Gelegenheit, um wegzulaufen und es war keine Erholung für seine Mutter mit ihm am Wasser zu sein. Sobald sie sich abgekühlt hatte, war sie schon wieder schweißgebadet von der Jagd nach dem kleinen Racker.

»Gut, dann schwimmen nur Vincent und ich eine Runde. Lisa nehmen wir mit. Bitte mach ihr lieber die Schwimmflügel um, Nicole!«

»Ich habe gerade das Seepferdchen geschafft!« , protestierte die fünfjährige Lisa lautstark.

»Keine Widerrede, wenn Papa und Vincent schwimmen wollen und du vorn am Wasser allein bist, ist es sicherer so. Es ist bei der Hitze immer so voll an der Badestelle.«

»Kompromiss, Prinzessin« , lenkte Maries Vater ein, »du darfst sie später ablegen und Papa schwimmt mit dir auch noch eine Runde.«

Lisa strahlte. »Bis zur Leine fürs Tiefe?« , fragte sie aufgeregt.

»Von mir aus.« Frank Vogt gab sich geschlagen. Er erfüllte seiner Tochter jeden Wunsch, obwohl Nicole manchmal schimpfte, er würde sie zu sehr verwöhnen.

Frank Vogt, Vincent und die kleine Lisa machten sich sofort auf den Weg zum Seeufer. Vorbei an ein paar anderen Bungalows hatten sie die Badestelle fünf

Minuten später erreicht. Frank Vogt war ein exzellenter Schwimmer und nahm sonst oft den Zugang zum See an einer der wilden Badestellen. Mit Lisa ging er jedoch an den Hauptstrand, da es dort flach hineinging und der modrige Seeuntergrund im Uferbereich mit Kies aufgeschüttet worden war. Eindringlich wandte er sich an seine Tochter: »Du bleibst schön hier vorn Lisa, hörst du! Hier im flachen Wasser!«

Lisa maulte. Es passte ihr gar nicht. Sie hatte das Seepferdchen und sollte mit Schwimmflügeln im flachen Wasser bleiben. Das war Babykram, fand sie. Die Eltern waren einfach zu vorsichtig, seit der Onkel Michael ertrunken war, beschwerte sich Lisa. Dann schaute sie erschrocken, ob Vincent etwas gehört hatte. Aber der war schon ins Wasser gehechtet. Frank Vogt küsste seine Tochter noch schnell auf die Stirn und sprang dann ebenfalls in den See. Lisa schüttelte altklug den Kopf, denn ihr Papa hatte sich nicht vorher nass gemacht. So hatte sie es gelernt, sonst könnte das Herz stehen bleiben. Lisa tupfte sich mit ihren kleinen Händchen das durch die Hitze schon badewannenwarme Wasser an den Körper. Erst an die Arme, dann an die Brust. So, wie sie es gelernt hatte.

»Das machst du aber vorbildlich« , sprach plötzlich ein Mann zu ihr, den Lisa nicht kannte. Sie stutzte kurz, aber das Lob hörte sie gern.

»Ich habe schon das Seepferdchen!« Ihre hellbraunen Augen leuchteten wie Bernsteine während sie das sagte.

»Glückwunsch, aber warum hast du dann Schwimmflügel um?«

»Nur zur Sicherheit, bis Papa kommt.«

»Ja, das ist gut so. Sicherheit ist wichtig« , bestätigte sie der fremde Mann.

Lisa konnten die Worte des Fremden nicht überzeugen. Sie war sauer! Hatte sie es doch gewusst! Niemand glaubte ihr, dass sie schwimmen konnte, wenn sie hier im flachen Wasser mit Schwimmflügeln planschte. Wenn sie die blöden Dinger schon umhaben musste, dann könnte sie wenigstens etwas schwimmen. Lisa ging immer tiefer zwischen den spritzenden und kreischenden Badegästen in den See. Vorn hatte sie einfach gar keinen Platz, um in Ruhe zu schwimmen. Sie fühlte sich unwohl bei dem fürchterlichen Gedränge. Deshalb schwamm Lisa nun doch rechts an den Rand der Badestelle, obwohl sie es nicht durfte.

Dort rannten nicht so viele wilde Jungen hinein, da der der Untergrund sehr morastig war.

Lisa schwamm ein wenig hin und her. Es war kein Problem, sie konnte sogar noch stehen, glaubte sie. Vorsichtig versuchte sie mit den Zehen auf den Boden zu kommen. Vergeblich. Oh, es war hier wohl doch tiefer, als sie gedacht hatte. Ihr kleines Herz schlug etwas schneller. In dem Bereich mit dem Kiessand konnte Lisa auf dieser Höhe bereits stehen. Sie wollte deshalb lieber sofort zurückschwimmen. Es ging irgendwie schwerer als am Anfang, obwohl sie nicht das Gefühl hatte, erschöpft zu sein. Lisa wunderte sich. Dann sah sie das Malheur, ihre Schwimmflügel hatten die Luft verloren. Die Ventile mussten kaputt sein. Na egal! So leicht konnte Lisa nichts erschrecken. Sie ängstigte sich nicht, schließlich hatte sie das Seepferdchen! Noch ein paar Meter und sie konnte wieder stehen, machte sich Lisa in Gedanken Mut. Doch mit einem Ruck wurde sie unter Wasser gezogen. Vor Schreck riss Lisa den Mund auf und verschluckte sich. Sie schaffte es wieder hochzukommen und schrie: »Hilfe! Papa, Hilfe!« Schon ging es wieder unter

Wasser. Lisa strampelte und wehrte sich. Auf einmal fühlte sie, wie jemand an ihr Kinn griff und sie über Wasser zog. Verzweifelt japste Lisa nach Luft. »Ruhig, Kind, ganz ruhig. Atme langsam« , sprach eine bekannte Stimme auf Lisa ein. Wer war das? Lisa erschrak, es war der Mann von vorhin.

»Du hast es gleich geschafft, du kleine Schwimmerin. Du bist mit den Füßen in einer Schlingpflanze hängengeblieben und hast dich immer weiter eingedreht.«

Der unbekannte Mann geleitete Lisa zurück in das flache Wasser. »Soll ich dich zu deinen Eltern bringen?«

»Nein, nein! Bitte sagen Sie meinem Vater nichts! Ich durfte dort gar nicht hinschwimmen.« Lisa weinte jetzt.

»Schon gut. Dann bleibt es unser kleines Geheimnis. Einverstanden?«

Lisa nickte erleichtert.

»Auf Wiedersehen. Pass auf dich auf, kleines Seepferdchen!« Der Mann verschwand eilig in der Menge der Badegäste.

Lisa blieb am Ufer sitzen und atmete erst einmal durch. Da kamen auch schon ihr Papa und Vincent aus dem Wasser.

»Lisa, was ist mit dir? Du bist so blass?« , fragte ihr Vater besorgt.

»Mir ist schlecht, ich will nach Hause. Außerdem ist die Luft aus meinen Schwimmflügeln raus.«

Frank Vogt trocknete sich schnell ab und zog Lisa einen Bademantel an. Dann nahm er seine Tochter auf den Arm: »Ach, meine kleine Prinzessin, der Papa trägt dich nach Hause und kocht dir einen Tee. In Ordnung?«

»Ich will lieber Cola!«

»Ich denke, dir ist schlecht, mein Sternchen?«

»Jetzt nicht mehr.« Langsam kam die Farbe in Lisas Gesicht zurück.

Während Frank Vogt seine Tochter auf dem Weg zum Bungalow trug, lief Vincent mit der Badetasche in ein paar Metern Abstand hinterher. Er hatte Angst vor dem morgigen Tag. Alles hing von ihm ab, hoffentlich konnte er den Detektiv überzeugen.

Frank Vogt drehte sich nach Vincent um: »Komm Junge, Kopf hoch! Du schaffst das! Ich bin doch bei dir.«

5. Kapitel

Niklas Lux stellte eine neue Leinwand in seinem Atelier auf. Dieser Raum, in dem er seine hochdotierten Kunstwerke schuf, befand sich gleich neben der verglasten Galerie, in der er seine Klienten empfing. Von dort hatte man einen unverbauten Blick in die Natur. Das sehr abgeschieden, aber dafür herrlich gelegene Anwesen im wald- und seenreichen Land Brandenburg hatte Niklas Lux von seiner adeligen Patentante geerbt. Er hatte es modernisiert und zu einem großzügigen Atelier und Wohnhaus umgebaut. Hier in der Abgeschiedenheit und Ruhe hatte er schon vor Jahren begonnen, sich eine Existenz als Künstler aufzubauen, nachdem er den Dienst als Kriminalkommissar quittiert hatte. Doch die Verbrechen ließen ihn nicht los. Er nahm Aufträge als Privatdetektiv an. Zuerst nur, um finanziell über die Runden zu kommen, inzwischen betrieb er die Verbrecherjagd aber mit voller Leidenschaft und konnte sich seine Auftraggeber sogar aussuchen. Er hatte sich in den letzten Jahren den Ruf als erfolgreichster Privatermittler Deutschlands erarbeitet. Da er beim Malen sein höchstes Vorstellungsvermögen entwickeln konnte, begann er schon bald seine Fälle zu malen und nicht selten kam er dadurch zu einer Lösung. Die Bilder erzielten anschließend sehr hohe Preise und sicherten Niklas Lux ein finanziell unabhängiges, wenn auch nicht sorgenfreies Leben. Bei der Aufdeckung der raffinierten und abscheulichen Verbrechen kam der Maler manchmal an seine emotionalen Grenzen, besonders wenn es um seine privaten Beziehungen ging. So wie vor ein paar Monaten, als seine Freundin und Muse Christin gekidnappt worden war. Sie hatte ihm bei der Aufklärung geholfen und war dadurch selbst in tödliche Gefahr gekommen Das durfte nicht wieder passieren, hatte sich Niklas Lux geschworen. Er wollte die Kunststudentin Christin in Zukunft aus seiner Arbeit heraushalten. Sie war erst 25 und hatte das ganze Leben noch vor sich. Ihre Klugheit würde ihm sicher auch in Zukunft bei seiner Detektivarbeit helfen, aber in die aktiven Ermittlungen wollte der Maler Christin nicht mehr mit einbinden. Egal, ob er unter Zeitdruck stand oder nicht, das hatte er ihr auch so gesagt.

Dieses Mal ging es nicht um Entführungen, wie in

seinem letzten Fall, sondern um Mord.

In einer Stunde erwartete er den neuen Klienten. Er würde der jüngster Auftraggeber sein, den er je hatte. Der junge Mann war gerade einmal 18 Jahre alt geworden und hieß Vincent Hoffmann. Das Telefonat mit der im Gefängnis sitzenden Mutter war wirklich herzergreifend gewesen. Der Maler konnte es ihr nicht abschlagen, den Jungen einzuladen. Sie selbst konnte ja nicht kommen. Außerdem fand der Maler die Umstände, unter denen der Vater des Jungen zu Tode gekommen war, schon mehr als merkwürdig. Er hatte inzwischen die Polizeiakte gelesen. Seine Zwillingsschwester Frieda hatte sie ihm sofort auf dem kurzen Dienstweg besorgt. Als hohe Beamtin beim Bundeskriminalamt in Wiesbaden hatte sie so ihre Möglichkeiten und half ihrem Bruder, wo sie konnte und durfte.

Die beiden 42 Jahre alten Geschwister entstammten einem alten mitteldeutschen Adelsgeschlecht. Ihre Eltern waren beruflich viel im Ausland unterwegs und die Zwillinge oft aus sich alleine gestellt gewesen. Frieda und Niklas hatten deshalb schon früh gemeinsam in einem Internat in Norddeutschland gelebt. Diese Zeit hatte sie besonders zusammengeschweißt.

Während beide anschließend ihre höhere Laufbahnausbildung beim Bundeskriminalamt (BKA) mit Bestnoten abgeschlossen hatten, trennten sich danach ihre Wege. Frieda machte weiter Karriere beim BKA in Wiesbaden. Niklas war ausgestiegen. Niemand kannte den Grund, nicht einmal seine Schwester als engste Vertraute.

Es war eine Abmachung zwischen den Geschwistern, dass Frieda ihren Bruder Niklas bei seinen privaten Ermittlungen unterstützte und Niklas wurde dafür von oberster Stelle zu Rate gezogen, wenn die Lösung eines Falles unkonventionelle Methoden und Genialität gepaart mit außerordentlicher Kreativität verlangte. So stand es jedenfalls in den geheimen Akten, in denen er als verdeckter Ermittler geführt wurde.

Niklas Lux bereite sich auf den Besuch seines neuen Klienten vor. Viel benötigte er nicht. Die Fakten hatte er ja schon in der Akte gelesen. Dem Maler waren insbesondere die persönlichen Interpretationen der Beteiligten und Betroffenen wichtig. Er schrieb sich bei seinen Gesprächen deshalb nichts auf, sondern zeichnete die für ihn wesentlichen Eindrücke in seinen Skizzenblock. Dieser diente auch als künstlerische Grundlage für das später daraus entstehende Gemälde. Doch im Vordergrund stand für Niklas Lux zuerst immer der Mensch, der sich an ihn wandte und natürlich der zu lösende Fall. Das spätere Kunstwerk war zu diesem Zeitpunkt Nebensache. Niklas Lux nahm sich vor, als Nächstes die verdächtige Ehefrau im Gefängnis zu besuchen. Sandra Hoffmann hatte sich schließlich am Ort des Mordgeschehens aufgehalten. Sie musste etwas bemerkt oder gesehen haben! Der Maler wusste, dass sie inzwischen dringend tatverdächtig war und auch er konnte sie nach Aktenlage nicht als Täterin ausschließen. Sein Instinkt sagte ihm jedoch, dass es nicht passte, da es zu einfach wäre. Er wollte sich deshalb zuerst ein genaues Bild von der Familie machen und den Sohn sprechen, bevor er die verdächtige Ehefrau und Mutter befragen würde.

Niklas Lux schaute auf die Uhr, es war noch eine Stunde Zeit bis zu seinem Termin. Das würde ihm für eine halbe Stunde Training im eigenen, voll ausgestatteten Fitnessraum reichen. Er legte Wert auf einen trainierten Körper und in seinem Beruf konnte es nicht schaden, Kondition und Kraft zu haben. Der Maler war muskulös, aber nicht bullig. Er brachte seine stattlichen 1,90m Körpergröße durch regelmäßiges Krafttraining, Joggen und ausgiebige Radtouren in Form. Selbst für die gut fünfzig Kilometer nach Berlin zu seinem Galeristen Holger Schlehendorf nahm er gern das Fahrrad, wenn es seine Zeit erlaubte. Bis vor ein paar Monaten hatte er nicht einmal ein Auto besessen. Aber seit seinem letzten Fall, in dem es um mehrere Vermisste gegangen war, sah er ein, dass er aus Zeitgründen nicht auf eine Motorisierung verzichten konnte. Holger weigerte sich nämlich inzwischen, ihm ständig den Wagen zu leihen und seine hohen Taxikosten waren auch nicht mehr vertretbar, fand der Maler. Die Bahn war ihm zu langsam und den Flieger nahm er nur, wenn es gar nicht anders ging. Wenn es überhaupt etwas gab, wovor er sich wirklich fürchtete, dann war es das Fliegen. Doch das musste er nur äußerst selten.

Obwohl er jetzt einen schnittigen Kleinwagen sein Eigen nannte, fuhr Niklas Lux meistens doch wieder mit dem Fahrrad. In der idyllischen Einöde kam er so einfach am besten voran und es war umweltfreundlicher. Niklas Lux war ansonsten dem Luxus und moderner Technik durchaus nicht abgeneigt. Er umgab sich trotz der selbstgewählten Abgeschiedenheit mit dem neuesten Stand an Elektronik und Computertechnik. Für ihn war Ökologie nicht gleichzusetzen mit technischem Rückschritt und er ging selbst mit gutem Beispiel voran, wie er fand. Neidische Zungen behaupteten, er könne es sich eben leisten, dieses Luxusaussteigerleben. Seine gemalten Bilder erzielten auf Auktionen ja immer sehr hohe Preise.

Gerade hatte sich der Maler seine Sportsachen angezogen, da klingelte das Telefon. Er überlegte, ob er rangehen sollte und schaute lieber erst auf das Display. Der Anruf kam aus dem Ausland, woher wusste der Maler jedoch nicht so schnell.

Er nahm den Hörer hoch: »Hier ist der Maler am Apparat« , sagte er freundlich.

»Maler, welcher Maler? Niklas, Nik bist du das? Hier ist Olaf, Olaf Reich. Der Richy aus der Polizeischule! Erinnerst du dich?«

Jetzt machte es Klick im Kopf des Malers.

Der Olaf, genannt Richy, hatte nicht einmal die Grundausbildung geschafft. Es war einfach nicht das Richtige für ihn gewesen, er hatte zu wenig Biss, war aber ansonsten ein lieber Kerl. Er gab gern ein wenig an, aber auch viel ab. Sein Nachname, Reich, passte perfekt zu den Vermögensverhältnissen seiner Familie.

»Ja, Richy, grüß dich! Wir haben ja ewig nicht voneinander gehört. Von wem hast du meine Nummer?«

Die von Richy gewählte Telefonnummer war nicht seine geheime Detektivnummer, sondern die öffentliche und allgemein zugängliche Festnetznummer. Aber Niklas Lux wollte es trotzdem wissen. Er hatte aus jüngster Vergangenheit gute Gründe dafür, jetzt immer gleich zu hinterfragen, wer wann und warum mit ihm Kontakt aufnahm. Irgendjemand hatte eine alte Rechnung mit ihm offen und der Maler musste auf der Hut sein.

Richy erklärte ihm: »Ich habe die Nummer von einem Herrn Schmidt, der ist Taxifahrer im Nachbarort bei dir. Manchmal macht er Flughafentouren in Berlin und ich hatte eine, da sind wir ins Gespräch gekommen. Ich sollte es dir nicht verraten. Aber die Nummer wäre nicht geheim, sagte Herr Schmidt.«

Das stimmte zwar, aber der Maler wollte trotzdem ein ernstes Wörtchen mit Rudi Schmidt reden.

Richy erzählte bereits weiter: »Nik, ich wollte mich

nur mal bei dir melden. Es war eine kurze, aber schöne gemeinsame Zeit damals, fand ich. Du weißt ja, außer beim Sport habe ich während der Ausbildung nicht gerade geglänzt. So in Reih und Glied zu tanzen, war einfach nicht mein Ding. Deines wohl auch nicht, sonst hättest du nicht anschließend aufgehört.«

Niklas Lux hatte keine Lust mit dem alten Kumpel Richy jetzt die Gründe für sein Ausscheiden zu diskutieren, deshalb fragte er schnell: »Was machst du denn jetzt, Richy? Arbeiten, oder?«

»Ich weiß, was du sagen willst, Alter. Aber so ist es nicht. Ich habe mir eine Surfschule auf Fuerteventura aufgebaut. Ganz alleine. Mein Vater hat mir den Geldhahn soweit er konnte zugedreht, nachdem ich ihm die Geliebte ausgespannt hatte. Ha, Ha!«

»Ach Richy, das ist bestimmt alles ganz spannend zu hören, bei einem Bier abends irgendwo in Berlin. In einer gemütlichen Kneipe können wir uns dort gern treffen.« Niklas Lux schielte auf die Uhr. Er wollte auflegen, um wenigstens eine Trainingseinheit zu schaffen, bevor der junge Klient kam.

»Sorry, ich quatsche zu viel. Du, deshalb rufe ich nicht an. Ich brauche wirklich dringend deine Hilfe. Du sollst ein Wunderdetektiv sein. Ich bezahle natürlich. Geld spielt keine Rolle.«

Der Maler verdrehte die Augen. Richy war immer noch der alte Angeber geblieben.

»Nik, jemand hat es auf mich abgesehen. Ich soll umgebracht werden! Warum weiß ich auch nicht. Ich bin zweimal ganz knapp dem Tod von der Schippe gesprungen. Einmal musste ich wiederbelebt werden. Jedes Mal hat jemand versucht, mich zu ersäufen. Stell dir das mal vor! Mich, der euch alle beim Schwimmen in den Schatten gestellt hat.«

»Bist du sicher Richy? Mach keinen Quatsch! Was sagt die örtliche Polizei dazu? Hast du Anzeige erstattet?«

»Natürlich Nick, was glaubst du denn. Aber die tun doch sowieso nichts. Die suchen doch kein Phantom, haben sie gesagt und ich würde ja noch leben.«

»Wie soll ich dir helfen? Hier, aus der Ferne?«

»Du musst herkommen Nik, egal was es kostet. Ich lade dich zu allem ein.«

»Richy, in einer halben Stunde kommt ein neuer Klient. Den Fall habe ich sozusagen schon angenommen.«

»Nik, bitte hilf mir!«

»Ich kann das jetzt nicht entscheiden. Du musst mir erst einmal genau erzählen, was passiert ist. Wir machen einen telefonischen Termin, morgen Vormittag. In Ordnung? Solange bleibst du immer in Gegenwart von jemanden, dem du vertraust. Fühlst du dich auch sonst verfolgt?«

»Nein, nur im Wasser! Ich traue mich nicht mehr hinein. Und das als Surflehrer! Kannst du dir so etwas vorstellen?«

»Richy, ich verstehe dich und möchte dir helfen. Aber mein Mitleid und meine Anteilnahme bringen dich nicht weiter. Ich arbeite systematisch, besonders am Anfang. Ohne genaue Faktenlage, kann ich keine innovativen Lösungen entwickeln.«

»Mensch Nick, du klingst immer noch wie der Einserkandidat aus der Polizeischule. Entschuldigung! Ich wollte mich nicht lustig machen. Mir ist auch gar nicht lustig zu Mute. Ich habe wirklich große Angst.«

»Ist schon gut, Richy« , sagte der Maler zum Abschluss versöhnlich. »Ruf mich morgen an, um 11.00 Uhr! Hörst du! Unter derselben Nummer! Jetzt muss ich mich aber wirklich auf meinen neuen Fall vorbereiten. Mach es gut und pass auf dich auf!«

In zehn Minuten würde Vincent Hoffmann kommen. Der Maler zog sich die Sportsachen wieder aus und streifte sich eine ausgewaschene Jeans und ein dünnes, lockeres Oberhemd über. Ein kurzer Blick in den Spiegel um alles gerade zu rücken, musste für heute reichen. Besonders eitel war er wirklich nicht. Seine mittelblonden Haare waren von der Sonne ziemlich ausgeblichen und seiner Meinung nach zu lang über den Ohren. Er musste dringend zum Friseur, dachte der Maler, während er versuchte, mit dem Kamm etwas Form in seine widerspenstige Mähne zu bringen. Was war bloß mit dem alten Richy los? Er klang wirklich verzweifelt, grübelte Niklas Lux.

Das Gespräch mit dem ehemaligen Polizeikameraden Olaf Reich, genannt Richy, ging ihm nicht so schnell aus dem Kopf. Unglaublich, dass schon zweimal jemand versucht hatte, Richy im Wasser umzubringen. Ihn zu ertränken! Niklas Lux konnte es sich kaum vorstellen. Es war ja nicht die einfachste Art, jemanden umzubringen, schon gar nicht einen so exzellenten Schwimmer und Wassersportler wie Richy, fand er.

Es läutete. Der Maler empfing das Signal von der Videokamera aus der Schranke seines Privatweges. Der Besucher, genauer gesagt die Besucher, waren angekommen. Niklas Lux wusste, dass Vincent Hoffmann von Frank Vogt, einem Freund seines getöteten Vaters begleitet wurde. Der wollte jedoch im Auto warten. Dem Maler war es recht. Er musste auf jeden Fall erst unter vier Augen mit dem Jungen sprechen. Später sollte sein Begleiter auf ein Getränk dazu kommen. Der Maler wollte ihm auch gern ein paar Fragen stellen. Schließlich kannte der Freund das Opfer schon seit der Kinderzeit.

»Sie können durchfahren, einfach immer geradeaus! Sei gegrüßt Vincent, ich hole dich auf dem Parkplatz ab, bis gleich.«

Der Maler ließ die automatische Schranke hochgehen und machte sich auf den Weg. Bis zu seiner privaten kleinen Parkbucht musste er ein paar Minuten durch ein Heckenlabyrinth laufen, welches überall mit Kameras versehen war. Die ganze Ausrüstung hatte ein kleines Vermögen gekostet. Sogar seine Schwester Frieda fand diese etwas übertrieben Aber es war nötig, und nur der Maler wusste warum.

6. Kapitel

Während Niklas Lux mit Vincent sprach, wartete der den Jungen begleitende Frank Vogt draußen in im Wagen. Er hatte die Klimaanlage angestellt und döste ein wenig vor sich hin. Die wahnsinnige Geschichte, die den befreundeten Hoffmanns passiert war, ließ ihn nicht los. Er selbst konnte sich gar nicht vorstellen, dass er neben seiner Ehe noch eine intensive Liebesbeziehung führen würde. Frank Vogt war ständig auf Baustellen unterwegs und hatte so schon kaum Zeit für die Familie. Wie konnte sein Freund Michael nur alles unter einen Hut bekommen? Und warum hatte Sandra nichts geahnt? In der Ehe der beiden musste es schon mächtig gekriselt haben. Wenn sich die befreundeten Familien trafen, hatte Frank Vogt davon allerdings nichts bemerkt. Nicole sagte ihm auch, dass es sie schon sehr überrascht hatte, dass Michael sich so plötzlich scheiden lassen wollte. Sie drohte ihrem Mann scherzhaft damit, jetzt lieber wachsam sein zu wollen. Aber das musste Nicole wirklich nicht, dachte Frank liebevoll. Wie seine Frau alles unter einen Hut bekam:

Die Arbeit, die Kinder und als Partnerin konnte er sich auch auf sie verlassen. Jünger und schöner werden wir ja alle nicht, stellte Frank bei einem Blick in den Innenspiegel seines Autos schmunzelnd fest. Sein Freund Michael hatte da höhere Ansprüche gehabt. Vielleicht war Sandra deshalb immer so sehr auf ihr Äußeres bedacht. Ach Michael, alter Angelkumpel, du fehlst mir, erinnerte sich Frank Vogt traurig. Er konnte sich immer noch nicht vorstellen, seinen Freund nie wieder zu sehen. Dass er sogar ermordet worden war, überstieg die Vorstellungskraft des bodenständigen Bauingenieurs völlig. Plötzlich klingelte das Handy von Frank Vogt.

Seine Frau Nicole war am anderen Ende und fragte: »Ist Vincent bei dir?«

Sie klang sehr aufgeregt, fand ihr Mann.

»Nein, warum?« , antwortete er erstaunt. »Er ist bei dem Wunderdetektiv in seinem Anwesen. Ich warte davor, auf einem kleinen Parkplatz im Auto. Es ist schon wieder so brütend heiß, da sitze ich lieber drinnen und lasse die Klimaanlage laufen.«

»Gut, Frank. Dann können wir ungestört reden. Es geht um Lisa.«

Sofort stieg der Puls von Frank Vogt in die Höhe und sein Mund wurde trocken. Wenn es um seine Tochter ging und Nicole so ängstlich und aufgeregt war, musste etwas passiert sein.

»Was ist mit Lisa?« , fragte er heiser.

»Das fragst du mich? Ich würde es gern von dir wissen, Frank! Ihr ward doch gestern zusammen am See. Dort ist irgendetwas mit ihr passiert. Ich bekam es bisher nur bruchstückchenhaft aus ihr heraus. Du musst unbedingt mit Lisa sprechen, wenn du zurück bist. Du hast doch so einen guten Draht zu ihr. Vielleicht erzählt sie dir mehr.«

Frank Vogt wurde blass. Er hatte ein schlechtes Gewissen. Denn er war mit Vincent zu lange und zu weit hinaus geschwommen. Wahrheitsgemäß berichtete er seiner Frau: »Lisa saß schon am Ufer auf dem Sand, als wir gerade aus dem Wasser kamen. Sie erzählte uns, ihr wäre schlecht gewesen und ihre Schwimmflügel hätten die Luft verloren.«

Nicole gab sich mit der Antwort nicht zufrieden: »Und was ist in der Zwischenzeit passiert? Wo war Lisa, als du mit Vincent schwimmen warst?«

»Na vorne, im flachen Wasser und sie hatte

Schwimmflügel um! Alles wie abgesprochen. Wir konnten sie aber von weitem nicht immer sehen, es war einfach zu voll. Im Nichtschwimmerbereich tummelte sich eine zu große Kinderschar.«

»Du hast sie also nicht die ganze Zeit im Auge gehabt, Frank?«

»Nein, Nicole. Sie hatte doch extra die Schwimmhilfen um bekommen. Was sollte ihr nun im flachen Wasser passieren? Lisa ist vernünftig, man kann sich auf sie verlassen. Sie kommt nächstes Jahr zur Schule und sie kann jetzt schon schwimmen.«

»Frank, sie ist fünf und sie ist ein Kind!« , schrie seine Frau aus dem Handy, dass Frank Vogt zusammenzuckte. Lautstark fuhr sie fort: »Lisa hat nicht auf dich gehört. Sie beichtete mir, sie sei am Rand im Tiefen geschwommen und ein fremder Mann habe sie gerettet. Ihre Schwimmflügel waren beide kaputt!«

»Du hast sie ihr doch selbst umgemacht, Nicole!« , verteidigte sich Lisas Vater. Er hatte inzwischen schweißnasse Hände, trotz der Klimaanlage. Seine kleine Prinzessin wäre fast ertrunken! Wie hatte das bloß passieren können?

Frank rechtfertigte sich vor seiner Frau: »Als wir

zum See gelaufen sind, hielten die Schwimmflügel einwandfrei die Luft. Sie waren prall mit Luft gefüllt und die Ventile waren geschlossen. Ich habe es extra noch kontrolliert. Frag Vincent!«

»Das glaube ich dir ja, Frank.« Nicole klang etwas besänftigt. »Frank, ich kann mir nicht vorstellen, dass ein Mensch so etwas macht, aber die Schwimmflügel hatten deutliche Einschnitte. Als ob jemand einfach hineingeschnitten hätte.«

»Vielleicht ein dummer Jungenstreich« , beruhigte Frank Vogt seine Frau. In seinem Inneren kochte es jedoch: »Hast du die Dinger noch?«

»Ja, natürlich. Ich wollte, dass du sie dir auch einmal ansiehst.

Unser Mäuschen wäre beinahe ertrunken. Sie wollte heute nicht zum See. Das Wasser wäre böse geworden, sagte sie. Deshalb wurde ich stutzig und habe sie ausgefragt.«

Nicole weinte jetzt am anderen Ende des Telefons.

»Nicole, Spätzchen, bitte sei mir nicht böse. Wir kommen so schnell wie möglich zurück. Der Detektiv wollte mich ebenfalls sprechen, schließlich war Michael mein langjähriger Freund. Ich werde es ganz kurzhalten. Versprochen! Bitte Nicole, weine nicht mehr!«

»Ja, ich versuche es. Beeile dich bitte!«

Frank Vogt war noch völlig durcheinander, als ihn Niklas Lux vom Parkplatz abholte. Er war gemeinsam mit Vincent gekommen. Der Junge hatte einen knallroten Kopf vor Aufregung, stellte Frank Vogt fest. Dabei hatte er keine Ahnung, welches Bild er selbst gerade abgab. Zitternd kletterte er aus dem Auto.

»Herr Vogt, ist ihnen nicht gut? Sie sind ganz weiß im Gesicht« , fragte Niklas Lux besorgt.

»Ja, Frank, das stimmt. Was ist mit dir?« , schaltete sich Vincent nun auch noch ein.

»Ach, das ist die Hitze« , wiegelte Frank Vogt ab. »Ich habe wahrscheinlich die Klimaanlage zu kalt gestellt und jetzt spielt mein Kreislauf verrückt.«

Er wankte den beiden entgegen und fiel dem Maler direkt in die Arme. Er wachte erst auf dessen Couch im Wohnzimmer wieder auf. Es war gerade einfach alles zu viel für Frank Vogt.

»Ihr Blutdruck ist aber in Ordnung, Herr Vogt.« Niklas Lux hatte sicherheitshalber mit seinem elektronischen Messgerät nachgeprüft. »Hier, trinken sie kühlen Zitronentee! Der bewirkt Wunder. Soll ich trotzdem lieber einen Arzt rufen?«

»Auf keinen Fall, mir geht es gut. Es war mein Fehler. Ich habe die Klimaanlage sehr kühl gestellt und bin dann gleich aus dem Auto gestiegen. Das soll man ja nicht, bei der schwülen Hitze heute schon gar nicht.«

»Ja, das könnte sein Herr Vogt. Es ist ihre Entscheidung.« Der Maler war sich unsicher: »Na wir unterhalten uns jetzt erst einmal und dann werden wir sehen, ob es Ihnen wieder so gut geht, dass Sie nach Hause fahren können.«

Frank Vogt sprang von der Couch: »Ich muss nach Hause und zwar so schnell wie möglich. Meine Frau hat gerade angerufen.«

»Was ist denn passiert?« Der Maler ahnte, dass es für den schlechten Zustand von Frank Vogt noch andere Gründe als das Wetter geben musste und fragte deshalb genauer nach: »Was hat sie denn so in Aufregung versetzt, Herr Vogt? Kann ich ihnen helfen? Wenn sie schon einmal hier sind.«

Frank Vogt überlegte kurz und fand, dass das gar keine schlechte Idee war. Er erzählte dem Maler die

Geschichte mit den aufgeschnittenen Schwimmflügeln und davon, dass seine Tochter Lisa beinahe ertrunken wäre.

Niklas Lux griff sofort zu seinem Skizzenblock und zeichnete. Frank Vogt schielte ihm über die Schulter und erstarrte vor Verwunderung über die realistischen Darstellungen der von ihm geschilderten Vorgänge. Der Kopf eines Mädchens wurde von einem Mann über Wasser gehalten. Als erstes hatte der Detektiv aber das Mädchen und den Mann zusammen am Ufer gezeichnet. Frank Vogt wunderte sich. Er hatte gar nicht erzählt, dass Lisa den Mann schon vorher getroffen hatte. Er wusste es ja selbst nicht. Nicole hatte davon am Telefon kein Wort gesagt.

»So« , der Maler zeigte auf diese Szene, »Sie müssen Ihre Tochter genau danach fragen! Hatte der Retter schon vorher Kontakt zu ihr? Und wenn ja, versuchen Sie jede Einzelheit zu erfahren. Aber Vorsicht, legen Sie Ihrer Lisa nichts in den Mund. Kinder erzählen dann gern Sachen dazu.«

Frank Vogt saß mit weit aufgerissenen Augen neben dem Maler und brachte kein Wort heraus. Vincent, der die ganze Zeit aufmerksam zugehört hatte, flüsterte nur immer wieder: »Krass, das ist alles so krass.«

Niklas Lux holte die beiden aus ihrer Apathie: »Ich schlage vor, Herr Vogt, wir telefonieren heute Abend und Sie erzählen mir dann ein paar Sachen über Ihren Freund. Alles, was Ihnen einfällt, auch aus Ihrer Kinder- und Jugendzeit. Vielleicht schaffen Sie es, sich vorher ein paar Notizen zu machen. Jetzt fahren Sie lieber gleich nach Hause. Wir sollten die unschöne Sache mit Lisa ernst nehmen. Vielleicht war es aber auch nur ein dummer Streich.« Der Maler versuchte Lisas Vater zu beruhigen. Ihm selbst kam das Ganze aber sehr mysteriös vor und es beunruhigte ihn, auch wenn er es in Gegenwart des Vaters natürlich nicht zugab. Er wandte sich abschließend noch freundschaftlich an Vincent: »Bleib tapfer, junger Mann! Ich komme euch bald in Hamburg besuchen. Wir werden herausfinden, was mit deinem Vater passiert ist.«

Frank Vogt und Vincent bedankten sich und verabschiedeten sich, ohne noch viele Worte zu machen. Sie wollten jetzt, so schnell es ging, zu Nicole und den Kindern.

Der Maler ging in sein Atelier zurück und begann

auf seiner Leinwand zu malen. Er setze, nur mit grauer Farbe, die ersten Striche seiner Recherche an. Später würde er sie wieder übermalen. Nach dem Gespräch mit Vincent festigte sich seine These, dass die Ehefrau wohl nichts mit dem Tod Michael Hoffmanns zu tun hatte. Er musste sie dringend sprechen und würde in den nächsten Tagen einen Termin vereinbaren.

Das Gespräch mit Frank Vogt hatte heute nicht mehr in der geplanten Länge stattgefunden. Der Mann war ja völlig außer sich gewesen. Zu Recht, dachte der Maler, denn er hatte ebenfalls ein ungutes Gefühl bei der Geschichte mit der kleinen Lisa.

Niklas Lux schaute auf die Uhr. Eigentlich hätte der Telefontermin mit Richy heute doch noch stattfinden können, wenn er vorher gewusst hätte, dass sein Besuch so schnell wieder abreisen würde. Nun bleibt es aber bei morgen um 11.00 Uhr, beschloss Niklas Lux. Dann konnte er sich heute ausführlich dem Fall Hoffmann widmen und eine begonnene Sache auch zeitnah analysieren. Das kam selten genug vor.

Der Maler hatte die Hälfte der Leinwand bereits gefüllt. Aus dem Augenwinkel schaute er auf eine in der Ecke stehende mannshohe, verhängte Leinwand. Er hasste unfertige, angefangene Sachen. Doch das Ölgemälde mit dem imposanten Wolf in der Mitte blieb unberührt. Er konnte in der letzten Zeit nicht an dem Bild weiterarbeiten. Sein Widersacher, Wolf, war einfach untergetaucht. Aber Niklas Lux wusste, dass er lauerte, dass er ihn kennen musste, dass es eine tödliche Verbindung geben musste! Doch dieses Mal war er auf der Hut. Er würde bei jedem neuen Fall auch an den Wolf denken und aufpassen, ob dieser wieder seine gefährlichen Klauen mit im Spiel hatte. Bisher sah es jedoch überhaupt nicht danach aus. Der aktuelle Fall wurde ihm nicht hinterlistig zugespielt, sondern kam über eine Bekannte seines Galeristen Holger. Holger hat ein ganz eigenes Interesse daran, dass sich der Wolf endlich wieder zeigen würde und Niklas ihn zur Strecke bringen konnte. Denn Holger versprach sich einen Rekordgewinn vom Erlös des Gemäldes mit dem Wolf. Tja, lieber Holger, das wird wohl noch dauern, schmunzelte der Maler in sich hinein. Insgeheim hoffte Niklas Lux, dass er nie wieder etwas mit dem Wolf zu tun haben würde. Doch er wusste, er würde sich stellen müssen. Erst recht, wenn seine dunkle Ahnung, wer der Wolf sein könnte, sich bewahrheiten würde. Dann würde es ein schwerer Kampf werden. Bisher hatte Niklas Lux ihn nie gewinnen können.

Während der Maler an seinen unbekannten, geheimen Widersacher dachte, hatte er instinktiv auf die Leinwand für den Mordfall Hoffmann auch die Szene mit der fast ertrunkenen, kleinen Lisa gemalt. Seine kreative Intuition fühlte eine Verbindung. Aber welche? Für den Maler war es ein Ansatz, dem er nachgehen wollte.

7. Kapitel

Olaf Reich, genannt Richy, war erleichtert. Sein alter Polizeikamerad Niklas würde ihm bestimmt helfen. Auf ihn war schon früher immer Verlass gewesen. Zwar galt er als Streber, aber im positiven Sinne. Er konnte es einfach besser als die meisten. Bevor Richy die Aufgabenstellung begriffen hatte, feilte Niklas schon an der bestmöglichen Lösung und hatte zwei andere bereits verworfen. Ja, einigen hat es der Herrgott mit vollen Händen gegeben, seufze Richy etwas neidisch. Und dann lagen dem Musterschüler auch noch die Weiber zu Füßen. Man musste sich nur dranhängen, dann blieb mindestens noch eine vernünftige Braut übrig. Ach, lange ist es her, schon über zwanzig Jahre. Als Mann von über vierzig galt es nun, Ordnung in das eigene Leben zu bringen, philosophierte Richy. Mit seiner neuen Lebensgefährtin Gabi plante Richy sogar eine Familie zu gründen. Die Surfschule lief prima. Er konnte nicht klagen. Gut, Windsurfen war nicht mehr ganz so hip, denn das Kitesurfen hatte stark zugenommen. Richy war von diesem Umstand nicht so sehr begeistert. Aber die Kundschaft setzte die Trends, so dass er schweren Herzens auch Kiten mit in sein Programm aufnahm und dafür extra einen einheimischen Lehrer engagiert hatte. Durch die Luft zu fliegen war nicht Richys Ding. Er liebte es nach wie vor mit seinem Surfbrett über das Wasser zu gleiten, mit dem Wind zu spielen und dabei ordentlich Fahrt aufzunehmen. Dass Richy jetzt sozusagen aus seinem Element zwangsverbannt worden war, machte ihn fertig und obendrein launisch. Er saß in seinem Liegestuhl unter der überdachten Terrasse seiner kleinen Finca und wusste nichts mit sich anzufangen.

»Gabi, du wolltest mir doch einen Kaffee bringen«,

nörgelte Richy seine Freundin an. Er trank am Nachmittag sonst immer seinen Kaffee in der Surfschule, mit viel Milch und Zucker musste der sein.

»Ja gleich, ich musste mich erst schnell fertig machen. Ich helfe Maria heute in ihrer Tapasbar aus. Ihr ist eine Servicekraft ausgefallen und sie hat mich eben angerufen. Ich kann sie nicht im Stich lassen. Du weißt, ohne Maria hätte ich vor fünf Jahren meine Strandmodenboutique nicht so erfolgreich aufbauen können. Ich verdanke ihr alles.«

»Na gut. Maria darfst du wirklich bis an das Ende deiner Tage nichts mehr abschlagen. Wann bist du denn zurück?«

»Es kann spät werden, auch nach Mitternacht.« Richys Freundin Gabi stellt den Kaffee auf den Tisch und schlang die Arme um Richys Hals.

»Wartest du auf mich, mein großer starker Bär?«

Richy küsste ihr Dekolleté: »Aber hundertprozentig werde ich das, mein Zuckerschneckchen.«

Traurig schaute Richy seiner Freundin hinterher. Er langweilte sich allein zu Hause. Niklas hatte ja gesagt, er solle sich draußen lieber in Gegenwart vertrauter Personen aufhalten. Das war gerade schwierig, denn seine Freunde arbeiteten um diese Zeit und in die Surfschule konnte er nicht, ohne dort auch ins Wasser zu gehen. Sonst machte er sich ja lächerlich. Also beschloss Richy, lieber zu Hause zu bleiben und ein paar Runden im Pool zu schwimmen, damit er nicht außer Form kam. Auf seinen schönen türkisblauen Pool war Richy besonders stolz. Das Wasser schlängelte sich auf Grund der extravaganten Form des Natursteinbeckens winkelförmig um das halbe Anwesen. Dafür war der Pool zwar nicht so breit wie die meisten, aber die Schwimmstrecke umso länger und Richy liebte es, zu schwimmen.

Er schluckte den Rest Kaffee hinunter und sprang kopfüber in das kühle Nass. Ach wie herrlich, dachte Richy, während er tauchte, schwamm und prustete. Er drehte sich im Wasser wie ein übermütiges Kind.

Richy war in seinem Element! Elegant und schnell wie ein Delphin glitt er beim Schwimmen durch seinen Pool. Er war fast immer allen davon geschwommen - im Schwimmkurs, in der Schule und auch während der Polizeiausbildung. Mehr als einmal war ihm wegen seines großen Talents nahegelegt worden, Leistungsschwimmer zu werden. Die Türen sämtlicher Sportinternate hatten ihm offen gestanden.

Doch der Freigeist Richy hatte Probleme mit dem Ein- und Unterordnen, so dass er es oft nur zwei, drei Wochen in der Trainingsgruppe ausgehalten hatte. Bereut hatte er es später nie. Richy war mit seinem Leben zufrieden und er liebte seine Gabi. Sie war ausgewandert, so wie er. Sie verstand es, wenn er Sehnsucht nach der alten Heimat hatte und sie war nicht realitätsfremd was das Leben auf der Urlaubsinsel anging. Daran scheiterten seine vorherigen Beziehungen. Die Damen hatten sich ein Leben im Dauerurlaub vorgestellt. Aber Richy liebte seinen Job. Auch wenn er finanziell weniger unter Druck stand als andere selbständige Unternehmer, denn er hatte ein solides finanzielles Polster. Zum Glück konnte ihm sein Vater nach dem großen Krach doch nicht alle Mittel streichen. Niklas gegenüber hatte Richy ja so getan, als ob er alles aus eigener Kraft aufgebaut hatte. Richy konnte es eben immer noch nicht ganz lassen, etwas anzugeben. In Wahrheit hatte er sich sein Erbe auszahlen lassen und das Geld in den Bau seiner Finca und in die Surfschule gesteckt. Für Notfälle gab es immer noch genug Reserven auf der Bank. Trotzdem arbeitete Richy fleißig als Surflehrer. Er wollte es sich und seiner Familie beweisen, dass er völlig unabhängig klarkam.

Richy legte jetzt eine schnelle Kraulrunde nach und mobilisierte alle Kraftreserven. Er wollte sich heute richtig auspowern, den Frust herausschwimmen. Plötzlich pikste etwas in seinem Oberschenkel. Er registrierte es zwar kurz, schwamm dann aber sofort weiter. Aber nicht mehr lange und auch nicht mehr schnell. Seine Beine wurden zunehmend schwer und schwerer. Eine unsichtbare Kraft zog ihn einfach unter Wasser. Er schaffte es nicht, mit den Armen dagegen anzukraulen. Sein Oberkörper erschien ihm nun ebenfalls schwer wie Blei und es schmerzte höllisch. Als ob er unter eine Walze geraten war, die ihn nun Stück für Stück überrollte. Richy konnte seinen Kopf jetzt selbst bei größter Anstrengung nicht mehr über dem Wasser halten. Verzweifelt schlug er mit den Händen auf die Wasseroberfläche, bis seine Arme ebenfalls völlig gefühllos wurden. Richy riss die Augen auf, denn der Druck in seinem Kopf wurde unerträglich. Er schmeckte Blut auf seinen Lippen und spürte, dass er den Todeskampf verloren hatte. Sein

Körper gehorchte ihm nicht mehr. Widerstandslos sank er auf den Boden des Pools. In seinem furchtbaren Schmerz kam der ihm wie ein erlösendes Ende entgegen. Gabi, dachte Richy noch, Gabi, hilf mir.

8. Kapitel

Holger Schlehendorf hatte in seinem Berliner Stammlokal wieder den Vierertisch hinter einem kleinen Mauervorsprung reserviert. Hier konnte er ungestört über Geld plauschen und saß doch gemütlich, fand der Galerist. Er wartete auf seinen lukrativsten Künstler, Niklas Lux, und dessen Muse und Freundin Christin. Die Kohlezeichnungen, die nach der Auflösung des letzten großen Falls von Niklas Lux entstanden waren, hatten dem Galeristen Holger wider Erwarten sehr hohe Erlöse eingebracht. Obwohl er erst Zweifel angemeldet hatte, da sich nach seiner Erfahrung die Ölbilder des Malers bisher immer am besten verkauft hatten. Der würde sich jetzt bestimmt sehr über den unerwarteten Geldsegen freuen. Denn er hatte sich endlich ein Auto zugelegt und da war ihm das üppige Honorar zur Aufbesserung der Ersparnisse sicher willkommen.

Holger konnte es kaum erwarten, Niklas die frohe Botschaft zu verkünden. Er nippte schon einmal an seinem Rotweinglas und schaute ungeduldig Richtung Tür. Es war bereits eine Viertelstunde über der Zeit. Endlich kam jemand herein. Es war die Kunststudentin Christin. Sie kam allein. Das wunderte Holger Schlehendorf nicht wirklich, denn Christin wohnte ja in Berlin und wollte sich hier im Restaurant mit ihrem Freund Niklas treffen. Aber wo blieb Niklas? Der war doch fast nie unpünktlich.

Christin begrüßte Holger herzlich und in diesem Moment rauschte Niklas Lux etwas außer Atem an den Tisch. »Entschuldigt bitte die Verspätung! Ich habe einfach wieder zu viele Sachen auf einmal am Laufen.«

In den Augen den Galeristen blitzen die Dollarzeichen: »Mit wie vielen Bildern darf ich rechnen, toppst du deinen Rekord vom letzten Mal? Die Erlöse waren fürstlich. Dein neues Auto ist sozusagen bezahlt.«

Der Maler nickte kurz zufrieden. Holger schaute enttäuscht auf seinen Künstler. Er hatte etwas mehr Begeisterung erwartet. Stattdessen setzte der Maler noch einen drauf auf die empfindsame Kaufmannsseele des Galeristen: »Holger, du denkst schon wieder nur an die Bilder! Und ich muss schauen, wie ich alles gleichzeitig schaffen kann. Ich müsste mich klonen, um überall rechtzeitig vor Ort zu sein.«

»Ach du Armer« , Christin lächelte etwas ironisch. »Das ist doch wieder hausgemachter Stress. Niemand zwingt dich.«

»Ja, ich weiß, aber ich mache mir Sorgen.« Der Maler nahm erst einmal ein Schluck Wasser.

»Was ist denn los mit dir, Niklas? Wo drückt der Schuh?« Nun wollte es Holger Schlehendorf genau wissen. Insgeheim dachte er aber, dass Niklas Lux als Künstler auch sehr sensibel war und die harte Verbrecherjagd zu sehr an sich heranließ. Die beiden Tätigkeiten waren eben ein Widerspruch in sich und Holger hoffte, dass sein bestes Pferd im Stall nicht wieder zu früh und zu schnell losgaloppierte. Denn dann folgte meistens der kreative Absturz und der Galerist musste ewig auf die neuen Bilder warten.

Der Maler wollte nicht so recht raus mit der Sprache: »Ach, wahrscheinlich mache ich mir unnütze Gedanken. Wieder einmal.«

»Nun sag schon!« , forderte ihn seine Freundin Christin auf. »Vielleicht können wir dir die Zweifel nehmen, wenn du uns teilhaben lässt.«

»Also gut. Ein alter Polizeikamerad, Freund wäre übertrieben, aber doch schon ein guter Kamerad, hat mich gestern von Fuerteventura aus angerufen. Er würde verfolgt und man habe bereits zweimal versucht, ihn zu ertränken. Dazu müsst Ihr wissen, dass Richy, so hieß er unter uns Polizeischülern, der beste Schwimmer ist, den ich kenne. Fast ein Zweimetermann und er arbeitet als Surflehrer! Den unter Wasser zu bekommen, ist wirklich eine große körperliche Herausforderung. Warum sollte ihn also jemand ertränken? Warum ihn nicht einfach an Land umbringen? Wo ist das Motiv? Das lässt mir keine Ruhe. Vorausgesetzt, es ist wahr, was Richy mir erzählt hat. Da ich kurz vor dem Besuch eines neuen Klienten stand, habe ich ihn auf heute Vormittag vertröstet. Ich wollte am Telefon ausführlich die Details der beiden Mordversuche erfragen und dann entscheiden, was ich tun kann. Doch Richy hat nicht mehr angerufen. Unter seiner gestern abgespeicherten Nummer habe ich niemanden erreicht, obwohl ich es mehrmals versucht habe. Ich habe ihm aber auf seinen Anrufbeantworter gesprochen. Als nächstes werde ich morgen die Surfschulen durchtelefonieren. Das sind einige, sage ich euch! Außerdem weiß ich nicht, ob er sich vielleicht nur einen Scherz erlaubt hat. Aber so etwas passt eigentlich nicht zu Richy. Er ist wirklich kein guter Schauspieler, sondern immer offen zu seinen Mitmenschen und geradeheraus mit seinen Gedanken. Deshalb hatte er die Polizeiausbildung schon am Anfang hingeworfen, er ist ständig bei den Vorgesetzten angeeckt. Ich fand ihn gestern am Telefon ernsthaft besorgt, ja schon panisch ängstlich. So, nun wisst ihr, was mir Sorgen bereitet. Was soll ich jetzt tun? Ich kann doch schlecht hinfliegen, um nachzusehen.«

Holger Schlehendorf und Christin hatten aufmerksam hingehört.

»Nimm jetzt die Karte und suche dir endlich etwas aus, Niklas!« , versuchte Holger den Freund abzulenken. »Dann sieht die Welt schon wieder anders aus. Und mal ehrlich, wie wäre es denn, wenn du eine Woche Urlaub auf der Kanareninsel Fuerteventura dazwischenschiebst? Du hast doch früher auch mal gesurft. Probiere es doch einfach wieder! Ein bisschen

Ablenkung würde dir guttun. Vielleicht kann Christin sogar mitkommen?« Holger Schlehendorf sendete vielsagende Blicke an die Kunststudentin Christin.

Die riss ihre großen blauen Kulleraugen noch größer auf und wiegelte sofort ab: »Du hast Ideen, Holger! Ich habe gerade gar keine Zeit. Ich habe ein ganz tolles Projekt bekommen. Davon wollte ich euch heute erzählen. Vielleicht benötige ich dabei später eure Unterstützung.«

Niklas Lux lehnte den Vorschlag seines Galeristen ebenfalls dankend ab und verwies auf seinen neuen Auftrag, die Mordermittlung im Fall des Michael Hoffmann.

»Na gut Kinder, wenn ihr so stark beschäftigt seid, kann euch der gute Onkel Holger auch nicht helfen. Irgendwann schiebt ihr noch ein Burnout vor euch her, dann werdet ihr an meinen Vorschlag denken.«

Niklas Lux lachte: »Das sagt der Richtige! Ich erinnere dich an deine Worte, wenn es dir in Zukunft mal wieder nicht schnell genug gehen kann mit meinen Bildern.«

Holger wechselte nun lieber das Thema: »Christin, du wolltest uns doch von deinem neuen Projekt erzählen! Aber vorher bestellen wir bitte endlich etwas! Sonst heißt der nächste Fall des Malers, Hungertod eines Galeristen.« Bei diesem Satz klopfte sich der körperlich untersetzte Holger auf sein deutlich sichtbares Wohlstandsbäuchlein und hatte die Lacher mal wieder auf seiner Seite. Aber die anderen taten Holger den Gefallen und gaben endlich ihre Bestellung auf.

Danach bat der Maler seine Freundin Christin, von ihrem Projekt zu erzählen. Er war wirklich schon neugierig.

»Ach Niklas, du kannst dir gar nicht vorstellen, wie aufgeregt ich bin. Nächste Woche ist der erste Termin. Ich werde Menschen mit einem körperlichen Handicap malen und zwar so, dass es dem Betrachter der Bilder später gar nicht auffällt. Die abgebildeten Personen sollen auf dem Porträt soviel natürliches Selbstbewusstsein ausstrahlen, dass sie eins sind mit ihrem Handicap und es quasi vom Betrachter nicht mehr als solches empfunden wird.« Christin bekam rote Wangen während sie erzählte und ihre Gesichtshaut wirkte noch frischer als sonst. Verliebt lächelte Niklas Lux seine Freundin an.

Er war schon zwei Jahre mit ihr zusammen und hatte keinen Tag bereut. »Das klingt sehr spannend, Christin. Aber es wird schwierig, sogar sehr schwierig sein, das umzusetzen. Wenn etwas außerhalb der gewohnten Norm ist, besonders bei Körpern oder Formen, fällt es als erstes ins Auge. Dagegen anzumalen ist wirklich eine Kunst.«

»Ich weiß Niklas, aber sonst würde es mich auch nicht reizen.«

Holger hatte genau zugehört und fragte neugierig dazwischen: »Werden die Bilder später verkauft? Bekommst du einen Anteil Christin? Oder steckt sich die Hochschule alles ein?«

»Also Holger!« Christin lachte. »Du bist wirklich unverbesserlich! Danach habe ich nicht gefragt. Es ist eine Auszeichnung für mich, das Projekt bekommen zu haben und ich werde von dem verantwortlichen Professor künstlerisch beraten und begleitet.«

»Na, wenn es soweit ist, weißt du ja wo du mich findet. Du darfst dich nicht mit Almosen abspeisen lassen.« Der Kaufmann Holger ließ einfach nicht locker und Niklas Lux schaltete sich ein.

»Welche Art Einschränkungen haben die Modelle

denn?« , wollte er von Christin wissen.

»Ein Mann mit einem durch Brandnarben entstelltem Gesicht, eine Frau ohne Arme und ein Mann ohne Augenlicht sind die drei Menschen, welche ich porträtieren werde. Wie gesagt, es geht nicht um die Einschränkung, sondern um das, was die Persönlichkeit ausmacht. Dabei soll das jeweilige Handicap nicht versteckt werden, sondern ein Teil sein, der wie selbstverständlich dazugehört. Ich habe jede Woche zwei Sitzungen für die Vorskizzen. Malen werde ich dann ohne die betroffenen Menschen. Insgesamt sollen es drei Bilder werden. Für jeden eines.«

Christin, Niklas und Holger fachsimpelten noch eine Weile. Natürlich jeder von seinem Blickwinkel aus. Der Abend ging schnell vorbei und der Maler musste sich als erster verabschieden. Er wäre so gern zu Christin mitgegangen. Aber dafür war einfach keine Zeit mehr.

Zu Hause im Atelier angekommen, sah er schon seinen Anrufbeantworter blinken. Der Anrufliste entnahm er die Nummer aus Fuerteventura. Richy hatte sich also doch noch gemeldet.

Voller Hoffnung drückte Niklas Lux auf den Wiedergabeknopf:

»Hallo! Niklas Lux?« , stammelte eine Frauenstimme unter Tränen und fuhr fort, »Hier ist Gabi Seiler aus Corralejo auf Fuerteventura. Richy hat mir von Ihnen erzählt und davon, dass Sie ihm helfen würden. Nun ist er tot.« Es folgte ein Weinkrampf und lautes Schluchzen. Der Maler setzte sich. Er merkte, dass er sonst gleich den Boden unter den Füßen verlieren würde. Die Nachricht ging weiter: »Bitte helfen Sie mir! Die Polizei behauptet, er wäre ertrunken. Ich glaube es nicht. Rufen Sie an! Ja? So schnell Sie können, bitte. Ich gebe Ihnen meine Handynummer. Sie lautet ...« Es knackte zweimal und die Nachricht endete abrupt. Betroffen saß der Maler noch weitere zehn Minuten in seinem Sessel, bevor er mit der Planung begann. Er wusste, es würde jetzt einiges auf ihn zukommen.

9. Kapitel

Frank Vogt saß in seinem Bungalow und konnte es nicht glauben. Fassungslos starrte er auf die eingeschnittenen Schwimmflügel. Hier hatte tatsächlich jemand besonders Bösartiges Hand angelegt. Aber wer tat so etwas? Frank Vogt musste unbedingt mit seiner Tochter Lisa in aller Ruhe sprechen. Der Detektiv Niklas Lux hatte ihm dringend geraten, herauszubekommen, ob Lisa ihren Retter schon einmal vorher gesehen oder getroffen hatte. Bisher hatte sie sich jedoch geweigert, über diesen aufregenden Badenachmittag zu sprechen. Sie wollte nicht einmal mehr an den See. Vincent meinte, dass Frank Vogt seine Tochter einfach direkt fragen sollte. Er erklärte ihm, dass es ihm als Kind auch immer schwergefallen sei, von sich aus etwas zu erzählen. Aber wenn die Frage direkt gekommen sei, dann hätte er meistens wahrheitsgemäß geantwortet. Bisher hatte sich Frank Vogt nicht getraut, seine Tochter nach dem Mann zu fragen, da der Maler ihn gewarnt hatte, der Kleinen nichts in den Mund zu legen.

Aber nun wollte der Vater von Lisa trotzdem diese Möglichkeit nutzen. Anders kam er ja nicht weiter. Er rief Lisa zu sich.

»Lisa, meine Sternschnuppe! Weißt du was? Ich finde, wir müssten uns noch bei deinem Retter bedanken. Aber ich weiß gar nicht, wer er ist.«

»Du brauchst dich nicht zu bedanken, Papa. Der Mann hat mich geärgert.«

»Weil er dich gerettet hat?«

»Nein, vorher!« Lisa ballte die kleinen Fäustchen und kniff ihre Augen zusammen

»Na sowas! Das geht ja gar nicht!« , versicherte Frank Vogt seiner Tochter. Lisas Vater bekam schweißnasse Hände vor Aufregung. Es gab also vorher einen Kontakt! Er musste sich zusammennehmen und durfte Lisa jetzt nicht zu viele Fragen auf einmal stellen. Da Lisa gerade gesprächig wurde, wartete er kurz ab. Das war genau die richtige Taktik.

»Der Mann hat sich über mich lustig gemacht. Weil ich noch Schwimmflügel umhatte, obwohl ich ihm erzählt hatte, dass ich schon das Seepferdchen habe.«

»Was hat er denn genau gesagt, der gemeine Mann? Lisamäuschen, erinnerst du dich?«

»Eigentlich nichts weiter. Aber er hat sich lustig gemacht! Das mag ich nicht.«

Frank Vogt drückte seine Kleine ganz fest. »Das ist auch nicht in Ordnung von dem Mann. Aber er hat es ja wieder gut gemacht und dich gerettet.«

»Er hat gesagt, ich hätte mich in einer Schlingpflanze verheddert und wäre deshalb immer wieder untergetaucht. Jetzt habe ich Angst vor den Schlingpflanzen im See.«

»Aber an der Badestelle, wo der Kies aufgeschüttet wurde, sind keine Pflanzen im Wasser.«

»Aber am Rand! Wo ich war! Da sind welche.«

»Na, an dieser Stelle schwimmst du jetzt auch nicht mehr. Weißt du noch ungefähr, wo das war?«

»Mhm.«

»Und würdest du es dem Papa zeigen? Nur vom Ufer aus.«

»Mhm.«

»Prima Lisa! Und anschließend essen wir ein großes Eis.«

»Wie viele Kugeln darf ich?«

»Soviel du willst, mein Spatz!«

Lisa rannte aus dem Bungalow zu ihrer Mutter: »Mama, Mama! Papa und ich gehen ein Rieseneis essen!«

Lisas Mutter wollte gerade protestieren, denn es war eine halbe Stunde vor dem Mittagessen. Aber ihr Mann gab ihr deutliche Handzeichen, dass alles seine Ordnung hatte. Nicole verstand sofort. Frank musste etwas aus Lisa herausbekommen haben. Die Badestelle lag auf dem Weg zur Eisdiele. Das wusste Nicole natürlich und stellte keine Fragen mehr.

»Viel Spaß! Ihr esst dann eben später Mittag. Falls ihr überhaupt noch Hunger habt. Komm Marie, hilf mir, den Tisch zu decken! Vincent repariert gerade Franks Angel.«

Nicole versuchte Marie immer irgendwie mit einzubinden, um sie aus ihrer Lethargie herauszuholen. Sie hing so sehr an ihrem Vater und hatte sich in ihrem Schmerz völlig zurückgezogen. Ihr Bruder Vincent schien rein äußerlich besser mit dem Verlust klarzukommen, stellte Nicole erleichtert fest. Seit dem Gespräch mit dem Detektiv hatte er sogar neuen Mut gefasst.

Dieser Maler musste wohl auch ein guter Psychologe zu sein, dachte sie. Der Galerist Holger hatte Nicole in den höchsten Tönen von ihm vorgeschwärmt. Hoffentlich schaffte er es wenigstens, dass Sandra bald aus dem Gefängnis kam. Es waren schließlich nicht ewig Ferien. Spätestens wenn die Schule wieder anfing, mussten Vincent und Marie zurück nach Hamburg.

Lisa hatte ihrem Vater den Platz am Rand der Badestelle gezeigt. Es war genau dort, wo die Uferböschung sich wie eine Zunge ins Wasser zog. Hier tauchten Frank Vogt und Vincent deshalb am Nachmittag auf dem Seeuntergrund und suchten nach Schlingpflanzen. Sie hatten sich extra Taucherbrillen aufgesetzt. Das Wasser war zwar durch die vielen Bäume trüb in der Farbe, aber sauber. Es war ja ein Waldsee. Die ständig in den See fallenden Blätter und Blüten gaben dem Wasser ein milchig braunes Aussehen.

Die beiden suchten den Grund des Sees, dort wo Lisa gebadet hatte und fast ertrunken war, akribisch ab. Der See war an dieser Stelle zwar modrig und Baumwurzeln schauten aus dem Morast, aber von Schlingpflanzen war weit und breit nichts zu sehen. Der Mann hatte gelogen und er hatte Lisa provoziert, stellte Frank Vogt erschüttert fest. Der angebliche Retter hatte bereits vorher mit seiner Tochter Kontakt aufgenommen. War Lisa in Gefahr oder machte sich Frank Vogt einfach zu viele Sorgen? Er dachte an die aufgeschlitzten Schwimmflügel und ihn beschlich eine fürchterliche Ahnung. Hatte der fremde Mann vielleicht etwas damit zu tun? Frank Vogt wollte den

Detektiv, der sich bereits darum kümmerte, den Mord an seinem Freund aufzuklären, nun ebenfalls um Hilfe bitten.

10. Kapitel

Der Maler saß in seinem Atelier und versuchte seinen bereits in der vorigen Nacht begonnenen Zeitplan weiterzuentwickeln. Es war einfach zum Mäuse melken! Wie er es auch drehte, eine Reise nach Fuerteventura passte ihm gerade gar nicht in den Plan. Der Maler hatte heute Morgen mit Richys Freundin Gabi telefoniert. Sie war zum Glück unter dem Festnetzanschluss erreichbar gewesen, nachdem der Anrufbeantworter ihre Handynummer verschluckt hatte. Niklas Lux machte sich Gedanken, ob er Richys Tod hätte verhindern können, wenn er versucht hätte, gleich mehr über die beiden Mordversuche zu erfahren. Aber eine halbe Stunde vor dem nächsten Kliententermin wäre es unsinnig gewesen, ein solches Gespräch zu führen. Was hätte dabei schon herauskommen sollen? Vielleicht hätte er aber Richy am Abend noch einmal anrufen können. Diesen Vorwurf machte sich der Maler heute schon. Doch Gabi erzählte ihm, dass es wohl schon am späten Nachmittag passiert sei. So ein Mist, dachte der Maler. Schlimm genug, dass der alte Freund tot war, der Maler hatte jetzt niemanden mehr, den er zu den zwei Mordversuchen davor befragen konnte. Richy hatte ihm erzählt, dass es vorher zweimal nicht geklappt hatte, ihn zu ertränken. Sein Verdacht wurde leider auf die traurigste Art und Weise bestätigt. Richy hatte sich das alles nicht ausgedacht! Der Maler war sich sicher, dass es der gleiche Täter gewesen sein musste. Gabi Seiler konnte ihm nur wenig weiterhelfen. Richy hatte seiner Freundin nicht viel erzählt. Ja, er hatte es ihr am Anfang sogar verschwiegen und irgendwelche Krankheiten als Grund dafür erfunden, warum er nicht mehr zum Wasser wollte. Gabi hatte ihm dann später auch geraten, die Polizei einzuschalten. Aber die Polizisten hatten Richys Sorgen wohl nicht so ernst genommen. Sie wussten nicht, wo sie ansetzten sollten. Es gab keinen Verdächtigen und keine Spuren. Die Polizisten gingen davon aus, dass Richy vielleicht nur einen Schwächeanfall gehabt hatte und als Surflehrer natürlich nicht zugeben wollte, dass er im Wasser plötzlich Probleme bekam.

Aber ein Protokoll werden sie wohl in der Dienststelle noch haben, fiel dem Maler ein. Das musste er sich besorgen! Richy hatte die Vorgänge bestimmt genau beschrieben. Der Maler wollte gleich seine Schwester Frieda anrufen. Mals sehen, ob ihr langer Arm als leitende Beamtin beim BKA Wiesbaden bis auf die spanische Ferieninsel reichte. Niklas Lux konnte auf gar keinen Fall sofort auf die Kanaren fliegen. Zuerst musste er nach Hamburg und sich um die Familie des getöteten Michael Hoffmann kümmern. In der Hansestadt war es zurzeit sogar heißer als in Spanien. Dieser Sommer war wirklich in jeder Hinsicht mörderisch, dachte Niklas Lux, während er zum Handy griff, um seine Schwester Frieda anzurufen.

Er hatte schon seit zwei Wochen nichts von ihr gehört. Das war seltsam. Hoffentlich ging es ihr gut. Sie fragte sonst regelmäßig nach, was ihr Zwillingsbruder so trieb, wie sie es nannte.

Zum Glück war Frieda gleich am Handy: »Niki, hallo mein Bruderherz! Schön, dass du dich meldest. Ich nehme an, du brauchst meine Hilfe.«

»Frieda, sorry, ja. Aber ich hätte dich auch so angerufen. Wenn du zwei Wochen nichts von dir hören lässt, mache ich mir natürlich Sorgen. Ist alles o.k.? Bist du gesund?«

»Ich bin so gesund wie man es nur sein kann bei der Hitze! Zum Baden komme ich leider nicht, bei uns ist die Hölle los.«

»Also ich kann ebenfalls nicht klagen« , unterbrach Niklas seine Schwester lieber gleich, bevor sie einen Auftrag für ihn hervorzauberte. Er hatte jetzt wahrlich selbst genug zu tun.

»Keine Lücke mehr?«

»Keine, nicht einmal einen Spalt oder einen kleinen Schlitz. Alles dicht!«

»Ach Niki, schade. Dann schieß mal los! Du wolltest doch etwas von mir. Oder?«

Niklas Lux erzählte seiner Schwester die grausame Geschichte von Richys Tod und versuchte ihr klarzumachen, in welcher Zwickmühle er sich befand.

Frieda dachte kurz nach: »Also, so einfach die Protokolle auf das Fax legen, das geht natürlich nicht. Aber ich werde sehen, was ich tun kann. Wahrscheinlich bekommen es auf dem kurzen Dienstweg hin. Ich habe einen Kollegen, der auf Fuerteventura ein Ferienhaus besitzt. Vielleicht hat er Verbindungen zur örtlichen

Polizei. Lass mich mal machen! Mir fällt schon etwas ein.«

»Du bist ein Schatz, Schwesterherz! Wo drückt bei dir der Schuh? Erzählen kannst du es mir gern. Aber recherchieren kann ich leider nicht für dich. Der tote Richy ist mir ja zusätzlich vor die Füße gefallen. Eigentlich bin ich gerade ganz am Anfang einer Mordermittlung: Ertrinken mit unklarer Todesursache und die Ehefrau ist die Hauptverdächtige. Ich muss morgen deshalb an den See, an dem es passiert ist und auf dem Campingplatz ein paar Leute befragen. Dann fahre ich gleich weiter nach Hamburg, um mit der Ehefrau zu sprechen. Sie sitzt in Untersuchungshaft.«

»Interessant« , meldete sich Frieda am anderen Ende zurück, »wir schlagen uns gerade mit unklaren Todesfällen in städtischen Bädern herum. Die Ursachen sind noch nicht geklärt. Wir können eine Serie nicht ausschließen. Deshalb hat das BKA die Sache auf den Tisch bekommen. Hamburg war übrigens auch dabei. Im Elbebad ist eine Frau umgekommen.«

»Frieda, versuch jetzt bitte nicht mich umzustimmen.«

»Nein, ich wollte es nur erwähnen. Da du erzählt

hast, dass du morgen nach Hamburg fährst.«

Niklas Lux lachte: »Schon gut. Ich danke dir jedenfalls für die zugesagte Unterstützung auf Fuerteventura.«

Frieda und ihr Zwillingsbruder Niklas plauschten noch ein wenig und versicherten sich zum zigsten Male, dass sie sich endlich mal wieder nur privat treffen müssten. Insgeheim wussten sie beide, dass es wohl erneut bis Weihnachten dauern würde.

11. Kapitel

Frank Vogt hatte Niklas Lux sofort kontaktiert, nachdem er mit Lisa gesprochen hatte. Der Detektiv wollte auf der Rückfahrt von Hamburg vorbeikommen. Dann konnte er mit Vincent sprechen und würde sich auch um die mysteriöse Angelegenheit mit Lisa kümmern. Die Eltern gingen nun abwechselnd mit ihrer Tochter baden und ließen sie keine Minute aus den Augen. Lisa hatte zum Glück ihre Angst etwas verloren und ihre alte Fröhlichkeit zurückgewonnen.

Gott sei Dank, dachte Frank Vogt während er allein ein wenig am See entlang schlenderte, Kinder vergessen schnell. Es war kurz vor dem Abendbrot und er wollte an seiner Lieblingsbadestelle noch etwas schwimmen. Hier an dem alten Angelsteg war es meistens leer und still. Frank Vogt genoss die Ruhe. Er zog sein Shirt und die Shorts aus und legte die Sachen zu seinem kleinen Baderucksack, in dem er immer sein Handtuch und Sonnencreme mitnahm. Entspannt setzte er sich auf den Steg und baumelte mit den Füßen im über 20 Grad warmen Wasser. Es ging gleich tief hinein und Frank Vogt legte jetzt einen exzellenten Kopfsprung hin, bevor er hinaus auf den See kraulte. Abgelegen vom allgemeinen Badetrubel probierte er gern die verschiedenen Schwimmarten aus. Beim anstrengenden Delphinschwimmen tat er sich inzwischen schon etwas schwerer als früher. Frank Vogt wechselte in die Rückenlage und kraulte so ganz locker in Richtung Ufer zurück. Auf einmal platschte etwas neben ihm, ganz dicht an seinem Arm vorbei. Er spürte den Luftzug. Erschrocken richtete sich Frank Vogt auf und schaute sich um. Es war niemand zu sehen. Das Ufer war dicht bewaldet und komplett blickdicht. Aber genau neben ihm schwamm etwas! Was war das denn? Und woher kam es geflogen?

Instinktiv schaute Frank Vogt in den Himmel. Es konnte ja von einer Drohne abgeworfen worden sein. Er konnte nichts erkennen. Am strahlendblauen Himmel waren nur ein paar Schäfchenwolken aufgezogen. Frank Vogt machte zwei Schwimmzüge zu dem seltsamen Päckchen hin, welches gerade neben ihm gelandet war. Es war ein größerer Korken, an dem irgendetwas, in weiße Folie Eingewickeltes hing. Es musste vom Ufer aus geworfen oder vielleicht sogar abgeschossen worden sein. Denn um das Päckchen so weit zu werfen, war es eigentlich zu leicht. Es sollte ja bestimmt nicht untergehen.

Eilig schwamm Frank Vogt mit der ominösen Fracht an Land. Er war neugierig, was sich wohl darin befand. Frank Vogt kletterte auf den alten Angelsteg und wickelte gespannt die Folie ab.

Dann las er die an ihn gerichtete Botschaft:

»Hallo Frank! Ich denke, du liebst deine Tochter sehr und du wirst mir meine Bitte nicht abschlagen. Warum soll ein unschuldiges Kind an deiner Stelle sterben? Deshalb gebe ich dir eine Chance, sie zu retten. Du darfst keine Polizei einschalten, dann ist Lisa tot. Auch sonst zu Niemandem ein Wort, Frank!

Es ist eine Sache zwischen uns beiden. Frank, es wird Zeit, dass du erfährst, wie grausam Wasser sein kann. Du wirst dir deshalb bald einen schweren Stein an den Körper binden und damit an einer tiefen Stelle in den See springen. Das ist meine Forderung. Dein Leben für das von Lisa. Versuche nicht, sie zu beschützen! Ich finde euch! Warte auf weitere Anweisungen! Ich werde dich informieren, wenn der Zeitpunkt gekommen ist, an dem du deinen letzten Weg gehst.«

Frank Vogt saß zitternd auf dem Steg und schaute ungläubig auf das Stück Papier, welches er in der Hand hielt. Seine Hände brannten. Er warf die schreckliche Botschaft weg, als ob er sie damit rückgängig machen könnte. Gleich darauf stürzte er hinterher, um das Papier wieder aus dem Wasser herauszufischen. Was hatte das alles zu bedeuten? Welcher Verrückte war hinter ihm her? Der Badeunfall mit Lisa erschien Frank Vogt jetzt auch in einem völlig neuen Licht. Es war eine Warnung gewesen! Eine eindeutige Botschaft! Lisas Vater schlug verzweifelt die Hände vors Gesicht. Er konnte die aufkommenden Tränen nicht unterdrücken. Was sollte er bloß tun? Nicole trotzdem alles erzählen? Sie würde durchdrehen und sie würde bestimmt die Polizei informieren. War das vielleicht sogar am Vernünftigsten? Frank Vogt wusste es nicht. Er könnte sich an den Detektiv Niklas Lux wenden. Aber der wahnsinnige Briefschreiber hatte verboten, es irgendjemanden zu erzählen! Niklas Lux wusste aber schon von der Sache mit Lisa und den eingeschnittenen Schwimmflügeln. Das konnte Frank Vogt jetzt nicht mehr rückgängig machen. Der Irre hatte gefordert: »Zu Niemanden ein Wort!« Hoffentlich war es nicht schon zu spät. Lisas Vater wollte das Leben seiner Tochter nicht gefährden und war sich doch zutiefst unsicher, was er tun sollte. Wie jeder liebende Vater würde er, wenn es sein musste, für sein Kind sterben. Aber doch nicht so! Und was wollte dieser Wahnsinnige überhaupt von ihm? Was hatte er ihm denn getan? Frank Vogt konnte gerade keinen klaren Gedanken fassen.

Er raffte die Überbleibsel der grausamen Botschaft zusammen und steckte sie in seinen Baderucksack. Dann machte er sich auf den Weg zurück zum Bungalow. Er war spät dran und Nicole und die Kinder warteten bestimmt schon mit dem Abendbrot.

Der Weg zurück zur Anglersiedlung war Frank Vogt noch nie so lang vorgekommen. Er schleppte sich mit weichen Knien über den ausgetrockneten Weg. Sein Gesicht war bleich und fahl, trotz der Sonnenbräune. Nicole verschluckte sofort der Vorwurf über sein Zuspätkommen und rief erschrocken: »Frank! Was ist mit dir? Du siehst ja schlimm aus! Komm, leg dich erst einmal hin!«

12. Kapitel

Christin war sehr aufgeregt. Heute würde sie ihr erstes Modell kennenlernen. Es war ein Mann, der gemäß seiner Vita bereits seit dem Jugendalter mit schweren Brandnarben im Gesicht leben musste. Inzwischen war der Mann 43 Jahre alt, also in etwa im Alter ihres Freundes Niklas. Christin gestaltete den Raum, den die Kunsthochschule ihr zur Verfügung stellte, noch schnell etwas wohnlicher. Sie hatte dafür eine bunte Decke für die Besuchercouch mitgebracht, einen Strauß frischer Sonnenblumen in die Bodenvase gestellt und aus der Kantine Getränke, belegte Brote und

Kekse geordert. Schließlich wollte sie dem Mann erst einmal in ungezwungener Atmosphäre begegnen. Die Modelle stellten sich anonym zur Verfügung. Christin kannte weder den Namen noch den Wohnort oder den Beruf ihres jeweiligen Modells. Nichts sollte vom eigentlichen Projekt ablenken. Sie sollte sich nicht vorbereiten. Der Mann durfte ihr aber erzählen, wie er mit seiner Einschränkung zurechtkam und aus welchem Grund er diese hatte. Angaben zu seiner Person waren nicht gestattet. Das ganze Projekt war ein Wettbewerb europäischer Kunsthochschulen und auch die Berliner Hochschule nahm an der Challenge teil und hatte die Kunststudentin Christin dafür nominiert. Das verstärkte den Druck natürlich, denn sie wollte ihre Schule unbedingt würdig vertreten und einen professionellen Eindruck bei der Arbeit machen.

Christin hatte deshalb ihre blonden Locken zu einem streng geflochtenen Pferdeschwanz gebunden. Sie war ungeschminkt, was ihrer natürlichen Schönheit aber keinen Abbruch tat. Mit ihrem engelsgleichen Gesicht und ihren wohlgeformten Rundungen sah sie aus wie aus einer anderen Zeit. Als ob sie als Muse für einen Maler geschaffen wurde, wie ihr Freund Niklas immer betonte. Dass sie ihm eine kluge und verständnisvolle Partnerin war, machte die Beziehung perfekt, wie er fand. Christin liebte ihn ebenfalls und bewunderte ihn. Manchmal wünschte sie sich jedoch etwas mehr Beständigkeit in ihrer Partnerschaft. Sie ließ es sich dem Maler gegenüber jedoch nie anmerken, wenn sie sich zurückgesetzt fühlte.

Christin sortierte die Stifte und Blätter an ihrer Staffelei und probierte eilig den höhenverstellbaren Drehstuhl auf ihre 1,75 m Körpergröße einzustellen. Vor ihr musste eine wirklich sehr kleine Person darauf gesessen haben, wunderte sich Christin.

Es klopfte. Christins Puls beschleunigte sich. »Herein!« , rief sie mit belegter Stimme. Dann ging die Tür auf und er kam in das Zimmer. Christin war froh, dass sie noch saß. Dieser Mann war eine Erscheinung. Er hatte eine körperliche Präsenz, die sofort den ganzen Raum füllte.

»Guten Tag!« , grüßte er kurz mit einer angenehm warmen Stimme.

Christin war schnell von ihrem Stuhl aufgesprungen, dessen Sitzfläche daraufhin sofort wieder nach unten rutschte und im letzten Loch lautstark einrastete. Ein Vorschulkind hätte nun bequem darauf Platz finden können. Der Mann und Christin mussten beide herzlich lachen. Das Eis war gebrochen.

»Guten Tag! Ich bin Christin. Herzlich willkommen! Danke, dass Sie an unserem Projekt teilnehmen« , begrüßte Christin ihr Modell höflich.

»Wir können du zueinander sagen. Ich bin Markus. Als der Ältere darf ich das Du ja anbieten.«

»Danke, das können wir gern tun. Bitte nimm doch erst einmal in der Besucherecke auf der Couch Platz. Dort können wir uns vorab ein wenig unterhalten. Bediene dich bitte! Ich habe besorgt, was die Kantine so hergab. Kaffee?«

»Ja gern, sehr aufmerksam« , bedankte sich Markus und schaute Christin dabei so intensiv aus seinen dunkelgrünen Augen an, dass sie vor Schreck den Kaffee verschüttete. Er griff flink nach den Servietten und hatte das Malheur im Handumdrehen beseitigt. Christin wich seinem Blick nun lieber aus. Sie stellte zu ihrer Verwunderung fest, dass sie die Brandnarben ihres Modells, welche das ganze Gesicht, ein Ohr und den halben Hals bedeckten, gar nicht so richtig wahrgenommen hatte. Seine Gesichtskontur hatte nichts von der Harmonie eingebüßt, stellte Christin fest. Seine Augenbrauen waren wahrscheinlich transplantiert worden, das war ja heutzutage kein Problem mehr. Auf künstliche Wimpern schien Markus aber zu verzichten. Das war auch nicht nötig, seinen Augen konnte man schon so kaum ausweichen, dachte Christin, während sie den fremden Mann nun doch intensiver musterte. Er ließ es so selbstverständlich geschehen, als wenn es das Normalste der Welt wäre.

Markus beugte sich zu Christin, die ihm im Sessel gegenübersaß, herüber und flüsterte: »Ich bin schon so auf das Porträt gespannt.«

»Ich auch, Markus. Ich auch. Glaube mir, es ist eine künstlerisch nicht ganz einfache Aufgabe. Und - ich möchte dich vor allem menschlich nicht enttäuschen. Du musst dich wiederfinden in deinem Porträt. Unbedingt! Dann ist es gelungen.«

»Ich bin mir sicher, wir schaffen das gemeinsam« , antwortete Markus und schob dabei seine gutgeformte Hand über den Tisch zu Christin. Wie zufällig berührte er kurz ihren Unterarm.

Christin errötete und ermahnte sich jetzt innerlich, endlich mehr bei der Sache zu sein. Sie verstand nicht, was mit ihr los war. Wie hatte es der Fremde so schnell geschafft, sie emotional um den Finger zu wickeln? Auf keinen Fall war es Mitleid. Christin wusste genau, dass es das letzte war, was Menschen mit einem Handicap gebrauchen konnten. Markus hatte einfach eine faszinierende Ausstrahlung und er war immer noch ein sehr schöner Mann. Einen den sich Michelangelo schon als Modell gewünscht hätte, dachte sie

begeistert.

Jetzt sollte es aber mit der eigentlichen Arbeit los gehen, nahm sich Christin fest vor und fragte ihr Gegenüber: »Markus, du hast deine Brandnarben seit dem Jugendalter? Möchtest du mir erzählen, wie es dazu gekommen ist?«

»Es ist kein Problem für mich, darüber zu reden. Ich war dreizehn Jahre alt und zum Grillfest bei einem Freund eingeladen. Seinem Onkel wurde der Grill nicht schnell genug heiß und er hat einfach Brennspiritus auf die Grillkohle gegossen. Die Stichflamme hat mich dann voll im Gesicht erwischt. Mehr gibt es nicht zu sagen.«

»Danke Markus, für diese sehr persönliche Information. Es hilft mir sehr, wenn ich etwas mehr Hintergrundwissen für dein Porträt habe.« Christin bemühte sich jetzt bewusst um einen förmlicheren Umgang mit Markus. Sie fand sich inzwischen schon peinlich, weil sie sich dem fremden Mann gegenüber verhielt wie ein Teenager, der zum ersten Mal sein Idol getroffen hatte.

»Ich helfe dir sehr gern, nichts muss dir dabei unangenehm sein« , antwortete Markus und um seine rekonstruierten, vollen Lippen glitt ein vielsagendes Lächeln.

Christin fühlte sich ertappt. Sie musste einfach endlich anfangen zu zeichnen. Dann war sie in ihrem Element. Das Gespräch mit diesem interessanten Mann lenkte sie zu sehr ab.

»Markus, bitte mach es dir bequem! Für die ersten Vorskizzen kannst du einfach auf der Couch sitzen bleiben und dich auch bewegen. Ab und zu werde ich dich bitten, eine neue Position einzunehmen.«

Markus schlug ein Bein über das andere und lehnte sich zurück. Er hatte eine schlichte dunkelblaue Jeans und exklusive italienische Lederschuhe an.

»Mir ist warm und ich würde meinen Pullover lieber

ausziehen. Ich habe ein T-Shirt darunter. Wäre das auch o.k. für dein Bild?«

»Das ist ganz egal, Markus. Die Kleidung spielt keine Rolle. Es ist nicht gesagt, dass du später auf dem Bild dasselbe anhast wie jetzt.«

»Aber ich habe etwas an?« Nun war Markus kurz aus dem Konzept gekommen.

Christin lachte. Sie hatte ihre Sicherheit wieder und zuckte mit den Schultern. »Mal sehen« , antwortete sie schelmisch und setzte sofort hinterher, »natürlich wirst du etwas anhaben.«

Nachdem sie ihren Drehstuhl endlich auf eine akzeptable Höhe eingestellt hatte, begann Christin mit ihren Vorskizzen. Markus saß ruhig und führte geduldig alle Anweisungen aus. So kam sie gut voran und Christin war mit ihrer Arbeit zufrieden. Ihr erstes Modell hatte sie tief beeindruckt.

13. Kapitel

Niklas Lux war wieder einmal zum Arbeiten in Hamburg. Er saß am Schreibtisch in seiner in Hamburg-Winterhude gelegenen Altbauwohnung. Er hatte sich dieses, an einem Kanal gelegene Schmuckstück schon vor Jahren zugelegt, da ein Hotelaufenthalt ihn zu sehr anstrengte und ablenkte. Im Urlaub ließ er sich gern im Hotel verwöhnen. Aber immer, wenn er irgendwo im Norden Deutschlands zu tun hatte, stieg er inzwischen in seiner Zweitwohnung ab. Nur hier konnte er ungestört arbeiten. Seine Freunde, unter anderem der Galerist Holger und sein Lebensgefährte, nutzten die zentral gelegene Wohnung ebenfalls regelmäßig für Besuche in der Hansestadt. Die Wohnung verfügte über drei Zimmer: ein Wohnzimmer, ein Schlafzimmer und ein, nur dem Maler zugängliches Arbeitszimmer. Da es in dieser Gegend kaum Parkplätze gab, war der zur Wohnung gehörende Tiefgaragenstellplatz ein Musthave. Erst recht, weil Niklas Lux jetzt einen schnittigen Kleinwagen sein Eigen nannte.

Auf dem Weg von seinem Atelier nach Hamburg hatte der Maler eine Zwischenstation im Fall Michael Hoffmann eingelegt, um sich an Ort und Stelle ein Bild zu machen. Die Befragung der Urlauber auf dem Campingplatz, an dem die Hoffmanns mit ihrer Charteryacht in der Mordnacht vor Anker lagen, hatte aber nichts Neues gebracht. Die meisten waren am besagten Abend noch gar nicht vor Ort. Der Hafenmeister hatte damals schon Feierabend gehabt und ein paar Dauercamper konnten sich zwar vage an eine hübsche, blonde Frau erinnern, die viel Wein getrunken hatte, aber an mehr auch nicht.

Der Maler ging jetzt deshalb lieber noch einmal seinen Skizzenblock mit den Zeichnungen aus dem Gespräch mit Vincent Hoffmann durch. Er wollte schauen, ob er mit etwas Abstand neue Anhaltspunkte finden konnte. Denn heute würde der Maler Sandra Hoffmann, die unter Mordverdacht stehende Mutter von Vincent, im Gefängnis besuchen. Der Maler wollte sie dann ausführlich befragen. Mehrmals hatte er ihre Akte aufmerksam durchgelesen. Wenn sie die Wahrheit gesagt hatte und unschuldig war, konnte sie zum Tathergang wirklich keine Auskunft geben. Aber was hatte sie genau in der Zeit getan? Mit wem hatte Sandra Hoffmann gesprochen? Wen getroffen und wie lange? Hier taten sich dem Maler nach der Aktenlage noch Lücken auf. Nicht im eigentlichen Ablauf, sondern bei den Details. Da würde er ansetzen. Der Maler schrieb sich seine Fragen einzeln oben rechts, auf jeweils eine Seite im Skizzenblock. Die Gesprächsdauer in der Untersuchungshaft war begrenzt und er musste alles akribisch vorbereiten. Viel Zeit blieb ihm nicht mehr, stellte er bei einem Blick auf seine Wanduhr fest. Eine halbe Stunde später brauste Niklas Lux mit seinem Wagen aus der Tiefgarage und ermahnte sich sogleich zur Disziplin, um nicht wieder einen Busgeldbescheid zu riskieren. Holger, sein Galerist und Freund, hatte davon bereits einen Ordner für Niklas angelegt, aus der Zeit, als der Maler sich immer regelmäßig dessen Auto geliehen hatte.

Die ohnehin schon sehr schlanke Sandra Hoffmann war schmal geworden. Die letzten zwei Wochen hatten stark an ihr gezehrt. Für den Besuch des berühmten Detektivs hatte sie aber etwas Makeup aufgelegt und sich ihre blondgesträhnten Haare so gut es ging zurecht gemacht. Sie saß am Tisch im Besucherraum, der Stuhl ihr gegenüber war noch leer. Die Beamtin, die zu ihrer Bewachung neben der Tür stand, erschien fast wie unsichtbar. So sehr war die Farbe ihrer Kleidung mit der undefinierbaren Farbe der Wand verschmolzen.

Die Tür ging auf, Niklas Lux betrat den Raum und Sandra Hoffmann betrachtete den attraktiven Mann mit neugierigem Interesse. Hoffentlich war er wirklich so kompetent, wie ihre Freundin Nicole behauptete. Und hoffentlich kostete er nicht soviel. Seine Kleidung war zwar sportlich zurückhaltend, aber schon ausgesucht und sehr hochwertig. Sandra Hoffmann hatte ein Auge dafür.

»Guten Tag, Frau Hoffmann!« , begrüßte der Maler die resigniert wirkende Sandra. »Mein aufrichtiges Beileid zum Ableben Ihres Mannes.«

»Danke« , mehr brachte die mordverdächtige Ehefrau nicht heraus. Sie hatte es so satt, immer und immer wieder dasselbe zu erzählen. Sie wusste einfach wirklich nicht, was mit Michael passiert war. Warum glaubte ihr bloß niemand? Wenn ihre Kinder nicht gewesen wären, hätte sie schon aufgegeben. Aber für Vincent und Marie wollte sie stark sein. Die hatten es schwer genug. Der Vater wollte die Familie verlassen, wurde ermordet und ihre Mutter saß deswegen in Untersuchungshaft. Was hatten ihre beiden Lieben nur verbrochen, dass das Schicksal plötzlich so hart mit ihnen umging? Sandra Hoffmann stützte ihren Kopf in beide Hände und blickte auf den Tisch. Während sie in Gedanken mit den schrecklichen Dingen haderte, setzte sich der Maler zu ihr.

Nach einer kleinen Wartezeit sagte er: »Frau Hoffmann, ich beglückwünsche Sie zu Ihrem tollen Sohn. Der Vincent hat einen nachhaltigen Eindruck auf mich gemacht. Marie werde ich morgen kennenlernen, wenn ich die Vogts in ihrer Anglersiedlung besuche. Es sind gute Freunde, die Sie haben. Sie kümmern sich rührend um Ihre Kinder. Herr Vogt hat Vincent sogar zu mir begleitet.«

Erstaunt schaute Sandra Hoffmann den Detektiv an. Sie hatte eigentlich gleich ein Bombardement an Fragen erwartet. Stattdessen fuhr der Maler fort: »Wie geht es Ihnen Frau Hoffmann? Wie kommen Sie zurecht, in der für Sie sicher mehr als ungewohnten Umgebung?«

»Es geht, ich versuche stark zu bleiben. Aber die Zeit zermürbt einen mit jedem Tag mehr.«

»Ich werde Ihnen helfen, Frau Hoffmann. Sie müssen mich aber unterstützen. Keine Angst, ich werde Sie nicht mehr fragen, was sie den Beamten und ihrer Anwältin sicher schon mehrmals erzählt haben. Ich kenne die Akten und habe diese ausführlich studiert. Ihr Sohn Vincent und Frank Vogt haben mir ebenfalls schon einige Mosaiksteine zum Gesamtbild geliefert. Was ich von Ihnen möchte, ist die detaillierte Schilderung Ihres Abends beziehungsweise Ihrer Nacht, nach dem Streit mit Ihrem Mann. Lassen Sie bitte nichts aus! Keinen Grashalm den Sie umgetreten haben, keine Wurzel über die Sie gestolpert sind, keinen Weg, keinen Platz und schon gar keine Personen, die Sie gesprochen oder getroffen haben und sei es nur für eine kurze Begrüßung. Das ist wichtig, Frau Hoffmann! Wenn Sie mir das versprechen, können wir loslegen.«

»Ja, ich verspreche es. Natürlich!« Sandra Hoffmann fuhr sich bei ihren Worten fahrig durch die Haare. Zögernd fragte sie den Maler: »Haben Sie mit meinem Sohn über Ihr Honorar gesprochen?«

»Nein, natürlich nicht. Ich denke, dass klären wie beide, wenn Sie aus dem Gefängnis sind.«

»Sie glauben an meine Unschuld?« Sandra Hoffmann huschte ein Lächeln über ihr Gesicht.

Der Maler antwortete darauf nicht direkt: »Ich muss es beweisen, liebe Frau Hoffmann.«

»Und was wird es kosten? Ich kann Sie zurzeit nicht

bezahlen, das sollten Sie wissen.« So, jetzt war es heraus und Sandra Hoffmann war erleichtert.

»Das weiß ich doch« , beruhigte der Maler sie mit einem Lächeln.

»Wir haben jetzt ganz andere Sorgen, Frau Hoffmann. Vincent und Marie brauchen ihre Mutter, gerade jetzt. Das ist wichtig.«

Sandra Hoffmann schaute voller Dankbarkeit auf den Detektiv. Der fügte hinzu: »Ich arbeite normalerweise natürlich nicht umsonst. Auf einen Vorschuss kann ich in Ihrem Fall verzichten und wenn Ihre Unschuld bewiesen ist, wird die Versicherung zahlen und Sie können alles begleichen. Vorher sind Sie mir nichts schuldig, bis auf ganz genaue Antworten auf meine Fragen.«

Der Maler holte seinen Skizzenblock aus der Tasche: »Vielleicht hat es sich schon herumgesprochen, ich schreibe mir nichts auf, außer meine Fragen und zeichne Ihre Antworten dann in meinen Skizzenblock.«

»Ich habe so etwas gehört, aber nicht wirklich geglaubt« , gab Sandra Hoffmann freimütig zu. »Ich bin bereit und hochkonzentriert. Fangen Sie bitte an!«

Der Maler nickte und begann mit Sandra Hoffmann den Abend, der das bisherige Leben der zweifachen Mutter auf den Kopf gestellt hatte, noch einmal detailliert zu rekonstruieren.

14. Kapitel

Die Besuchszeit war schnell vorübergegangen und der Maler hatte seinen Skizzenblock gut gefüllt. Besonders interessant fand er die Information von Sandra Hoffmann, dass sie von einem Fremden animiert worden war, an der Gesellschaft der feiernden Urlauber teilzunehmen. Der Mörder von Michael Hoffmann musste ein Interesse daran gehabt haben, dass Sandra nicht auf dem Boot war. Sonst hätte sie ihren angelnden Mann ja im Blick gehabt.

Niklas Lux dachte nach: Andersrum meinte Frau Hoffmann aber, dass ihr Mann, wenn sie pünktlich zurückgekommen wäre, eigentlich mit dem Angelkahn hinaus auf den See hatte rudern wollen. Dann wäre er auch weiter weggewesen und im Dunkeln eine leichte Beute für seinen Widersacher gewesen. Es konnte also wirklich Zufall gewesen sein, diese Begegnung von

Sandra Hoffmann mit dem Mann, der auf dem Weg zum Duschen gewesen war und deshalb ein Handtuch über seinen Kopf gehangen hatte. Frau Hoffmann konnte den Mann wegen seines so fast verdeckten Gesichts leider nicht richtig beschreiben. Nur seine Stimme sei ihr aufgefallen, die wäre sehr warm und angenehm gewesen. Vielleicht ein Anhaltspunkt, um den Mann irgendwie zu finden. Es würde die Suche nach der Nadel im Heuhaufen werden, befürchtete der Maler. Am Abend liefen auf einem Campingplatz doch ständig handtuchbehangene Menschen zu den Waschhäusern.

Während der Maler auf dem Weg nach draußen weiter grübelte, rief von hinten eine Frauenstimme nach ihm: »Herr Lux! Herr Niklas Lux, bitte warten Sie doch kurz!«

Die Frau kam schnell näher, ihre Absätze klapperten laut auf dem Steinboden des Untersuchungsgefängnisses.

»Entschuldigen Sie, Herr Lux, dass ich Sie so einfach überfalle. Ich bin die Anwältin Rita Lohse und auf dem Weg zu meiner Mandantin Sandra Hoffmann. Ich weiß ja, dass Sie heute bei ihr zu Besuch waren, schließlich habe ich den Termin selbst organisiert. Darf ich Sie nun auch einmal kurz sprechen, Sie vielleicht auf einen Kaffee oder Tee einladen? Ich lasse Frau Hoffmann Bescheid geben, dass ich später kurz vorbeikomme. Ich benötige heute nur eine Unterschrift von ihr, wegen ihrer Kinder.«

Niklas Lux schaute auf die Uhr. Er wollte gleich die Skizzen aus dem Gespräch mit Sandra Hoffmann durcharbeiten und morgen früh rechtzeitig losfahren, um die Familie Vogt in der Anglersiedlung am See zu besuchen. Außerdem musste er sich dringend die Zeit nehmen und heute Abend ausführlich mit Christin telefonieren. Er hatte sich in den letzten Wochen zu wenig um seine Freundin gekümmert. Bei dem gemeinsamen Abend im Restaurant mit dem Galeristen Holger hatte Niklas Lux schon gemerkt, dass Christin irgendwie gereizt auf ihn reagierte. Sie antworte sogar ironisch auf seine Sorgen. Das kannte er nicht von ihr. Er wollte die Gründe für die Missstimmung aufklären und außerdem unbedingt wieder ein paar Tage mit Christin allein verbringen. Doch wann? Er versank gerade in Arbeit. Ihr Projekt musste ebenfalls bereits angelaufen sein und der Maler war gespannt, wie es wohl mit dem ersten Modell geklappt hatte. Christin war ja sehr ehrgeizig. Über ihre Teilnahme an dem europäischen Wettbewerb hatte sie sich riesig gefreut.

»Herr Lux?« , die Anwältin holte den Maler aus seinen Gedanken.

»Was ist, haben Sie noch ein halbes Stündchen?« Sie streckte dem Maler ihre kräftige Hand entgegen: »Schlagen Sie ein, Herr Lux!«

»Gut, Frau Lohse. Einen Kaffee könnte ich schon gebrauchen. Ich habe gegenüber ein kleines Café entdeckt. Die hatten auch frischen Pflaumenkuchen in der Auslage. Damit könnten sie mich überzeugen.«

»Abgemacht! Vielen Dank!« Rita Lohse ging eilig voran. Sie wollte keine Zeit verlieren und die sich ihr bietende Möglichkeit, den Wunderdetektiv zu sprechen, in voller Länge ausnutzen.

Der Maler trank den seiner Meinung nach sehr guten Kaffee und schaufelte bergeweise Sahne auf seinen Pflaumenkuchen.

»Mmh, das ist wirklich lecker! Frau Lohse, wo drückt der Schuh? Was möchten Sie wissen?«

Rita Lohse zögerte. Sie nahm einen kräftigen Schluck aus ihrem Glas. Bei der Hitze trank sie lieber eine kalte Cola, um etwas auf Touren zu kommen. Dann biss sie in ein herzhaftes Mettbrötchen, da sie kein Mittagessen gehabt hatte, wie sie Niklas Lux erklärte.

»Frau Lohse, nicht so schüchtern! Ich habe wirklich nicht viel Zeit.«

»Gut, dann fange ich einfach an. Herr Lux, ich benötige Ihren Rat. Es ist etwas Persönliches. Ihr legendärer Ruf ist natürlich bis zu uns Strafverteidigern durchgedrungen. Deshalb wollte ich die Gelegenheit nutzen, sie persönlich anzusprechen. Es geht um meinen Bruder. Jürgen Clasen heißt er, auch ich bin eine gebürtige Clasen. Jürgen hatte wirklich kein leichtes Leben. Mit mehr Ausführlichkeit würde ich jetzt aber nur kostbare Redezeit verschwenden. Es war einfach ein einziges Auf und Ab mit ihm. Doch seit er den Job als Bademeister hat, ist er wieder in der Spur. Ja, er ist voller Freude und Lebensmut. Kein Alkohol und kein Kokain! Doch nun ist es passiert. Vor seinen Augen ist eine Frau ertrunken. Im Elbebad. Dort arbeitet er normalerweise gar nicht. Es hatte eigentlich frei und wir wollten beide gemeinsam an die Ostsee fahren, uns einen schönen Tag zusammen machen. Aber mein Bruder Jürgen ist ein ganz pflichtbewusster Mitarbeiter und konnte natürlich nicht nein sagen, als er um die Vertretung für den plötzlich erkrankten Kollegen gebeten wurde. Er macht den Job jetzt schon seit fünf Jahren und nie ist etwas passiert.«

»Was wirft man Ihrem Bruder denn vor?« , unterbrach der Maler die aufgeregte Anwältin.

Sie erklärte ihm im besten Amtsdeutsch: »Eigentlich kann man ihm keinen Vorwurf machen. Ich habe mich natürlich schon von Berufswegen sofort für ihn stark gemacht. Der Bundesgerichtshof hatte die Pflichten für die Badeaufsicht ja erst kürzlich in einem Urteil konkretisiert. Demnach besteht zwar keine Verpflichtung zur lückenlosen Beobachtung eines jeden Schwimmers, aber die Schwimmaufsicht ist verpflichtet, das Geschehen im Wasser fortlaufend zu beobachten und regelmäßig zu überwachen, ob Gefahrensituationen auftreten. Dabei muss der Beobachtungsort so gewählt werden, dass der gesamte Schwimm- und Sprungbereich überwacht werden kann. Gegebenenfalls muss der Standortwechsel häufiger erfolgen, wenn die Situation im Bad es erfordert.«

Niklas Lux nickte bestätigend zu den anwaltlichen Ausführungen von Frau Lohse. »Kurz gesagt, Ihr Bruder hat die Vorschriften also eingehalten. Wo ist dann das Problem?«

»Ja, man macht ihm so direkt und auch strafrechtlich keinen Vorwurf. Aber er selbst kann nicht damit leben und ist besessen von der wahnwitzigen Idee, dass jemand der Frau etwas angetan haben muss. Sie sei wie ein Profi geschwommen. Er habe ihren eleganten Stil bewundert. Einer der männlichen Badegäste sei ständig um sie herumgebalzt. Sie sei natürlich auch hin und wieder getaucht. Es schien ihr sichtlich Spaß zu bereiten. Aber nachdem Sie auf einmal nicht mehr hochgekommen war sprang mein Bruder sofort ins Wasser, um sie hochzuholen. Zeitgleich kreischte schon eine der Seniorinnen los, die ebenfalls in den Morgenstunden ihre Bahnen schwamm. Die untergegangene Frau sei sofort tot gewesen, behauptet Jürgen. Er hat mehr als einen Erste-Hilfe-Kurs absolviert und war früher als Rettungsassistent im Krankenwagen mitgefahren. Mein Bruder hat sich bestimmt nicht geirrt. Die Badegäste waren zum größten Teil verschwunden, als die

Polizei eintraf. Es waren ja hauptsächlich Berufstätige, die vor ihrer Arbeit noch ein paar Bahnen schwimmen wollten. Die verbliebene Gruppe Seniorinnen konnte nicht viel zur Aufklärung beitragen. Mein Bruder Jürgen hat sich jedenfalls an seiner Theorie von der Ermordung der Frau festgebissen. Er schwänzt seine Dienste, um Zeit für Recherchen zu haben, lauert den Badegästen auf und hat sogar schon die erste Abmahnung bekommen. Ich bin mir nicht sicher, ob er bereits wieder zum Alkohol gegriffen hat. Was in meiner Möglichkeit stand, habe ich getan. Die Todesursache ist wohl tatsächlich unklar. Die Akte ist schon nach ganz oben weitergewandert. Deshalb glaube ich inzwischen, dass an Jürgens Hirngespinsten vielleicht doch ein Quäntchen Wahrheit dran ist. Aber er wird es nicht herausbekommen. Jürgen verrennt sich in der Angelegenheit. Er fühlt sich vor den Kollegen schuldig und will unbedingt beweisen, dass es kein Badeunfall war, sondern die Frau vorsätzlich getötet wurde.«

Niklas Lux hatte inzwischen den letzten Klecks Sahne von seinem Teller gekratzt und wischte sich mit seiner Serviette sorgfältig den Mund ab. Er wusste von wem die Anwältin sprach. Die Frau musste die Tote aus dem Elbebad sein, von der ihm seine Schwester Frieda erzählt hatte.

»Frau Lohse, ist es möglich, dass ich Ihren Bruder gleich spreche. Ich bin nur heute in Hamburg. Morgen muss ich früh los zu einem Termin.«

»Ich denke, Sie haben keine Zeit?« Rita Lohse konnte ihr Glück kaum fassen und fragte den Maler deshalb etwas tollpatschig.

»Sie sagen es. Ich habe eigentlich wirklich keine Zeit, mich um einen weiteren Fall zu kümmern. Aber ich habe einen Grund, Ihren Bruder ernst zu nehmen. Deshalb höre ich mir gern an, was er zu sagen hat. Ob ich mich dann weiter darum kümmern kann, ist aus Zeitgründen wirklich fraglich.«

Rita Lohse war auf den Boden der Tatsachen zurückgekommen: »Trotzdem, vielen Dank! Es ist ein Anfang. Und vielleicht hört mein Bruder ja auf Sie und macht sich nicht alles wieder kaputt. Bitte versuchen Sie ihn davon zu überzeugen, dass er endlich aufhören soll, Detektiv zu spielen. Hier ist seine Visitenkarte. Auf der finden Sie seine Handynummer und seine Adresse.«

»Ich werde mir die größte Mühe geben, liebe Frau

Lohse. Vielen Dank für den Kaffee und den Kuchen. Jetzt muss ich aber wirklich los.«

Niklas Lux verabschiedete sich und die Anwältin ging zufrieden zurück zum Untersuchungsgefängnis.

15. Kapitel

Nicole Vogt räumte eilig den Bungalow auf. Für heute hatte der Wunderdetektiv seinen Besuch angekündigt. Vincent meinte, er sei ganz normal und in seinem Atelier würde auch alles kreuz und quer herumliegen.

»Na, bestimmt keine angebrochenen Kekspackungen, Spielzeug, Steine und halbleere Getränkeflaschen! Komm Vincent, hilf mir schnell!«

Der beschwerte sich: »Marie könnte sich auch etwas nützlich machen. Sie sitzt schon wieder auf dem großen Stein vorn am See und träumt in den Tag. Mir hat sie erzählt, sie würde mit Papa sprechen. Mit vierzehn Jahren sollte sie solche Phantasien eigentlich abgelegt haben.«

Nicole schüttelte traurig den Kopf und dachte, dass Vincent für seine gerade achtzehn Jahre viel zu schnell in die Rolle des Familienoberhaupts hineinwachsen musste. Er versuchte sich immer als starker Mann zu zeigen. Wer weiß, wie es in seinem Inneren aussah. Seine Schwester Marie ging dagegen ganz offen mit ihrer Trauer um.

»Vincent, lass sie einfach! Wenn es ihr hilft« , sagte Nicole.

»Mach ich doch! Wo kommt der Müllbeutel hin? Der Eimer ist voll.«

»Oje, bringe doch bitte beides nach vorn zum Eingang der Anglersiedlung! Dort stehen die Gemeinschaftstonnen für den Restmüll.«

»Wird erledigt!«

Was für ein hilfsbereiter und höflicher Junge er doch war, stellte Nicole bewundernd fest. Wo bloß ihr Mann Frank mit der kleinen Lisa blieb? Das Brötchenholen konnte doch nicht so lange dauern. Frank könnte sich hier auch etwas nützlich machen. Schließlich hatte Nicole noch den dreijährigen Finn, um den sie sich kümmern musste. Der kleine Racker war zum Glück mit seinen Bauklötzen im Sandkasten neben der Terrasse gut beschäftigt. Das konnte aber innerhalb von Sekunden umschlagen. Nicole musste den Jüngsten ständig im Auge haben. Er war ein richtiger Wirbelwind.

Marie hatte versprochen, auf ihn aufzupassen, wenn der Detektiv kam, um mit Frank und Nicole wegen Lisa zu sprechen. Die eingeschnittenen, orangenen Schwimmflügel lagen bereits auf der Ablage des Küchenschranks, damit Nicole sie gleich griffbereit hatte.

Frank Vogt lief mit der kleinen Lisa an der Hand am Bäcker vorbei, geradewegs zur Bushaltestelle.

»Papa, wo gehen wir hin?« , fragte Lisa verwundert. »Ich denke, heute kommt der malende Detektiv und zeichnet mich?«

»Lisamäuschen, wir nehmen jetzt den Bus und fahren nach Berlin in den Tierpark. Das hast du dir doch gewünscht.«

»Einfach so? Kommt Mama nicht mit?«

»Na du weißt ja, dass Mama sich um Vincent und Marie kümmern muss und außerdem ist es bei der Hitze mit Finn zu anstrengend im Tierpark.«

»Aber Vincent und Marie sollten mitkommen.«

»Das geht nicht, mein Spatz, der Detektiv will beide noch sprechen.«

»Und mich nicht mehr? Das ist gemein! Ich möchte

auch ein Bild.«

Lisa bockte jetzt. Sie verschränkte die Arme vor der Brust und stampfte mit den Füßen auf. Der Bus näherte sich der Haltestelle. Frank Vogt war in der Zwickmühle. Er durfte Lisa jetzt bloß nicht in den Bus zerren. Wenn sie etwas nicht wollte, konnte seine Tochter wahre Tobsuchtsanfälle bekommen. Die Leute guckten schon.

»Warum hast du mich nicht gefragt, Papa, ob ich heute in den Tierpark will?«

Frank Vogt gab auf: »Du hast recht Lisa. Es war nicht richtig von mir. Ich wollte dich überraschen.«

»Ist schon gut Papa, dann wir gehen zurück.«

»Wir müssen noch Brötchen holen, das hatte ich ganz vergessen« , log Frank Vogt seine Tochter an. Er hatte es alles genauso geplant und hatte Nicole aus dem Bus anrufen wollen, damit sie sich keine Sorgen machte. Sie hätte sich bestimmt darüber aufgeregt, dass er einfach so mit Lisa zu einem Ausflug aufbrach, wo sich doch Besuch angekündigt hatte. Aber das war ihm egal. Frank Vogt wollte unbedingt verhindern, auf Niklas Lux zu treffen. Er konnte doch nichts mehr sagen. Er wollte jetzt nur so viel Zeit wie möglich mit Lisa verbringen und immer bei ihr sein.

Finn gegenüber hatte Frank schon ein schlechtes Gewissen, aber der Kleine war nicht in Gefahr und auch sehr auf seine Mama fixiert. Frank Vogt drückte Lisa fest ihre kleine Kinderhand und kämpfte dabei mit den aufkommenden Tränen.

»Ist schon gut, Papa« , flüsterte Lisa, »wir können doch morgen in den Tierpark. Du musst nicht traurig sein.«

»Das bin ich nicht, Lisa. Ich habe nur eine Fliege im Auge.«

»Von außen nach innen wischen, Papa! Immer den Tränenkanal entlang« , belehrte die kleine Lisa ihren Papa. Sie war schon ein sehr kluges Mädchen für ihr Alter und ließ keine Möglichkeit aus, es zu beweisen.

»Mama, Mama!« , rief Lisa, »Wir sind wieder da!«

»Das wurde auch höchste Zeit! Wo ward ihr bloß so lange? Der Detektiv müsste jeden Moment kommen.«

»Na hoffentlich« , schaltete sich Vincent ein, »wir frühstücken heute über eine Stunde später. Mhm, die Brötchen duften. Die sind sogar noch warm.«

»Papa wollte mit mir in den Tierpark!« , plapperte Lisa munter darauf los. Frank Vogt hatte gar nicht erst versucht, Lisa zu bitten, nichts davon zu erzählen. Es wäre sowieso vergeblich gewesen.

Nicole reagierte natürlich mit Verwunderung und Unverständnis: »Stimmt das Frank?«

»Ja, ich hatte mich vertan.«

»Wie vertan? Das verstehe ich nicht? Das musst du mir später erklären. Was ist nur mit dir los, Frank? Du bist so merkwürdig geworden. Was verschweigst du mir?«

»Nichts, wirklich. Ich bin einfach mit den Nerven am Ende. Ich hätte den Urlaub dringend zur Erholung gebraucht. Du weißt, was in den letzten Monaten auf der Baustelle los war. Doch anstatt zu entspannen, kommt es richtig Dicke: Micha wurde ermordet, Lisa ertrinkt fast! Und du fragst, was mit mir los ist?«

Nicole umarmte ihren Mann. »Es ist schon gut, Frank. Wir müssen jetzt zusammenhalten.«

Frank Vogt kämpfte verzweifelt gegen seine aufkommenden Tränen an. Wie lange würde er wohl noch unter seinen Lieben verweilen dürfen? Wann würde sein Verfolger ernst machen mit der Todesdrohung?

Das waren seine fürchterlichen Gedanken, die er mit Niemanden teilen durfte. Er zitterte in den Armen seiner Frau.

»Frank, vielleicht kann uns dieser Maler wirklich helfen. Vincent ist seit dem Termin bei ihm auch wieder zuversichtlicher« , beruhigte Nicole ihren Mann. Er war eindeutig der Sensiblere von ihnen beiden, dachte sie. Vielleicht lag es aber daran, dass Nicole mit dem kleinen Finn und der Betreuung der Halbwaisen Vincent und Marie einfach zu eingespannt war, so dass ihre Angst um Lisa nicht so sehr Raum greifen konnte. Aber Nicole spürte, dass sie nicht mehr lange so stark sein würde. Sie brauchte ebenfalls dringend Unterstützung. Von ihrem Mann bekam sie gerade keine. Aus welchem Grunde auch immer. Er war eigentlich immer ihr Fels in der Brandung gewesen. Was war bloß seit seinem letzten Schwimmen im See mit ihm passiert?

16. Kapitel

Niklas Lux war bereits auf der Landstraße unterwegs, welche direkt zur Anglersiedlung führte. In einer knappen Stunde müsste er endlich angekommen sein. Die

Familie erwartete ihn zum Frühstück und er verspätete sich, wegen der zahlreichen Staus auf der Autobahn von Hamburg nach Berlin, wahrscheinlich um gut dreißig Minuten. Eigentlich war er aber schon zu spät aufgebrochen.

Er hatte sich am Abend vorher mit Jürgen Clasen in einem kleinen Biergarten ganz in der Nähe seiner Wohnung in Hamburg getroffen. Vorher fasste er die Ergebnisse aus seinem Gespräch mit Sandra Hoffmann zusammen. Das Treffen mit dem Bademeister Clasen dauerte anschließend sehr lange, bis kurz vor Mitternacht. Jürgen Clasen hatte viel zu erzählen, auch außerhalb des Falls mit der Toten aus dem Elbebad. Der Maler würde die Anwältin Lohse aber beruhigen können, deren Bruder hatte den ganzen Abend nur Wasser getrunken. Ob er die Finger von dem Fall lassen würde, dafür konnte sich Niklas Lux allerdings beim besten Willen nicht verbürgen. Der Bademeister Jürgen Clasen machte einen zutiefst entschlossenen Eindruck.

Der Maler wollte sich deshalb nun doch die Akte über die Tote vom Elbebad zukommen lassen und Frieda informieren, dass parallel bereits ein Amateur den Fall bearbeitete. Wenn tatsächlich ein Serienmörder unterwegs war, wie dies von Seiten des BKA vermutet wurde, dann war es mehr als kontraproduktiv, dass der Bademeister eigene Untersuchungen anstellte und womöglich den Täter oder die Täterin warnte. Wenn Niklas Lux nicht schon wieder so viele Fälle auf einmal gehabt hätte, wäre er gern selbst an dieser Sache drangeblieben. Zumal es laut seiner Schwester in letzter Zeit noch ähnliche Verbrechen gegeben hatte. Eine wirklich interessante kriminalistische Herausforderung! Der Maler überlegte sogar, die Akten der übereinstimmenden Fälle kurz durchzusehen. Obwohl er gar keine Zeit dazu hatte. Er konnte einfach nicht aus seiner Haut! Den Familien Vogt und Hoffmann fühlte er sich aber verpflichtet, Richy ebenfalls. Er musste sich deshalb unbedingt zuerst um diese Angelegenheiten kümmern. Bei Familie Vogt war vielleicht sogar ein Kind in Gefahr. Die Frage der Priorität stellte sich dem Maler deshalb gar nicht erst. Aber eine Mordserie in verschiedenen Schwimmbädern, die würde er zu gern auch noch aufklären. Vielleicht sollte er seiner Schwester Frieda doch ein wenig Unterstützung anbieten. Der Maler wollte es sich überlegen und erst einmal abwarten, was der Termin bei Familie Vogt ergab.

Leider hatte Niklas Lux es bei dem ganzen Durcheinander gestern nicht mehr geschafft, seine Freundin Christin anzurufen. Er wollte die Autofahrt nutzen und es unterwegs probieren. Irgendwie hatte er ein wenig Bauchgrummeln, als er Christins Nummer wählte. Er wusste auch nicht, was gerade zwischen ihnen stand, aber es knirschte eben etwas.

»Hallo Nik! Schön, dass du endlich anrufst. Aber ich habe gleich wieder einen Termin mit einem Modell aus dem Kunstprojekt. Viel Zeit ist nicht mehr.«

»Christin, mein Schatz, ich will dich nicht von den Vorbereitungen abhalten. Ich wollte nur fragen, ob es dir gut geht und wie der erste Termin mit dem brandverletzten Modell geklappt hat.«

»Super, Niklas! Einfach phänomenal! Der Mann ist so beeindruckend. Ich hatte echt Bammel vor dem Termin, aber mit Markus zusammen wird das Projekt ein Kinderspiel.«

Niklas Lux stutze, so begeisterungsfähig kannte er Christin gar nicht. Sie war immer sehr kontrolliert bei ihrer künstlerischen Arbeit. Da hatte sie noch Reserven, wie er fand. Sie musste mehr loslassen. War der Knoten jetzt geplatzt? Hatte dieser Markus in einer Sitzung geschafft, was er seit zwei Jahren versuchte.

»Na, das ist doch schön, dann brauchst du meinen Rat ja in Zukunft nicht mehr« , brachte Niklas Lux zerknirscht heraus.

Christin lachte laut durch die Freisprechanlage: »Nik, bist du etwa eifersüchtig? Und außerdem hast du doch sowieso keine Zeit.«

»Ja, du hast recht. Darüber müssen wir sprechen. Nicht jetzt am Telefon. Ich möchte es wirklich in Zukunft ändern und mehr Zeit mit dir verbringen.«

»Aber wann, Nik? Bei dir wird aus einem Fall schnell ein Dutzend. Du scheinst ungeklärte Verbrechen magisch anzuziehen. Sobald du irgendwo auftauchst, zaubert jemand einen Toten, Vermissten oder Verfolgten hervor! Deshalb können wir auch nie etwas planen!«

Die sonst so zurückhaltende Christin hatte ordentlich Dampf abgelassen. Was war nur mit ihr los, dachte Niklas Lux. Ihre Sanftheit und ihre Zurückhaltung hatten ihm immer so gutgetan. Jetzt forderte sie etwas ein, was Niklas Lux nur schwer erfüllen konnte. Aber er wollte es versuchen. Er musste.

»Christin, bitte beruhige dich. Wir reden über alles, wenn ich wieder im Atelier bin. Ich bin gleich bei der Familie in der Anglersiedlung am See nahe Berlin. Nach diesem Termin mache ich zu Hause meine Planung und rufe dich gleich an, damit wir uns so schnell wie möglich sehen können. Ich vermisse dich sehr.«

»Ich dich auch, Nik« , antwortete Christin traurig. »Wirklich. Entschuldige, dass ich so aufbrausend war. Ich weiß ja, du rettest Menschenleben, klärst schwerste Verbrechen auf und ich mache dir noch Vorwürfe. Das wollte ich nicht, aber du fehlst mir eben.«

Niklas Lux schwieg betroffen. Er wusste nicht, wie er allem gerecht werden sollte.

»Nik, bist du sauer?«

»Nein, gar nicht. Ich habe nur kurz nachgedacht. Ich bin in fünf Minuten da und muss jetzt auflegen. Ich melde mich, sobald ich wieder zu Hause bin, versprochen.«

»In Ordnung. Viel Erfolg! Bis bald hoffentlich« , Christin hatte sofort aufgelegt.

Niklas Lux durfte jetzt nicht mehr an dieses

Gespräch denken. Er musste sich voll auf die Familie Vogt konzentrieren und herausfinden, ob es eine reale Gefahr für die kleine Lisa gab. An Vincent hatte er eigentlich keine Fragen mehr. Aber dessen Schwester Marie traf der Maler zum ersten Mal und er wollte auch kurz mit ihr reden.

»Guten Tag zusammen!« , begrüßte Niklas Lux die Familie Vogt und die Kinder der Hoffmanns, welche gemeinsam bereits am Frühstücktisch auf der Terrasse Platz genommen hatten.

»Herr Lux, herzlich willkommen!« , rief Nicole, »Sorry, wir haben vor zehn Minuten angefangen. Sie hatten nicht angerufen und wir dachten, wenn es länger dauern würde... Wir hatten einfach schon Hunger.«

Niklas Lux guckte verlegen und strich sich durch die Haare: »Ich muss mich entschuldigen, weil ich mich nicht gemeldet habe. Aber ich habe die letzte halbe Stunde im Auto nur telefoniert und dann war ich auch schon angekommen. Lassen Sie sich nicht beim Frühstück stören.«

»Bitte nehmen Sie doch Platz!« , Frank Vogt zog dem Maler einen bequemen Campingstuhl zur Seite und der setzte sich und zwängte sich damit zwischen Vincent und den Hausherren. Alle kamen schnell ins Gespräch und tauschten erst einmal Belanglosigkeiten aus. Lisa schaute den Maler mit großen Augen an und forderte, dass er sie auf jeden Fall zuerst malen sollte. Schließlich hatte sie seinetwegen auf ihren Tierparkbesuch verzichtet.

Der kleine Finn rannte bereits wieder draußen herum und konnte sich gerade nicht entscheiden, ob er im Bungalow oder wieder in seiner Sandkiste spielen wollte. Nicole versuchte immer, ihn aus ihrem Augenwinkel im Blick zu behalten. Plötzlich sah sie etwas in seiner Hand, dass eindeutig nicht zu seinem Spielzeug gehörte.

»Finn, was hast du da?« , rief Nicole über den Tisch.

Finn versuchte in Windeseile das Beutestück einzubuddeln. Nicole bat deshalb Marie, die gleich neben der Sandkiste ihren Stuhl hatte, einmal nachzuschauen, womit der Kleine dort gespielt hatte.

»Finn, komm, gib mir den Stein! Du hast doch gerade einen Stein vergraben oder?« , sagte Marie. Sie wollte Finn austricksen. Aber Finn gehorchte nicht und schaufelte noch schneller den Sand darüber. Marie stand jetzt auf und schaute einfach nach. Sie holte das unbekannte Stück aus der Sandkiste und hielt es Nicole unter die Nase: »Darf er den haben?«

Es war ein großer Korken, ein Fasskorken von mindestens zehn Zentimetern Durchmesser.

»Also ich denke schon. Er ist schon dreieinhalb. Aber woher hat er das bloß? Solche Korken habe ich nicht in der Küche. Wir haben nichts in Fässern abgefüllt.«

Nicole stand auf und setzte sich zu Finn: »Finn, wo hast du denn den Korken gefunden?«

»Von Papa. Aus Papas Rucksack« , antwortete Finn wahrheitsgemäß.

»Frank!« , rief Nicole.

Frank Vogt hatte erst mitbekommen, worum es ging, als er »Papa« und »Papas Rucksack« hörte. Vorher hatte er gar nicht hingehört, da er gerade mit dem Maler ins Fachsimpeln über das Angeln geraten war. Es stellte sich heraus, dass Niklas Lux ebenfalls ein passionierter Freizeitangler war.

»Ja! Was ist Nicole?« , fragte Frank Vogt seine Frau. Dann sah er den Korken, an dem die schreckliche Botschaft befestigt war, in der Hand seiner Frau.

Sie sagte: »Den hat Finn angeblich aus deinem Rucksack. Woher kommt dieser monströse Korken?«

»Ach, den habe ich am See gefunden, als ich letztens schwimmen war.«

»Als dir danach so schlecht wurde und du einen Schwächeanfall hattest, Frank?«

»Ja, kann sein.« Frank Vogt wich seiner Frau aus. »Gib ihn mir zurück! Ich wollte ihn aufheben. Vielleicht kann ich ihn beim Angeln gebrauchen. Um etwas zu befestigen oder egal, gib ihn mir bitte! Und du Finn, hast überhaupt nicht in Papas Rucksack herumzuschnüffeln! Ist das klar?« , schrie Frank Vogt seinen Sohn an.

Der heulte los: »Mama! Mama! Papa ist böse!«

Nicole tröstete den kleinen Abenteurer: »Papa ist nicht böse, nur gereizt. Aber du gehst bitte wirklich nicht an fremde Taschen. Du kannst fragen, wenn du etwas möchtest.«

»Papa ist doch kein Fremder« , schaltete sich Lisa jetzt auch noch in den Streit ein. »Es muss ‚von Anderen‘ heißen.«

Nicole dachte, oh Gott, Lisa ist wirklich ein altkluger, kleiner Naseweis. Hoffentlich geht das gut, wenn sie in die Schule kommt. Bestimmt verbessert sie später ständig ihre Lehrer.

Frank Vogt nutze die Minuten der Ablenkung, um schnell im Bungalow zu verschwinden und nach seinem Rucksack zu schauen. Er hatte ihn leider nicht ausgepackt und einfach im Wohnzimmer stehen gelassen.

Hastig wühlte er seine darin verbliebenen Sachen durch. Der Drohbrief und die Folie waren nicht mehr dabei. Den Korken hatte Finn genommen. Frank Vogt stürmte in das Zimmer der Kinder und grub sich durch die Bausteine seines kleinen Sohnes. Ob unter dem Bett, im Bett oder Schrank, er konnte keinen Brief finden. Nicole rief bereits nach ihm. Er ging zurück in den Hauptwohnraum mit dem Ausgang zur Terrasse und schaute sich im Vorbeigehen auch hier noch einmal um.

Da steckte der Maler den Kopf hinter dem Insektenschutz durch und fragte: »Was suchen Sie eigentlich, Herr Vogt? Kann ich Ihnen helfen? Ich komme mal rein, wenn es recht ist.«

»Nichts suche ich, ich habe nur geschaut, ob mein Rucksack ansonsten vollständig ist. Der Kleine ist ein neugieriger Wirbelwind. Aber es war meine Schuld. Ich habe den Rucksack dort stehen lassen, wo er spielen darf. Es tut mir so leid, dass ich Finn angeschrien habe. Meine Nerven sind einfach am Ende, Herr Lux. Haben Sie Kinder?«

»Nein.«

»Ach, man möchte immer alles richtig machen und ihnen gerecht werden. Aber zurzeit schaffe ich es nicht. Meine Frau trägt die Hauptlast.«

»Herr Vogt, es muss einen Grund geben, dass Sie so am Ende sind. Wir sollten dringend reden. Was ist mit Ihrer Tochter? Wird sie bedroht?«

»Es hat sich alles erledigt. Wir haben überreagiert. Lisa ist wieder ganz die alte Frohnatur. Sie haben sie ja am Frühstückstisch erlebt. Im Wasser ist jetzt immer einer von uns Erwachsenen mit dabei und sie hat inzwischen wieder Spaß am Baden.«

»Und die Schwimmflügel? Die eingeschnitten wurden?«

»Ach, ich glaube, da ist Lisa in den Büschen hängengeblieben, als sie am Uferrand gebadet hat. Vincent und ich haben alles abgesucht. Es könnte wirklich so passiert sein.«

Niklas Lux ließ nicht locker: »Was ist mit dem Mann, der Lisa gerettet hat? Hatte er schon vorher zu ihr Kontakt aufgenommen?«

Frank Vogt stockte kurz, jetzt konnte er nicht lügen, denn der Maler würde bestimmt auch Lisa bei passender Gelegenheit fragen.

»Ja, er hatte wohl kurz mit ihr gesprochen und gefragt, ob sie schon schwimmen kann. Darüber war Lisa etwas empört und hatte sich über ihre Schwimmflügel geärgert. Der Mann ist dann gleich zu seiner Familie zurück.«

»Ach, der Mann war mit eigener Familie am Strand?« , fragte der Maler.

»Ich habe es so verstanden. Muss wohl so gewesen sein.« Frank Vogt schaute den Maler nicht an, es war ihm peinlich ihn derart anzulügen. Aber was sollte er machen? Das Leben seiner Tochter war ihm wichtiger.

»Bitte, Herr Lux, tun Sie mir und unserer Familie den Gefallen und beruhigen Sie meine Frau. Sie haben doch genug damit um die Ohren, den Mörder meines Freundes zu finden. Da unterstütze ich sie, wo ich kann. Aber die Sache mit den Schwimmflügeln haben wir einfach überbewertet. Lisa geht es doch prima. Sie wünscht sich nur noch, von Ihnen gemalt zu werden. Aber bitte, fragen Sie nicht mehr nach dem Badeunfall. Wir sind so froh, dass sie schon alles wieder vergessen hat.«

Niklas Lux schaute nachdenklich auf Frank Vogt. Der Mann war völlig neben der Spur. Er hatte Angst, fürchterliche Angst. Das spürte der Maler nicht nur, er wusste es - aus jahrelanger Erfahrung in seinem Kampf gegen die schlimmsten Verbrechen. Erpressung war eines davon. Und womit konnte man einen Menschen besser unter Druck setzten als mit dem Leben seines Kindes. Frank Vogt tat dem Maler wirklich leid. Der Mann reagierte bereits körperlich so stark, dass es nicht mehr lange dauern würde, bis er zusammenbrach. Der Maler würde ihm so gern helfen. Aber er wusste, heute bekam er kein Wort aus dem Vater von Lisa heraus. Er würde deshalb zum Schein auf dessen Bitte eingehen und heute nur mit Vincent und Marie sprechen. Aber er nahm sich vor, die Familie Vogt auch in Zukunft fest im Auge zu behalten. Es musste einen Grund geben, warum Lisas Vater plötzlich nicht mehr an der Aufklärung des mysteriösen Badeunfalls seiner Tochter interessiert war.

»Gut, Herr Vogt! Wir machen es heute so, wie Sie wünschen. Aber Sie sollen wissen, ich kann Ihnen nur helfen, wenn Sie mir Informationen geben. Glauben Sie mir, ich kann mir gut vorstellen, dass Sie in der Zwickmühle sind. Denken Sie darüber nach und nehmen Sie meine Hilfe an, bevor es zu spät ist. Nun lassen Sie uns zu den anderen nach draußen gehen, bevor die unruhig werden.«

Frank Vogt nickte stumm und schaute den Maler dankbar an.

17. Kapitel

Gertrud und Hermann Voß waren, wie jeden Morgen vor dem Frühstück, zu einem Spaziergang am Seeufer aufgebrochen. Die Ruhe war zu dieser Zeit einfach himmlisch. Nur die Vögel erwachten langsam und erste blühende Pflanzen reckten sich zur aufgehenden Sonne.

Wenn es ihre Gesundheit und das Wetter erlaubten, verbrachten Gertrud und Hermann den ganzen Sommer in ihrem Wohnwagen auf einem Campingplatz in der Holsteinischen Schweiz. Sie liebten dieses abwechslungsreiche Naturparadies in Schleswig-Holstein sehr. Es war ein schöner Kontrast zu ihrer Stadtwohnung in Kiel. Früher hatten die beiden rüstigen Endsiebziger oft ein kleines Motorboot genutzt, um von See zu See zu schippern. Seit es vor einem Jahr kaputt gegangen war, waren sie nur noch zu Fuß unterwegs. Eine Reparatur würde sich nicht mehr lohnen, wurde Herrmann auf der Werft gesagt.

»Geh nicht so dicht ans Ufer, Gertrud! Dort ist es glitschig und du könntest abrutschen. Hier geht es gleich tief rein.«

Hermann, ein ehemaliger Sicherheitsbeauftragter einer Werkzeugfabrik, sah überall die Gefahr. Seine Frau Gertrud fand seine Fürsorglichkeit manchmal etwas anstrengend. Aber Hermann konnte nicht aus seiner Haut. Auch auf dem Campingplatz entging seinem vorausschauenden Blick fast nichts. Lose Anhängerkupplungen, lockere Kinderschaukeln, morsche Campingstühle – Hermann hielt die Campingnachbarn mit seinen gut gemeinten Hinweisen auf Trab. Aber es nahm ihm fast keiner krumm, denn er war ja sonst sehr gesellig und verträglich.

»Hermann, ich bin kein Kleinkind!« , schimpfte seine Frau. »Ich will nur schauen, ob die Ente schon mit den kleinen Küken unterwegs ist. Die sind so süß!«

Gertrud Voß ging weiter. Dabei strich sie ein paar Brombeerzweige beiseite und fluchte, da diese sich in ihrer Strickjacke verhakt hatten.

»Siehst du!« , triumphierte Hermann, »Wer nicht hören will, muss fühlen.«

»Ach du alter Quatschkopf!« Gertrud lachte.

Sie wusste ja, wie ihr Mann es meinte. Die beiden waren auch etliche Jahre nach ihrer goldenen Hochzeit noch sehr glücklich miteinander. Wenn es mal nur noch lange so bleibt, dachte Gertrud, dass wir so gesund und zufrieden sind. Ihre Rente war zwar nicht gerade üppig, aber sie kamen zurecht. Solange sie hier ins Grüne an den See konnten, war die Welt für die beiden in Ordnung.

Gertrud trat jetzt vorsichtig nach vorn auf eine hervorstehende Grasnarbe. Um einen umgeknickten Baum herum versuchte sie, einen Blick auf die rechte Seeseite zu bekommen. Denn die von ihr so sehnsüchtig erwarteten Entenküken hatte sie in dem gut einsehbaren Teil des Sees bisher nicht entdecken können.

Hermann hielt etwas Abstand und mahnte seine Gertrud schon wieder zur Vorsicht.

»Da ist jemand! Hermann da steht jemand in einem Boot, keine zwanzig Meter vom Ufer entfernt« , rief Gertrud auf einmal.

»Ein Angler?« , fragte ihr Mann.

»Ich glaube nicht. Er hat keine Angel in der Hand oder am Kahn. Jetzt klettert er auf das Mittelbrett seines Bootes.«

»Vielleicht eine von den neumodischen Gymnastikübungen auf dem Wasser« , beruhigte Hermann seine Frau.

»Du meinst Stand-Up Paddeln Hermann. Nein, so etwas macht er gerade nicht. Es ist ein Ruderkahn. Wie soll das gehen? Komm doch her und schau selbst mal nach!« , forderte Gertrud ihren ängstlichen Hermann auf.

»Ja, ich komme schon. Es geht eben nicht so schnell durch die kratzigen Brombeersträucher. Ich habe mir schon einen Faden an der teuren Trainingsjacke gezogen« , moserte Hermann.

»Pscht! Sei mal leise! Irgendetwas ist komisch an dem Mann. Er hat sich gerade umgedreht. Er hat so einen dicken Bauch.«

»Was ist daran komisch? Das ist doch fast normal.« Hermann klopfte sich bei diesen Worten auf sein kleines Wohlstandsbäuchlein.

Gertrud widersprach ihm: »Ach was! Du hast doch keinen dicken Bauch, Hermann! Du willst nur wieder Komplimente! Der Mann dort in dem Kahn ist auch nicht dick. Jetzt erkenne ich es! Er hat etwas vor den Bauch gebunden! Ein Bündel, glaube ich. Warte! ... Jetzt betet er. Er bekreuzigt sich. Ich sehe es ganz deutlich, Hermann! Der Mann will sich umbringen! Wir müssen ihn davon abbringen. Mit ihm reden.«

»Du guckst zu viele Krimis, Gertrud. Hier an unserem schönen Ufer, auf unserem herrlichen See, bringst sich doch niemand um! Warte ich bin gleich neben dir, Gertrud. Geh mal runter von der Grasnarbe und lass mich mal sehen!«

»Er springt!« , schrie Gertrud entsetzt. »Er ist wirklich gesprungen! Wie schrecklich!« Sie brach in Tränen aus.

Hermann hatte gar nicht mehr daran gedacht, vorsichtig zu sein, sondern stand jetzt unverzüglich neben seiner Frau. Fassungslos blickte er auf den Kahn, der langsam vor sich hin schaukelte. In diesem Moment hatte der See für Hermann seine Unschuld verloren.

»Was können wir tun Gertrud? Wie können wir bloß helfen?« , rief er verzweifelt.

»Hinzuschwimmen wäre von unserer Uferseite aus zu weit. Der Mann hatte sich außerdem etwas um den Bauch gebunden und er hat sich bekreuzigt. Ich glaube, er will sterben. Du kannst ihn nicht wieder hochholen.«

»Nein, das würde ich nicht schaffen« , stellte Hermann traurig fest.

»Gertrud, wir müssen sofort die Polizei rufen! Hast du das Handy dabei?«

»Nein, habe ich nicht. Ich habe immer Angst, dass es mir beim Morgenspaziergang aus der Jogginghose fällt.«

Aber ich habe dir gesagt, du musst es mitnehmen. Wenn unterwegs etwas ist, können wir schnell Hilfe rufen. Wir sind nicht mehr die Jüngsten.«

»Dann trag es doch selbst, du Schlauberger!« , schimpfte Gertrud unter Tränen.

»Nun hör auf zu weinen Gerdimaus! Komm, lass uns schnell zum Wohnwagen zurück. In zehn Minuten sind wir da und rufen sofort die Polizei.«

Hermann nahm seine Frau an der Hand und die beiden liefen so schnell sie konnten, zurück zum Campingplatz.

18. Kapitel

Niklas Lux war wieder zu Hause in seinem Atelier. Am Abend zuvor war er gleich ins Bett gegangen. Der Besuch bei den Vogts hatte ihn erschöpft und sehr nachdenklich gemacht. Er war sich sicher, dass sich Lisa oder Frank Vogt in großer Gefahr befanden. Vielleicht sogar alle beide. Er musste eine neue Leinwand aufstellen und die Skizzen, die er bereits zu dem Badeunfall von Lisa angefertigt hatte, auf das große Format übertragen. Die kleine Lisa war definitiv ein Fall geworden. Zuviel sprach dafür: Der fremde Retter hatte schon vorher Kontakt aufgenommen. Lisas Vater log und war panisch vor Angst. Sehr zeitnah wurde außerdem noch sein bester Freund getötet.

Wenn der Maler die Fakten bildlich nebeneinander sah, konnte er nicht mehr ausschließen, dass es zwischen dem Tod von Michael Hoffmann und dem Anschlag auf die Tochter von Frank Vogt irgendeinen

Zusammenhang gab. War Lisas Vater das Bindeglied? Der Maler zeichnete jetzt alles mit schnellen grauen Pinselstrichen. Er konnte gerade einfach nicht aufhören. Immer wieder glaubte er, den Knoten gelöst zu haben, aber es passte nicht zusammen. Später, wenn er den Fall abgeschlossen hatte, würde er seine ersten Gedanken farbig übermalen und das Bild fertigstellen. Heute war er erst ganz am Anfang und kam schon jetzt nicht weiter.

Niklas Lux musste eine Pause machen, jedenfalls vom Malen. Ansonsten konnte er sich in seinem Tagesablauf gerade keinen zeitlichen Stillstand leisten. Er wollte Christin unbedingt heute anrufen und ihr einen Vorschlag für ein kurzfristiges Treffen unterbreiten.

Der Maler brütete angestrengt über seinem Kalender. Wohin er die Aufgaben auch schob, der Tag bekam nicht mehr als 24 Stunden und die Woche behielt ihre sieben Tage. Nur er selbst verlor gerade die Übersicht und bald auch die Beherrschung. Wütend warf er ein paar Stifte um sich. »Verdammt!« , fluchte er leise vor sich hin. Er kam wohl tatsächlich nicht darum herum, Christin nach Fuerteventura mitzunehmen, wenn er sie überhaupt noch in den nächsten zwei Wochen sehen wollte. Ein kurzes Treffen für ein paar Stunden zwischendurch würde nichts bringen, befürchtete der Maler. Zu viel blieb in der letzten Zeit zwischen ihnen unausgesprochen und sie mussten es in Ruhe klären. Hoffentlich konnte Christin es mit ihrem Projekt vereinbaren, sich für ein paar Tage herauszulösen. So wie Niklas Lux verstanden hatte, war die Terminschiene mit den Modellen nicht festgelegt worden. Christin durfte ganz individuell entscheiden, wann sie wen malen wollte. Bestimmt könnte sie etwas umorganisieren, hoffte der Maler. Jetzt waren gerade Vorlesungen, aber heute Abend würde er seine Freundin gleich anrufen, um sie zu fragen. Es musste einfach klappen! Niklas Lux konnte es gar nicht erwarten, Christin bald wieder in die Arme zu nehmen. Er sehnte sich schon sehr nach ihr. Die körperliche Enthaltsamkeit machte ihn auch nicht gerade ausgeglichener. Er beschloss deshalb, jetzt eine Runde durch den Wald zu laufen, um den Kopf freizubekommen. Dabei wollte er sich eine Strategie überlegen, mit der er Christin von der gemeinsamen Kurzreise auf die Kanaren überzeugen konnte. Wenn es nach ihm ginge, würde er aber viel lieber ein paar Tage mit Christin hier zu Hause in dem schönen Naturschutzgebiet verbringen. Einfach nur baden, sich lieben, kochen, über Kunst fachsimpeln - so hatten sie es beide eigentlich am liebsten.

Wenn der Maler ehrlich war, grauste ihm sogar vor der Reise nach Fuerteventura. Er hasste es, zu fliegen. Doch er hatte Gabi Seiler, der Freundin des ermordeten Richy, versprochen zu kommen. Den Fall konnte er nicht nur aus der Ferne bearbeiten. Auch wenn ihm Frieda inzwischen das Protokoll von der örtlichen Polizei besorgt hatte. Der Maler hatte bisher noch nicht einmal hineingeschaut. Es war natürlich auf spanisch verfasst worden und seine Kenntnisse dieser Sprache waren leider nur rudimentär.

Er würde Gabi Seiler bitten, die zwei Seiten zu übersetzen. Das war zwar kriminalistisch etwas riskant, aber der Maler konnte sich beim besten Willen nicht vorstellen, dass Gabi etwas mit dem Tod Richys zu tun hatte. Er sah die Bearbeitung dieses Falles sowieso mehr als Hilfe aus freundschaftlicher Verantwortung. Schon aus Zeitgründen würde er deshalb unkonventioneller vorgehen müssen, als bei der Mordermittlung im Fall Hoffmann und der unklaren Bedrohungslage bei der Familie Vogt.

Niklas Lux zog sich seine Joggingsachen an. Doch bevor er in die Laufschuhe schlüpfen konnte, klingelte eines der Telefone. Es war das Handy mit seiner Geheimnummer. Das konnte nur Frieda sein.

Niklas Lux nahm ab: »Frieda, was gibt's so früh am Tag? Wo brennt es denn?« Der Maler wusste, seine Schwester rief sonst nie vor 21.00 Uhr an, außer in ganz dringenden Fällen.

»Niki, mein lieber Bruder, du musst mir helfen! Sag nicht, dass du keine Zeit hast, das zählt jetzt nicht.«

»Alles gut Frieda, beruhige dich. Ich wollte dich sowieso noch sprechen. Ich habe jetzt doch, ein, sagen wir mal, teilweise gesteigertes Interesse an deinen Serientoten in Schwimmbädern.«

»Echt? Wirklich? Genau deshalb rufe ich dich an, Niki. Ich bräuchte eigentlich nur deinen Rat, aber deine Mitarbeit nehme ich natürlich viel lieber!«

»Teilweise, Frieda. Wirklich nur teilweise. Ich habe schon wieder statt einem, drei Fälle auf dem Tisch und Christin ist sauer, weil ich keine Zeit für sie habe.«

Frieda sagte darauf lieber nichts. In puncto Christin

war sie mit Niklas nicht einer Meinung. Sie fand die fünfundzwanzigjährige Studentin zu jung für eine ernsthafte, partnerschaftliche Beziehung mit ihrem Bruder. Niklas meinte zu diesem Vorwurf, dass sie nur eifersüchtig sei. Seitdem klammerten beide dieses Thema aus.

»Niki, ja, ich habe verstanden. Teilweise! Aber woher kommt dein plötzlicher Sinneswandel?«

Der Maler erzählte seiner Schwester die Geschichte des Bademeisters und Hobbydetektivs Jürgen Clasen und von dessen Verdacht. Frieda unterbrach die Ausführungen ihres Bruders am anderen Ende der Leitung immer wieder mit erstaunten Ausrufen.

»Waas? Er befragt sogar die Badegäste?« , wundert sich Frieda.

»Tatsächlich, Schwesterherz. Das tut er. Er wäre eine Sisyphusarbeit hat er mir erzählt, da er ja nur als Vertretung im Elbebad Dienst hatte. Jürgen Clasen ist eine richtige Type, Frieda. Aber solche Menschen haben meist den 7. Sinn und einen guten Instinkt. Ich nehme ihn jedenfalls ernst. Ich habe ihn aber gebeten, dass er sich aus den Ermittlungen heraushalten soll und alles, was er weiß, der Polizei sagen muss.«

»Meinst du, er tut das?« , fragte Frieda.

»Wohl eher nicht. Er ist ein ganz schöner Sturkopf. Deshalb wollte ich dich bitten Frieda, mir die Akten der anderen Opfer in den Bädern zu faxen. Ich möchte mir einen Überblick verschaffen und kann dir anbieten, dass ich dafür an dem Bademeister und Hilfsdetektiv Clasen dranbleibe. Etwas Vertrauen habe ich bereits zu ihm aufgebaut. Was meinst du, Frieda?«

»Das wäre toll, Niki, wenn du uns etwas unterstützen könntest. Stelle dir vor, die ganze Geschichte wird immer verzwickter. Es sind zurzeit mehrere Menschen, die auf ähnliche Weise in verschiedenen Schwimmbädern gestorben sind. Alle sind so Anfang vierzig Jahre alt. Jetzt hat sich auch noch der Bruder eines der weiblichen Opfer umgebracht. Er heißt Oliver Weigel und befand sich im selben Bad, als seine Schwester Katrin zu Tode kam. Er hatte nur kurz die Toilette aufgesucht und schon war es passiert. Die beiden schwammen dreimal die Woche morgens gemeinsam vor ihrer Arbeit. Die Geschwister Weigel hatten zusammen mit einem Freund eine Werbeagentur. Der verbliebene Geschäftspartner meinte, dass er einen Selbstmord ausschließen würde. Oliver Weigel wäre zwar sehr niedergeschlagen nach dem Tod seiner Schwester, aber nicht depressiv gewesen. Er hinterlässt eine Ehefrau und einen sechsjährigen Sohn. Niemals würde er sich so einfach ohne Grund das Leben nehmen.«

»Gibt es denn einen Abschiedsbrief?« , fragte Niklas Lux seine Schwester.

»Nein, den gibt es nicht. Aber es gibt Augenzeugen.«

»Warum haben die ihn nicht davon abgehalten und wie ist es überhaupt passiert?« , wollte der Maler nun dringend wissen.

Frieda erzählte ihm von den beiden Rentnern Hermann und Getrud Voß, welche unfreiwillig in den frühen Morgenstunden Zeugen dieses grausigen Ereignisses wurden. Sie müssten immer noch psychologisch betreut werden, da sie es nicht verkraftet hatten, so hilflos mit angesehen zu haben wie sich ein Mensch das Leben nahm.

»Das ist wirklich schrecklich, Frieda. Ich kann die beiden Zeugen gut verstehen.«

»Sie hatten keine Chance, Niki. Der Mann hatte sich einen riesigen Stein umgebunden und war von einem

Kahn aus ins Wasser gesprungen. Hinzuschwimmen und den Lebensmüden wieder hochzuholen, wäre auch für einen jüngeren Retter in der erforderlichen Zeit nicht möglich gewesen. Da sind sich die Kriminaltechniker und der Gerichtsmediziner einig« erklärte Frieda dem Maler.

Der fragte noch einmal nach: »Aber ich finde es schon merkwürdig, dass der Bruder von Katrin Weigel nur ein paar Wochen später ebenfalls auf unnatürliche Weise zu Tode kommt. Ja sich sogar selbst umgebracht hat, wie es aussieht. Fühlte er sich vielleicht schuldig am Ertrinken seiner Schwester?«

»Nein, überhaupt nicht. Die beiden waren ausgezeichnete Schwimmer. Es war ja Zufall, dass Oliver Weigel gerade auf der Toilette war als es passierte.«

»Vielleicht war es gar kein Zufall, Frieda? Vielleicht hat jemand bewusst abgewartet, bis er das Bad verlassen hat.«

»Niki, darüber haben wir natürlich schon nachgedacht und nicht nur das. Unsere Überprüfungen haben ergeben, dass die beiden sportlichen Geschwister auch sonst nicht immer nebeneinanderher schwammen. Oliver Weigel nutzte zum Beispiel sehr gern den

Sprungturm im Becken nebenan. Wenn jemand Katrin Weigel etwas antun wollte, hätte er genauso andere Gelegenheiten gehabt als während der Toilettenpause des Bruders.«

»Gut Frieda, ich habe nur mal laut gedacht. Bitte faxe mir alle Unterlagen. Ich plane gerade eine Kurzreise nach Fuerteventura. Dann kann ich im Flieger schon einmal alles durchlesen.«

»Bist du sicher Niki, dass du dazu in der Lage bist?« , Frieda dachte an die schon mittelstark ausgeprägte Flugangst ihres Bruders.

Dann ergänzte sie verwundert: »Und warum verreist du überhaupt? Ich denke, du hast soviel zu tun.«

»Wegen des Todes meines alten Kumpels Richy. Ich hatte dir ja erzählt, dass er bedroht wurde, inzwischen wurde er leider ermordet.«

»Oh Gott, Niki, du bist echt nicht zu beneiden! Ich wünsche dir viel Erfolg. Nochmals herzlichen Dank, dass du uns unterstützen willst. Teilweise natürlich, ich weiß.«

»Genau, Frieda! So ist es. Jetzt muss ich mich an die Planung machen und schauen, wie ich auf Fuerteventura genug Zeit für Christin finde. Falls sie überhaupt mitkommt. Ich hoffe es sehr.«

»Dann viel Glück, Bruderherz! Halte mich bitte auf dem Laufenden!«

»Das tue ich, Frieda! Mach es gut Schwesterchen!«

19. Kapitel

Niklas Lux saß im Charterflieger von Hamburg nach Fuerteventura. Er hatte online gerade noch einen wieder frei gewordenen Platz ergattern. Von Berlin aus war gar kein passender Flug mehr zu bekommen gewesen, so mitten in den Sommerferien. Gleich würde die Maschine starten und der Maler wusste, was er zu tun hatte. Augen zu und durch, sagte er sich leise und kaute zur Beruhigung auf seinem Kaugummi. Er hatte eigentlich nicht wirklich Angst vor dem Fliegen. Es war mehr der Kontrollverlust, dieses hilflose Ausgeliefertsein, welches ihm Bauchgrummeln verursachte. Inzwischen hatte er gelernt, besser damit umzugehen. So schlimm, wie seine Schwester es immer bei jeder besten Gelegenheit darstellte, war es gar nicht. Er war kein Kind mehr. Frieda vergaß das manchmal. Er flog zwar nicht gerne mit dem Flugzeug und versuchte es zu vermeiden, wo es ging, aber Atemnot und Herzrasen hatte er inzwischen nicht mehr. Er versuchte sich immer, von allem was mit dem eigentlichen Vorgang des Fliegens zu tun hatte, abzulenken.

Völlig unbeteiligt hatte Niklas Lux deshalb gerade die Sicherheitshinweise über sich ergehen lassen und den Start würde er gleich auch noch überstehen. Die Maschine rollte bereits in Richtung Startbahn. Neben ihm saßen zwei Jugendliche, die ununterbrochen mit ihren Smartphones beschäftigt waren. Zum Start hatten sie das Handy nun weggelegt und saßen fest in ihre Sitze gepresst. In der Reihe gegenüber dem Gang hatten die Eltern mit dem jüngsten der drei Geschwister Platz gefunden. Die Mutter rief den Teenagern beruhigende Worte zu und reichte Gummibärchen herüber. Niklas Lux kümmerte sich nicht weiter um diese Familie. Er hatte seine Sitznachbarn nur kurz begrüßt und war seitdem mit sich beschäftigt. Seine Gedanken kreisten um das letzte Gespräch mit Christin. Sie wollte einfach nicht den Termin mit dem Modell Markus verschieben. Ja, sie weigerte sich sogar, ihn überhaupt zu fragen. Darüber war der Maler sauer. Er hätte es verstanden, wenn Markus es abgelehnt hätte, auf die nächste Woche auszuweichen. Aber so vergab Christin, seiner Meinung nach, einfach leichtfertig die Chance mit ihm fünf Tage in schöner Umgebung zu verbringen und die Berliner Stadtluft gegen eine frische Meeresbrise am Atlantik einzutauschen. Sie begründete es damit, dass sie sonst aus ihrer kreativen Phase herausgerissen werde und sie sich schon denken könnte, dass der Maler doch die meiste Zeit wegen des ermordeten Richy recherchieren würde. So etwas kannte sie zur Genüge von früheren Fällen. Das wäre dann kein Urlaub für sie und dafür würde sie ihr Projekt nicht unterbrechen. Das waren Christins Worte.

Der Maler akzeptierte es schließlich, als Künstler hatte er sogar Verständnis. Als Mann aber nagte an ihm der Zweifel. Zumal Christin ja wieder dermaßen von Markus geschwärmt hatte, dass bei Niklas Lux alle Alarmglocken schellten. Vielleicht war es auch völlig grundlos. Er hatte extra noch kurz vor dem Abflug mit seinem Freund Holger telefoniert und der hatte gemeint, dass Niklas Lux übertreiben würde mit seiner Eifersucht. So wirklich beruhigt hatten seine Worte den Maler aber nicht. Grübelnd schaute er auf die immer kleiner werdenden Gebäude des Hamburger Flughafens. Viel sehen konnte er nicht. Er hatte zwar einen Platz am Fenster, aber genau über der Tragfläche. Doch Niklas Lux beabsichtigte sowieso nicht hinauszuschauen, sondern die Faxe zu den Todesfällen in den Schwimmbädern zu studieren. Es war eine ganze Mappe voller Unterlagen, die er während der fast vierstündigen Flugzeit durchlesen wollte.

Endlich hatte das Flugzeug die Reisehöhe erreicht. Das Abschnallsignal ertönte und die Passagiere schienen wie aus einem Winterschlaf zu erwachen. Es herrschte sofort ein geschäftiges Treiben. Außerdem nahm das Bordpersonal Position ein, um gleich mit dem Servierwagen durchzufahren. Die Ruhe war vorbei, dachte der Maler zerknirscht. Wie sollte er bei dem Trubel konzentriert arbeiten? Die beiden Teenies neben ihm machten auch schon große Augen. Ihre Smartphones waren für die beiden Jungen inzwischen nur noch halb so interessant. Ständig versuchten sie einen Blick auf die Faxe des BKA zu erhaschen.

Ihre Mutter rief herüber: »Kai! Ole! Rückt dem

Herrn bitte nicht so auf die Pelle! Hört ihr? Sonst wird getauscht und einer von euch wechselt mit Papa!« Nun schreckte das Familienoberhaupt auf. Bisher hatte der Vater seelenruhig seinen Kopf in die Tageszeitung gesteckt und seiner Frau die Regie überlassen. »Ich sitze gut hier« , brummelte er nur kurz. Die Jungen kicherten. Sie wussten der Papa war bereits im Urlaubsmodus. Sie versprachen ihrer Mutter aber, sich zu benehmen und stillzusitzen.

Der Maler drehte sich trotzdem etwas mehr zum Fenster und sein Kreuz war zum Glück breit genug, um Sichtschutz vor den neugierigen Jugendlichen zu bieten. Deren Interesse galt jetzt aber schon dem Getränkewagen. Sie schwankten immerzu zwischen Brause und Cola und bekamen von der entnervten Stewardess schließlich beides. Niklas Lux hatte das Gefühl, dass die Jungen das Spiel nicht zum ersten Mal zu spielten. Er schmunzelte. Ganz schön cleverere Bürschchen waren das. Der Maler selbst nahm sich eine Picolloflasche Rotwein und ein Wasser. Es fand es zwar nicht logisch, aber irgendwie beruhigte ihn der Wein im Flieger. Wenn er zwischendurch ein zu starkes Unwohlsein verspürte, kaufte er sich auch gern eine zweite oder dritte Flasche. Das richtete sich nach der Flugdauer.

Ja, dachte Niklas Lux, Frieda hatte Recht, er hatte immer noch etwas Flugangst. Aber es war wirklich schon viel besser geworden in den letzten Jahren. Als die Stewardess auf dem Rückweg wieder durch die Reihen kam, hatte der Maler sich zur Sicherheit bereits den zweiten Wein geordert.

Er gähnte, schon etwas schläfrig von seinem Rotwein. Trotzdem sollte es aber endlich an die Arbeit gehen. Niklas Lux putze seine Lesebrille und vertiefte sich in die Akten der Schwimmbadopfer. Oha, das sah wirklich nach einer Serie aus! Er skizzierte sich etwas in seinen Reiseblock. Dieser war nur DIN-A5 groß und nahm nichts soviel Platz weg. Kai und Ole, seine Sitznachbarn, verrenkten sich die Hälse.

»Sind Sie ein Phantombildzeichner« , frage Ole neugierig.

Aha, dachte der Maler, der Junge hatte tatsächlich schon den kriminalistischen Hintergrund seiner Unterlagen erspäht. Sonst wäre er ja nicht auf den Begriff »Phantombild« gekommen.

»Nein, bin ich nicht« , antwortete der Maler kurz.

Ole und Kai tuschelten und boxten sich gegenseitig aufmunternd in die Seite. Der Maler hielt verzweifelt nach der Mutter Ausschau, die doch die beiden Teenager sonst immer zur Ordnung gerufen hatte.

Dann sah er sie! Sie stand mit dem jüngsten Kind, einem kleinen Mädchen, in der Schlange vor der Bordtoilette. Der Vater schlief seelenruhig in seinem Sitz, die Zeitung noch auf dem Schoß haltend.

Von ihm war also auch keine Unterstützung zu erwarten. Niklas Lux stöhnte leise. Just in diesem Moment begann das Kind hinter ihm ständig gegen seine Rückenlehne zu treten. Wie sollte er hier nur konzentriert arbeiten!

»Sind Sie von der Polizei?« , fragte Kai mutig.

»Nein, bin ich nicht« , antwortete der Maler schon etwas gereizt.

»Aber vom Geheimdienst?« , legte sein Bruder Ole jetzt nach. Verzweifelt schaute der Maler nach der Mutter der beiden Nervensägen. Sie stand leider immer noch an der Toilette an. Es waren drei Personen vor ihr in der Warteschlange.

Der Maler trank die zweite Flasche Rotwein aus. Er war einfach nur schrecklich genervt. Eigentlich mochte er Kinder und konnte gut mit ihnen umgehen. Aber im Flieger wollte er immer nur seine Ruhe haben. Er war sowieso angespannt und außerdem unter Zeitdruck, was das Aktenstudium zu den Toten im Schwimmbad anging. Auf Fuerteventura musste er sich aber vorrangig um Richys Fall kümmern. Am meisten missgestimmt war er aber darüber, dass Christin nicht mitgekommen war und lieber ihre Zeit mit dem Modell verbringen wollte. Dieses ganze Paket an schlechter Stimmung drohte jeden Moment aus ihm herauszuplatzen und er musste sich schon sehr zusammennehmen, um seine Laune nicht an den Jungen auszulassen.

Er atmete tief durch und sagte dann versöhnlich zu den beiden: »Ich zeichne einfach gern. Es ist wie schreiben. Bei mir sind es Bilder.«

Ole kicherte: »Bilderbücher malst du? Solche für meine kleine Schwester?«

»Es könnten doch auch Comics sein. Mensch, du Dussel!« , belehrte ihn sein Bruder Kai.

»Ja, du hast recht« , gab sich Ole geschlagen.

Damit war die Konversation erschöpft. Dem Maler war es recht. Er versuchte so unbeteiligt wie möglich zu tun und schaute aus dem Fenster, obwohl er nur weiße Wolken unter der Tragfläche sehen konnte. Er hatte keine Lust mehr, von den beiden Teenies weiter ausgefragt zu werden und stellte sich schlafend. Vielleicht gelang es ihm, ein wenig Ruhe zu finden. Doch vergebens! Hinter ihm ging das Getrampel wieder los und der Maler wunderte sich, welche Kraft so kleine Kinderbeine entwickeln konnten, wenn sie mit der Fußspitze in die Rückenlehne traten.

Die Stewardess kam gerade vorbei und der Maler kaufte sich einen dritten Pikkolo Rotwein. Er hatte gerade nur den einen Wunsch, endlich raus aus diesem Flieger zu kommen Resigniert packte er seine Unterlagen wieder zusammen, machte sich den neuen Wein auf und blätterte dann gelangweilt in der Bordzeitung. Schließlich schlief er doch noch die restliche Flugzeit bis zur Landung.

20. Kapitel

Niklas Lux überstand die Landung auf dem Flughafen in Fuerteventura so halbwegs ohne weitere Aufregung. Richys Freundin Gabi hatte es sich nicht nehmen lassen, ihn persönlich vom Flughafen nahe der

Hauptstadt Puerto del Rosario abzuholen. Bis nach Corralejo, wo sich Richys Finca befand, waren es nur dreißig Minuten Fahrzeit. Der Maler wollte sich eigentlich für die Dauer seines Aufenthaltes einen Leihwagen nehmen. Gabi Seiler bot ihm jedoch an, ihn zu fahren, wenn es nötig würde oder ihm ihr Auto zur Verfügung zu stellen. Die meisten Wege innerhalb von Corralejo sollte er, ihrer Meinung nach, sowieso lieber zu Fuß oder mit Richys Fahrrad zurücklegen. Dann wäre er auf jeden Fall schneller am Ziel. Das war Niklas Lux natürlich mehr als recht.

Vor dem Terminal hielt er nach Gabi Seiler Ausschau. Er konnte es kaum erwarten. Bald gab es frische Atlantikluft, Sonne, Strand und vielleicht eine leckere Paella zum Abendbrot – der Maler freute sich inzwischen sogar ein wenig über die bevorstehende Abwechslung. Wenn nur Christin noch dabei wäre, dann wäre es perfekt. Wenn er ehrlich war, musste er aber sofort an die Arbeit und durfte gar nicht erst zu viel Urlaubsstimmung aufkommen lassen. Sein Zeitfenster war knapp bemessen. Er hatte sich für die nächsten Tage einen straffen Plan zurechtgelegt und wollte, sobald sich eine Lücke auftat, auch die Akten der

Schwimmbadopfer durchgehen. Außerdem nahm sich Niklas Lux vor, mindestens einmal wieder auf ein Surfbrett zu steigen, wenn er schon mal hier war. Soviel Zeit musste sein.

Etwas hilflos suchend stand er nun vor dem Flughafengebäude. Da winkte ihm eine Frau vom Taxistand herüber: »Niklas Lux! Hallo Niklas Lux! Hierher bitte! Ich bin es, Gabi Seiler!«

Niklas Lux schob seinen Reisekoffer zwischen den Absperrpollern durch und ging auf Richys Freundin zu.

»Mein Auto steht hier gleich um die Ecke hinter der Werbebande.«

Der Maler fand die Art zu parken zwar etwas unkonventionell, aber er war froh, dass Gabi Seiler schon da war und er so schnell wie möglich das Flughafengelände verlassen konnte. Unauffällig musterte er die Lebensgefährtin seines getöteten Kumpels. Sie war älter als Christin, dachte er, vielleicht Mitte dreißig und sollte eine erfolgreiche Geschäftsfrau sein. Nach Richys Erzählungen hatte sie vor fünf Jahren eine Strandmodenboutique übernommen und diese zu einem sehr gut laufenden Geschäft weiterentwickelt. Mit ihrer exklusiven Bademode, die in allen Größen erhältlich war, machte Gabi Hausbesuche auf der gesamten Insel. Damit die Damen in Ruhe anprobieren konnten. Sogar auf der Nachbarinsel Lanzarote, welche mit der Fähre in fünfundzwanzig Minuten zu erreichen war, hatte Gabi schon zahlreiche Kundinnen. Heute sah man ihr die Businessfrau aber überhaupt nicht an, fand der Maler. Gabi Seiler hatte ihre braunen, halblangen Haare lose zusammengeknotet. Ihr sehr apartes Gesicht war nur flüchtig geschminkt. Unter ihren schönen, etwas schrägen braunen Augen lagen tiefe Schatten. Sicher ein Zeichen schlafloser Nächte und Trauer um den Freund, dachte der Maler voller Mitgefühl.

»Wie geht es dir, Gabi? Wir wollten doch du sagen, oder?«

»Ja sehr gern. Schließlich bist du ein alter Freund von Richy, Niklas. Mir geht es den Umständen entsprechend. Am Tage funktioniere ich. Das Geschäft muss weiterlaufen. Meine Freunde auf der Insel unterstützen mich, wo sie können. Aber manchmal ist es mir schon zu viel. Ich brauche etwas Ruhe, um das alles zu begreifen. Wer hat meinen Richy so abgrundtief gehasst, dass er ihm so etwas Fürchterliches antun konnte?« , fragte Gabi unter Tränen.

»Ich werde versuchen, es herauszubekommen, Gabi« , sagte der Maler, obwohl er selbst nicht daran glaubte, dass es ihm in so kurzer Zeit gelingen würde.

»Willst du nicht gleich auf der Finca wohnen, Niklas? Wir haben einen komplett abgeschlossenen Gästebereich mit einem eigenen Bad und einer kleinen Pantryküche.«

Niklas Lux überlegte kurz und fand, dass er so Wege und Zeit sparen konnte. Außerdem hatte er durch seine kurzfristige Buchung kein vernünftiges Zimmer mehr bekommen. Wenn er schon mal hier war, wollte er eigentlich gern in erster Reihe zum Meer wohnen. Sein Hotel lag aber schon fast in einem Gewerbegebiet und außerdem an einer lauten Kreuzung.

»Wenn es dir keine Umstände macht, dann sage ich nicht nein. Ich muss nur schnell im Hotel anrufen und mein Zimmer stornieren.«

»Das mache ich nachher lieber für dich, dann musst du keine Gebühren zahlen« , sagte Gabi und trat das Gaspedal kräftig nach unten durch. Schlimmer war der Start im Flugzeug eigentlich auch nicht gewesen, schmunzelte er, während die Landschaft an der

Küstenstraße nur so an ihm vorbeiflog. Die dreißig Minuten Fahrzeit waren ihm im wahrsten Sinne des Wortes wie im Flug vergangen, dachte der Maler, als er vor der imposanten Natursteinfinca ausstieg.

Gabi musste nach ihrer Ankunft gleich wieder in ihre Boutique zurück und Niklas Lux wollte sich für den Rest des Tages den Tatort genauer ansehen. Der schöne Pool der Finca war zum Ort eines grausigen Verbrechens geworden. Gabi gestand dem Maler, dass sie seit Richys Tod nicht mehr in dem Pool gebadet hatte.

Am Abend wollten sich der Maler und Gabi dann in der Tapas Bar von Gabis Freundin Maria treffen. Niklas Lux nahm sich vor, unbedingt heute noch Christin anzurufen. Er war neugierig und außerdem enttäuscht und eifersüchtig, wenn er daran dachte, dass Christin heute das zweite Treffen mit diesem Markus hatte. Welches sie ja nicht verschieben wollte, nicht einmal für ein paar schöne Tage am Atlantik mit ihrem Freund. Er konnte es einfach nicht verstehen.

21. Kapitel

Nachdem Niklas Lux abends mehrmals vergeblich versucht hatte, Christin zu erreichen, probierte er es gleich wieder am nächsten Morgen. Er ließ das Handy klingeln, solange es ging. Da, ein Knacken im Hörer! Der Maler war erleichtert.

»Hallo! Christin?« , rief er aufgeregt.

»Hallo« , meldete sich eine volle warme Männerstimme zurück.

Niklas Lux erstarrte: »Wer sind Sie? Woher haben Sie dieses Handy?«

»Es lag hier auf dem Tisch und ich dachte, ich gehe mal ran« , antwortete der Mann lapidar.

»Wer sind Sie denn? Sagen Sie mir sofort Ihren Namen!« , forderte Niklas Lux.

»Ach, Entschuldigung. Ich bin Markus.«

Der Maler bekam einen Stich ins Herz, seine Knie wurde weich wie Wackelpudding. Er setzte sich schnell auf sein Bett.

»Wo ist Christin?« , schrie er ins Telefon.

»Regen Sie sich doch nicht so auf, mein Lieber. Christin schläft noch tief und fest. Ich möchte sie jetzt nicht wecken.«

»Ach so« , mehr bekam Niklas Lux nicht heraus. Er war total perplex.

Was war mit Christin los? Deshalb war sie gestern Abend auch nicht ans Telefon gegangen, schlussfolgerte der Maler. Sie hatte die Nacht mit diesem Markus verbracht. Niklas Lux konnte es kaum glauben. Aber es war ja offensichtlich.

»Hallo, sind Sie noch da?« , meldete sich die einschmeichelnde, fast unnatürlich schön klingende Stimme des Mannes wieder.

Irgendwoher kam sie dem Maler dennoch bekannt vor. Aber das konnte nicht sein. Der Maler kannte niemanden, der sich mit dreizehn Jahren solche Brandverletzungen zugezogen hatte. Christin hatte ihm von dem Unfall beim Grillen erzählt.

»Ja, ich bin noch da. Dann grüßen Sie Christin von mir« , presste der Maler einsilbig hervor.

»Von wem denn, bitte?«

Markus schien seinen Sieg zu genießen und wollte ihn wohl jetzt richtig erniedrigen, dachte der Maler wütend und legte deshalb einfach auf. Dann saß er erst einmal minutenlang regungslos auf seinem Bett, unfähig, auch nur einen klaren Gedanken zu fassen.

Markus nahm indessen Christins Handy und löschte die Anrufe von Niklas Lux aus der Liste.

In Berlin wurde Christin langsam wach und torkelte schlaftrunken aus dem Schlafzimmer ihrer Altbauwohnung in die wohnliche Küche.

»Markus! Was machst du denn hier?« , rief Christin erschrocken aus.

»Ich habe Kaffee gekocht und Brötchen aufgebacken, Christin. Komm, setzt dich doch! Soll ich dir ein Rührei oder ein Omelett braten? Mein Schnittlauchomelett hat einen legendären Ruf!« , brüstete sich Markus.

Christin ging wortlos an Markus vorbei in ihr kleines Wohnzimmer. Die Couch war ausgeklappt und auf ihr lagen eine zerwühlte Decke und ein zerdrücktes Sofakissen.

»Entschuldige Christin, ich habe im Wohnzimmer leider nicht zu Ende aufgeräumt. Ich wollte uns erst Frühstück machen« , rief Markus aus der Küche.

Christin kam zurück und stellte ihn zur Rede: »Markus, hast du hier geschlafen? Warum denn? Was ist letzte Nacht passiert?«

»Ich erkläre es dir gleich. Einen Moment, ich brühe erst schnell den Kaffee auf.«

Christin stand nur im Slip und einem dünnen Hemd vor Markus und spürte seine abschätzenden Blicke über ihrem Körper hin und her wandern.

Sie lief schnell ins Bad und zog sich ihren Bademantel über. Die ganze Sache war ihr schrecklich peinlich. Markus war doch ein Fremder. Sie nahm doch normalerweise nicht einfach so unbekannte Männer mit zu sich nach Hause. Christin versuchte krampfhaft sich an den gestrigen Tag zu erinnern. Der Termin mit Markus war sehr vielversprechend gelaufen. Christin hatte ihre Vorskizzen fertigbekommen und dann, jetzt wusste sie es plötzlich wieder, hatte Markus sie zum Essen eingeladen. Der Abend war so interessant und unterhaltsam gewesen, dass Christin gar nicht auf ihr Handy geschaut hatte, ob Niklas gut angekommen war. Mist, er war sowieso schon eifersüchtig. Völlig grundlos, wie Christin fand. Sie ging zurück zu Markus in die Küche.

»Markus, hat mein Handy in der Zwischenzeit geklingelt. Ich habe so fest geschlafen und nichts gehört. Es lag ja auf dem Küchentisch. Wo ist es denn? Du hast doch das Frühstück aufgedeckt.«

»Hier liegt es, auf dem Regal im Flur! Da war es doch schon die ganze Zeit, Christin. Auf dem Küchentisch lag es vorher wirklich nicht und ich habe auch kein Klingeln gehört« , log Markus.

Christin nahm ihr Handy und schaute auf die Anruferliste. Es gab keine Anrufe oder Nachrichten von Niklas, weder gestern noch heute. Hoffentlich war er gut angekommen. Dass er sich gar nicht gemeldet hatte, erschien Christin doch sehr ungewöhnlich.

»Christin, komm doch erst einmal frühstücken!« , lockte Markus Christin und hielt ihr die duftenden Brötchen unter die Nase.

»Mir ist der Appetit vergangen, Markus. Ich bin so durcheinander und mein Schädel brummt. Habe ich gestern zu viel Wein getrunken?«

»Jein, würde ich sagen. Wein hattest du bestimmt nicht zu viel. Aber die Cocktails an der Bar haben dich im wahrsten Sinne des Wortes zum Schluss vom Hocker gehauen!«

»Waas?« , Christin riss ihre blauen Kulleraugen auf. Wie konnte sie sich nur so gehen lassen? Wieso hatte sie dermaßen die Kontrolle verloren und noch dazu in

Gegenwart eines ihr anvertrauten Modells des Kunstprojekts. Wenn das herauskam, könnte es Christin die Teilnahme an dem Wettbewerb kosten.

»Bitte sag mir, was passiert ist. Die Wahrheit, bitte Markus! Ich habe einen Filmriss« , sagte Christin resigniert.

Markus rutschte auf der Eckbank der Küche etwas näher an Christin heran und sprach ihr ins Ohr: »Es ist nichts passiert, wofür du dich schämen musst, Christin. Der Barkeeper war sehr großzügig bei der Bemessung deiner Cocktails.«

»Er wollte mich abfüllen!« , beschwerte sich Christin.

Markus lachte: »Na, so würde ich es nicht sehen. Getrunken hast du ja alleine. Du warst dann einfach plötzlich nicht mehr ansprechbar und konntest dich kaum noch auf den Beinen halten. Ich habe in deiner Tasche nach deinen Papieren geschaut, um deine Adresse zu finden und dich dann mit dem Taxi nach Hause gebracht. Dein Schlüssel war auch in der Tasche. Du wolltest es so. Ich hatte dir angeboten, erst ins Krankenhaus zu fahren. Aber du hast mich angefleht, dich unbedingt nach Hause zu bringen, dass ich es dir nicht abschlagen konnte. Ich habe dann aber lieber auf der Couch übernachtet, um in deiner Nähe zu sein. Falls es dir nachts auf einmal schlechter gehen sollte.«

»Danke Markus, das war sehr fürsorglich von dir« , sagte Christin.

»Kein Problem, auf mich wartet niemand zu Hause.« Markus rutschte bei diesen Worten noch näher an Christin heran. Ihr war es nicht einmal unangenehm. Sie fühlte sich geborgen. Markus war wenigstens da, wenn man ihn brauchte. Im Gegensatz zu ihrem Freund Niklas. Oh Gott, Niklas, fiel es Christin wieder ein. Sie musste versuchen, ihn anzurufen. Eigentlich hätte er sich ja melden müssen. Aber gut, Christin gab nach und probierte es selbst. Unter der Handynummer von Niklas Lux nahm niemand ab. Auch nicht beim zweiten und dritten Versuch.

Markus schaute mit seinen grünen Augen auf Christin und tröstete sie: »Er ist bestimmt beschäftigt. Du hast doch gesagt, dass er immer viel zu tun hat.«

Christin nickte stumm und sagte dann traurig: »So wird es wohl sein, so wie immer.«

Doch einen Versuch wollte sie noch starten, um

herauszufinden, wie es ihrem Freund ging. Christin rief Holger an. Zum Glück war er gleich am Handy: »Niklas geht es prima, Christin. Ich habe heute Morgen schon mit ihm wegen der nächsten Ausstellung telefoniert. Ich muss ja langfristig planen, während der Künstler Urlaub macht. Niklas scheint sich gerade tatsächlich ein wenig zu erholen, Christin. Eben ist er auf dem Weg zum Surferstrand. Gestern Abend war er wohl mit der Hausherrin in einer Tapasbar.«

»Welche Hausherrin?« , wunderte sich Christin.

»Na die Freundin des toten Richy. In deren gemeinsamer Finca wohnt Niklas jetzt. Er hat gesagt, es wäre besser so. Er habe kein vernünftiges Hotelzimmer mehr bekommen und Gabi sei sehr nett und dann nicht so allein.«

Gabi also, dachte Christin wütend. Nur weil ich nicht mitfliegen konnte, hat sich der feine Herr gleich Ersatz gesucht und kann sich nicht einmal mehr bei mir melden und sagen, dass er gut angekommen ist. Stattdessen kümmert er sich um einsame Damen.

»Danke Holger, dann weiß ich Bescheid.« Christin versuchte sich ihren Ärger nicht anmerken zu lassen, aber Holger hatte ein Gespür für zwischenmenschliche

Missstimmungen.

»Ist alles in Ordnung Christin? Hat sich Niklas denn nicht bei dir gemeldet?«

Christin schwieg.

»Auch eine Antwort. Ich habe verstanden, Schätzchen. Nächste Frage: Wie geht es dir? Wie kommst du mit deinem Projekt voran?«

»Sehr gut, Holger. Das läuft bestens.«

»Na siehst du. Kopf hoch! Das wird wieder, Christin!«

»Natürlich Holger, ich muss jetzt aber auflegen. Tschüss!«

Christin warf jetzt sofort ihr Handy in die Küchenecke, dass es nur so schepperte.

Markus hatte instinktiv den Kopf eingezogen.

»Christin!« , rief er, »Was ist denn los?«

Christin schluchzte. Sie konnte die Tränen nicht mehr zurückhalten.

Markus kam auf sie zu und nahm sie in den Arm.

»Das ist so gemein!« , schimpfte Christin und lehnte sich schutzsuchend an Markus Schulter.

Markus streichelte über ihre Lockenmähne und redete beruhigend auf sie ein. Er genoss es, wie Christin sich an ihn schmiegte und als sich der Gürtel ihres Bademantels löste, spürte er ihre Brüste auf seinem Oberkörper. Markus musste sich zusammenreißen, um die Situation jetzt nicht auszunutzen. Er geleitet Christin zurück zu dem gedeckten Frühstückstisch und setzte sich neben sie auf die Bank.

»Wir machen heute noch gemeinsam etwas Schönes. Was du willst, Christin. Du wirst sehen, dann sieht die Welt schon wieder ganz anders aus.«

Christin lehnte ihren Kopf erneut an die Schulter ihres Modells und schniefte laut.

»Ja, Markus, das machen wir. Ich wollte heute eigentlich dein Bild beginnen, aber in Natura bist du mir gerade wichtiger.«

»Das freut mich sehr, Christin. Ich genieße jede Sekunde mit dir.«

Christin war hin und her gerissen. Solche Komplimente hatte sie von Niklas schon lange nicht mehr bekommen. Sie lächelte geschmeichelt. Markus hatte von Anfang an eine große körperliche Anziehungskraft auf sie ausgeübt. Sie fand, dass er außerdem ein Gentleman war und die Situation nicht ausnutzte. Weder gestern Abend, als sie betrunken war, noch heute, wo sie in ihrem Kummer bewusst seine Nähe gesucht hatte. Christin spürte, dass dieser Mann ihrer Beziehung mit Niklas wirklich gefährlich werden konnte. Ein solches Verlangen nach körperlicher Nähe hatte sie sonst nur ihrem Freund gegenüber.

Markus nahm ihren Kopf in seine Hände und schaute Christin in das tränenverschmierte Gesicht. Er bemerkte, dass seine Begierde auf Christin übersprang und wagte es jetzt, sie vorsichtig auf die Wange zu küssen. Dabei streifte er ihr den Bademantel von der einen Schulter und streichelte zärtlich ihren Arm. Seine Hand spielte mit dem Träger ihres dünnen Hemdchens.

Doch Christin schob diese vorsichtig zurück und sagte: »Wir sollten jetzt erst einmal frühstücken, Markus.«

Er antwortete leise: »Ja, du hast recht. Wir beide haben noch soviel Zeit, Christin.«

22. Kapitel

Der Bademeister Jürgen Clasen sortierte zum wiederholten Male seine handbeschriebenen Karteikarten. »Schwarzer Peter« nannte er den Stapel nach einem gleichnamigen Quartettspiel, welches er früher immer gern mit seiner älteren Schwester Rita gespielt hatte.

Aus der war ja inzwischen richtig etwas geworden, dachte Jürgen Clasen voller Ehrfurcht. Die Eltern wären stolz auf Rita gewesen, wenn sie das noch erlebt hätten. Und Rita war keineswegs abgehoben, obwohl sie als Anwältin sehr erfolgreich war. Für Jürgen blieb sie immer noch die fürsorgliche Schwester, so wie früher. Nur übertrieb sie es gern einmal mit ihrer selbsternannten Aufsichtspflicht.

So wie vor ein paar Tagen, als sie ihm diesen Detektiv auf den Hals gehetzt hatte. Der war nett und auch kompetent, ohne Zweifel. Er schien sogar zu glauben, dass an Jürgen Clasens Vermutungen etwas Wahres dran sein könnte. Man konnte ihm schon vertrauen. Der Bademeister wollte ihm aber trotzdem nicht alles verraten, was er wusste. Schließlich war Jürgen es der jungen Frau schuldig, selbst herauszufinden, wer sie getötet hatte. Unter seiner Aufsicht mordete keiner ungestraft! Für Jürgen Clasen war die Ergreifung des Mörders deshalb zu einer Mission geworden, von der ihn nichts und niemand abbringen konnten. Auch nicht seine Schwester oder dieser Detektiv.

Jürgen Clasen verteilte nun seine Karten auf dem, mit einem karierten Wachstuch überzogenem Küchentisch. Es waren siebzehn an der Zahl. Genauso viele Besucher, die später tote Frau eingeschlossen, waren noch im Bad, genauer gesagt im Schwimmbecken gewesen, als das schreckliche Unglück passierte. Kerstin Klein hieß die Tote, das hatte der Bademeister gleich am Tag des Unglücks erfahren. Sie war erst 39 Jahre alt gewesen, als sie so grausam sterben musste.

Jürgen Clasen hatte nach dem Ausschlussprinzip schon zehn Karten jeweils einem Badegast zuordnen können. Mit Hilfe seines an dem Tag erkrankten Kollegen, der ja seine morgendlichen Stammschwimmer kannte, befragte er nämlich an den Folgetagen alle frühen Badegäste. So bekam er in relativ kurzer Zeit heraus, wer am Todestag von Kerstin Klein noch mit im Bad geschwommen war. Es waren alles mehr oder weniger Stammgäste, die morgens regelmäßig das Bad aufsuchten. Die Befragten wunderten sich allerdings über den Umstand, dass ein Bademeister sie ebenfalls kontaktierte. Schließlich hatte die Polizei bereits rekonstruiert, wer sich zur fraglichen Unglückszeit im

Bad aufgehalten hatte. Die Beamten wollten Zeugen ermitteln, um den Verantwortlichen für das Unglück festzustellen. Von einem Mordverdacht sprach natürlich keiner von ihnen.

Jürgen Clasen erklärte die doppelte Befragung damit, dass er im Auftrag des Schwimmbades wegen der Versicherung eigene Erkundigungen anstellen musste. Die Polizei würde ihm ja nicht einfach so die Akten zur Einsicht geben. Die Badegäste gaben sich mit dieser Auskunft zufrieden. Schließlich hatten die meisten mitbekommen, wie sehr Jürgen Clasen an dem Tag, als Kerstin Klein ertrunken war, gelitten hatte. Wie verzweifelt er versucht hatte, sie zu retten. Deshalb gaben auch alle bereitwillig noch einmal Auskunft. Von diesen zehn Personen erschien dem selbsternannten Hilfsdetektiv Clasen keiner wirklich verdächtig. Er legte deshalb deren zehn Karten beiseite.

Es blieben also noch sieben Karten übrig. Eine davon stand für Kerstin Klein. Jürgen Clasen hatte ein schwarzes Kreuz auf die Karte gemalt und einen Engel von seinen alten Sammelbildern darauf geklebt, die er in einer kleinen Blechkiste aufbewahrte. Traurig strich der Bademeister mit seinen rissigen Fingern über die Karte. Es tat ihm so leid. Die Frau hatte doch einfach nur schwimmen wollen.

Die restlichen Karten waren leicht zuzuordnen. Fünf Personen, alles Frauen reiferen Alters, gehörten einem Damenkränzchen an. Sie waren eigentlich nebenan im kleinen Becken zur Wassergymnastik angemeldet. Die verantwortliche Trainerin war aber aus persönlichen Gründen verhindert gewesen. Die Damen wollten nicht umsonst gekommen sein und entschlossen sich an diesem Morgen deshalb gemeinsam das Schwimmbecken zu nutzen.

Jürgen Clasen hatte heute Nachmittag eine Verabredung mit einer der älteren Damen namens Trude Messerschmidt. Die restlichen vier Seniorinnen würden dann dazu stoßen. Der Bademeister hatte den Frauen eine Torte versprochen und konnte sie damit überzeugen, an der wichtigen Todesfallermittlung, wie er es nannte, mitzuarbeiten.

Jürgen Clasen holte jetzt schnell die Tiefkühltorte »Schwarzwälder Kirsch« aus dem Eisfach. Das hätte er beinahe vergessen. Hoffentlich waren die Damen zufrieden, denn eine frische Cremetorte vom Bäcker überstieg leider sein Budget. Jürgen Clasen, der sich lange Zeit mit Gelegenheitsjobs über Wasser gehalten hatte, musste haushalten, um über die Runden zu kommen. Wenn seine Schwester Rita ihm nicht in schlechten Zeiten das ein oder andere Mal unter die Arme gegriffen hätte, würde er vielleicht schon unter der Brücke schlafen. Jürgen mochte gar nicht daran denken. Er hatte jetzt auch Wichtigeres zu tun. Er hatte schließlich eine Aufgabe zu erfüllen!

Jürgen Clasen hielt die letzte der siebzehn Karten hoch. Er nannte sie den »Schwarzen Peter« . Es war die Karte die sonst im Quartett übrig blieb und wer sie zog und am Ende immer noch behielt, hatte verloren. So wie Kerstin Klein. Sie musste nach der Meinung von Jürgen Clasen auf ihren »Schwarzen Peter« getroffen sein, einen Mister Unbekannt.

Denn genau diese eine Person fehlte dem Bademeister. Es waren siebzehn Gäste im Becken, dass hatte er mit Hilfe seines Badehelfers Benjamin und mit der Unterstützung der Kassiererin zweifelsfrei feststellen können. Jürgen Clasen konnte natürlich nicht sicher sein, dass der Unbekannte etwas mit dem Tod von Kerstin Klein zu tun hatte. Aber er war für den Bademeister höchstverdächtig. Denn niemand wusste, wer er war. Alle anderen Zeugen konnten ausfindig gemacht werden und gaben bereitwillig Auskunft. Nur der Unbekannte blieb unauffindbar. Vielleicht hatten die Damen etwas bemerkt, was dem Bademeister weiterhelfen könnte. Jürgen Clasen hoffte inständig, dass sich sein Einsatz mit der Torte auszahlen würde. Im Geheimen grauste ihm zwar schon vor dem Geschnatter der Seniorinnen, aber sie wollten ihm helfen und er musste dankbar sein.

Trude Messerschmidt und ihre vier Freundinnen aus dem Wassergymnastikkurs warteten schon ungeduldig auf Jürgen Clasen und vor allem auf die versprochene Torte. Endlich klingelte es. Die Hausherrin öffnete die Tür ihres kleinen Reihenhauses. Es befand sich in einer dem Elbebad nahe gelegen Siedlung aus den 60er Jahren.

»Herzlich willkommen, lieber Herr Clasen. Sie werden schon sehnsüchtig erwartet« , begrüßte Frau

Messerschmidt den Bademeister. Beifälliges Gelächter schallte ihm aus dem Wohnzimmer entgegen. Und dann ging es auch schon los. Die Damen diskutierten als erstes die Vor- und Nachteile einer Tiefkühltorte. Ihre geschulten Augen hatten natürlich gleich erkannt, dass Jürgen Clasen eine solche mitgebracht hatte.

»Ach, was. Einem geschenkten Gaul schaut man nicht ins Maul!« , beendete die Hausherrin die Diskussion. »Lasst es euch schmecken und du Jürgen, ich darf doch Jürgen sagen, setzt dich zu uns. Nimm dir Kaffee und frag uns, was du wissen willst.«

»Gern, Trude. Vielen Dank, meine Damen« , Jürgen Clasen begrüßte jede einzelne mit einem galant angedeuteten Handkuss. Wenn es darauf ankam, konnte Jürgen ein richtiger Schwerenöter sein. Das sagte seine Schwester Rita auch immer über ihn. Die anderen Seniorinnen stellten sich ihm reihum noch mit Hede, Clara, Rosi und Inge vor. Jürgen Clasen versuchte sich die Namen sofort einzuprägen, aber im Laufe des Nachmittags kam er doch öfter durcheinander.

Alle lobten nun auch die mitgebrachte Torte und ließen es sich richtig schmecken. Zwischendurch stellte der Hobbyermittler Jürgen seine vorbereiteten Fragen und schrieb sich die Antworten auf die Karteikarte der jeweiligen Dame. Plötzlich fragte Hede: »Warum fragst du eigentlich nicht den Badehelfer, diesen Jugendlichen, der mit im Bad war. Der hat doch die ganze Zeit heimlich mit seinem Handy fotografiert.«

Jürgen Clasen klappte die Kinnlade herunter.

»Waas?« , rief er erstaunt, »Das ist doch nicht möglich. Das darf er gar nicht, einfach die Badegäste fotografieren. Na der kann sich was anhören. Entschuldigt bitte, ihr Lieben. Obwohl ihr bestimmt bezaubernd darauf ausseht, werde ich die Aufnahmen sofort löschen lassen.«

Jürgen Clasen wollte am liebsten gleich aufbrechen und sich den Erstsemesterstudenten und ausgebildeten Rettungsschwimmer vorknöpfen. Warum hatte Benjamin ihm nicht erzählt, dass er sogar Bilder des mörderischen Morgens auf seinem Handy hatte?

Steckte er etwa in der Sache mit drin? Er war ja auch sein erster Tag im Elbebad gewesen, genau wie Jürgen Clasens. Aber Benjamin hatte doch die ganze Zeit mitgeholfen, die Stammgäste zu finden. Bestimmt gab es eine Erklärung für sein Verhalten.

»Jürgen« , sagte Inge und wischte sich dabei schnell

die Sahne von den Lippen, »ich glaube nicht, dass du uns auf den Fotos findest. Der Bengel hat bestimmt die zwei hübschen jungen Dinger in den knappen Bikinis fotografiert. Die haben ihm auch immer zugelächelt und sind an ihm vorbeigeschlendert. Der saß in seinem Glaskasten wie auf dem Präsentierteller, während du, Jürgen, dir die Hacken abgerannt hast.«

»Inge, das hatte alles seine Ordnung. Von dort hat er einen guten Überblick und kann den Notfallknopf und das Mikro bedienen. Er ist mir als Helfer zur Seite gestellt worden. Ich bin der Bademeister und trage die Verantwortung. Deshalb will ich auch unbedingt herausbekommen, wer unter meinen Augen kaltblütig einen Menschen umgebracht hat!«

»Bist du sicher, Jürgen, dass es Mord war?« , fragte Trude aufgeregt nach.

»Ganz sicher!« Jürgen Clasen haute mit der Faust auf den Kaffeetisch, dass die Teller nur so klapperten und der Kaffee in den Tassen ordentlich schwappte.

»Und was sagt die Polizei dazu?« , wollte Inge es genauer wissen.

»Die? Die sagen mir doch nichts. Aber ein geheimer Detektiv, ein ganz berühmter, der glaubt mir und hat selbst seine Nase schon im Geschehen stecken. Das ist alles offiziell, meine Lieben. Ich recherchiere sozusagen im Auftrag.«

»Ach, Jürgen, jetzt flunkerst du uns an« , Trude drohte ihm mit dem Zeigefinger während sie vom Tisch aufstand und ein paar Gläser aus dem Schrank holte.

»So, jetzt genehmigen wir uns ein Schlückchen auf den Schreck. Jürgen! Was trinkst du? Kirsch, Apfel oder lieber etwas Härteres?«

»Gar nichts, Trude. Vielen Dank.« Trude schaute ihm kurz tief in die Augen und nickte verständnisvoll. »In Ordnung Jürgen, ich hole dir gern ein Wasser oder eine Cola, wenn du magst.«

»Wasser reicht.« Jürgen lehnte sich in seinem Sessel zurück und überlegte, wie er Benjamin jetzt am schnellsten zu fassen bekam.

»Meine Fernsehserie fängt gleich an« , holte ihn Hede aus seinen Gedanken, »hast du noch mehr Fragen an uns, Jürgen?«

»Eigentlich nicht. Ich würde jetzt gern so schnell wie möglich die Bilder vom Handy meines Badehelfers ansehen, wenn es euch recht ist« , antwortete Jürgen ehrlich.

Alle nickten zustimmend. Sogleich wurde es unruhig und zappelig am Kaffeetisch. Die Seniorinnen tranken ihr letztes Likörchen aus und verabschiedeten sich bald darauf eine nach der anderen.

Jürgen half Trude noch den Tisch abzuräumen, was diese wohlwollend zur Kenntnis nahm.

»Du Jürgen, eines war mir noch aufgefallen« , sagte sie, »So ein gutgebauter Mann um die vierzig ist fast immer neben der armen Frau geschwommen und er hat sich öfter dabei in die Hose gefasst. Ich dachte, es ist so ein Perverser. Die schwammen aber beide immer so schnell, dass man sich kaum getraut hat, mal quer über das Becken zu schwimmen. Viel konnte ich deshalb wirklich nicht sehen. Der Mann, also dieser Unbekannte, den du suchst, ist komischerweise zum Schluss mit geballter Faust geschwommen. Aber nur bei der rechten Hand. Die Linke hatte er ganz normal ausgestreckt, wie beim Schwimmen üblich. Im Nachhinein habe ich mir überlegt, dass der Mann vielleicht etwas in der Badehose versteckt gehalten und deshalb öfter mal hineingefasst hat. Zum Schluss hat er es dann in die Hand genommen und ist deshalb mit geballter

Faust geschwommen.«

»Trude, du bist wirklich eine sehr kluge Dame« , sagte Jürgen anerkennend. »Dieselben Schlussfolgerungen hätte ich auch daraus gezogen.«

»Ja, jetzt wo du von Mord gesprochen hast, erschien es mir wichtig. Muss ich meine Beobachtungen nicht auch noch der Polizei melden?«

»Iwo! Es reicht, wenn ich das weiß. Ich kümmere mich doch ausschließlich um diesen Fall, während die Beamten bestimmt genug zu tun haben und inzwischen schon die nächsten Verbrechen aufklären müssen. Außerdem stehe ich mit dem beauftragten Detektiv in Verbindung.«

Trude schüttelte dem Bademeister Clasen zum Abschied herzlich die Hand und sagte: »Jürgen, ich glaube, du hast deinen Beruf verfehlt!«

Voller Stolz lief der so gelobte Jürgen Clasen die zehn Minuten Fußweg zum Elbebad. Er würde den Fall lösen, er ganz allein! Die Kollegen sollten Augen machen. Er musste jetzt nur so schnell wie möglich an die Fotos herankommen und wollte deshalb mit Benjamin Kontakt aufnehmen. Die Telefonnummer müsste doch im Dienstplan stehen, dachte sich der Bademeister und ging noch etwas schneller.

23. Kapitel

Benjamin Heise kam gerade aus dem Fitnessstudio. Frisch geduscht schwang er sich auf sein Fahrrad, um nach Hause zu fahren. Er hatte ein kleines WG Zimmer, besser gesagt eine Kammer, in der Altstadt gemietet. Mehr war bei den Mietpreisen in Hamburgs City für ihn nicht drin. Aber Benjamin gefiel es in der Hansestadt und er hatte sich sehr gefreut, hier einen BWL-Studienplatzt bekommen zu haben. Er war erst im Wintersemester eingestiegen und nutze jetzt die Ferien, um sich als Badehelfer ein paar Euro zu verdienen. Als ausgebildeter Rettungsschwimmer sprang er halt in dem Schwimmbad ein, wo es gerade nötig war. Sein erster Einsatz war leider gleich ein schlimmer Reinfall gewesen. Eine Frau war ertrunken. Es war schrecklich. Zum Glück wurden ihm und dem Bademeister Clasen keine Schuldvorwürfe gemacht. Jürgen Clasen faselte seitdem aber ständig von irgendwelchen Mordphantasien.

Am Anfang hatte Benjamin ihn noch bei der Recherche unterstützt, aber inzwischen war es ihm zu anstrengend geworden. Wozu gab es die Polizei! Außerdem hatte er jetzt sowieso keine Zeit mehr.

Der heutige Abend versprach nämlich vielversprechend zu werden. Benjamin hatte Kontakt zu einem der Mädchen aus dem Schwimmbad aufgenommen, das an dem Unglückstag auch im Becken anwesend gewesen war. Sie schwamm wohl auch sonst manchmal morgens im Elbebad gemeinsam mit ihrer Freundin. So auch an dem besagten Tag. Die Mädchen waren Benjamin gleich aufgefallen. Sie waren sehr hübsch anzusehen in ihren knappen Bikinis. Aber die Brünette mit den hellen Augen hatte es ihm besonders angetan. Sie hatte so herzlich gelacht und dabei ein wenig frech geschaut. Benjamin hatte sie heimlich mit dem Handy fotografiert und war über die Bildersuche im Internet an ihren Kontakt gekommen. Er wusste natürlich, dass er nicht einfach aus seiner Rettungshelferkabine Fotos von den Badegästen machen durfte. Aber es war nur ausnahmsweise geschehen. Es hatte doch niemand bemerkt, außer vielleicht eine der Omis mit den bunten

Badekappen. Die eine hatte ihm mit dem Finger gedroht. Dabei war die gar nicht auf dem Bild. Na ja, er würde die Fotos jetzt löschen, dann konnte ihm niemand mehr etwas. Finja, so hieß seine neue Flamme, wollte ihn ja auch kennenlernen, also hatte er sein Ziel erreicht. Der Student Benjamin trat kräftig in die Pedale, um rechtzeitig zu Hause zu sein. Jetzt musste er nur noch durch einen kleinen Park. Eigentlich hätte er absteigen sollen, aber Benjamin dachte, es würde reichen, wenn er nur ein wenig langsamer fuhr. Er hatte bereits die Hälfte des Weges hinter sich. Plötzlich bremste ihn irgendetwas abrupt und er flog in hohem Bogen über den Lenker.

Regungslos blieb Benjamin auf dem Boden liegen. Ein Mann trat aus den Büschen. Er hatte die Kapuze seines grauen Shirts weit über das Gesicht gezogen. Hastig ging er auf den Verunglückten zu und schaute dabei nervös um sich. Etwas abseits des Weges, so halb an einem Busch hängend, fand er, was er suchte. Den Rucksack von Benjamin! Der Mann griff mit Kennerblick sofort in das Handyfach und nahm das Mobiltelefon des Studenten an sich. Dann rannte er weg, so schnell er konnte.

Noch im Laufen hörte der Mann permanent das Handy klingeln. Er rannte weiter, ohne sich darum zu kümmern. Am Ende des Parks ging er endlich langsamer und setzte sich seelenruhig auf eine Bank. Dann hörte er die aufblinkende Nachricht ab. Das Telefon von Benjamin war nicht extra gesichert. Auf dessen Anrufbeantworter vernahm der Mann die aufgeregte Stimme des Bademeisters Clasen:

»Benny, wir müssen uns unbedingt treffen. Du hast heimlich Fotos im Schwimmbad gemacht. An dem Tag, als das Unglück mit der Frau passierte. Bitte lösche diese auf keinen Fall! Es ist wichtig, hörst du! Ich verpetzte dich nicht, keine Angst. Aber ich bin ganz dicht dran an der Aufklärung des Verbrechens. Ich schnappe mir den Mörder bald. Hörst du! Vielleicht ist der auf einem der Bilder zu sehen. Benny, melde dich bitte! So schnell du kannst! ...« Nun piepte es dreimal. Die Zeit für eine Sprachnachricht war abgelaufen.

Der Mann warf wütend das Handy auf den Boden. Ein älteres Ehepaar ging kopfschüttelnd an ihm vorbei. Da hob er es flink wieder auf und lief mit schnellen Schritten zur Bushaltestelle.

An der Kreuzung hörte er bereits die Sirenen von

Krankenwagen und Polizei. Diese waren von Spaziergängern alarmiert worden, welche einen gestürzten Radfahrer bewusstlos auf dem Weg liegend gefunden hatten. Es war Benjamin Heise.

24. Kapitel

Jürgen Clasen war verärgert. Warum ging Benjamin nicht an sein Handy? Inzwischen hatte er es sogar ausgeschalten.

Erschöpft vom Tag fuhr Jürgen Clasen mit der S-Bahn zurück zu seiner Wohnung im Hamburger Osten. Noch in der Bahn, meldete sein Handy eine Nachricht. Die war von Benny! Gott sei Dank, endlich! Wer weiß, wo der sich vorhin herumgetrieben hatte.

»Kann jetzt nicht reden. Können uns gleich treffen. Automarkt Horner Kreisel. Warte auf dich.«

Jürgen Clasen war platt. Was wollte Benny denn dort? Aber immerhin war es seine Richtung. Es lag einigermaßen auf dem Weg zu seiner Wohnung. Wann sollte denn das Treffen überhaupt sein?

Jürgen schrieb eine SMS zurück: »Bin in einer halben Stunde da. O.K.?« Keine Antwort.

Na egal, dachte Jürgen Clasen. Er wollte trotzdem versuchen, Benjamin zu treffen. Zum Glück musste er von der S-Bahn Haltestelle nur noch gut einen Kilometer bis zu dem auch ihm bekannten Gebrauchtwagenhändler laufen. Aber wehe, wenn Benny ihn verkohlte, dann Gnade ihm Gott! Jürgen Clasen zählte ungeduldig die Haltestellen.

In dem Moment als Jürgen Clasen auf seinem Fußweg in die zielführende Straße einbog und bereits das Logo und die Fahnen des Autohändlers sehen konnte, bekam er erneut eine Nachricht:

»Gleich wird dir ein Freund mit seinem blauen Opel Lichthupe geben. Steig hinten ein!«

Jürgen Clasen wunderte sich. Was war denn bloß mit Benny los? Aber ehe er lange darüber nachdenken konnte, sah er auch schon das blinkende Auto in einer Parkbucht stehen. Am Steuer saß eine Person mit grauem Kapuzenshirt. So etwas hatten jetzt viele junge Männer an, dachte Jürgen. Selbst bei der Hitze ging es kaum ohne diese Kopfbedeckung. Der Fahrer warf sofort den Motor an, als Jürgen Clasen fast auf seiner Höhe war. Der konnte gerade noch die Autotür ergreifen, öffnen und hineinspringen.

»Hallo« , sagte Jürgen Clasen etwas zaghaft. Das Ganze war ihm nun doch ein wenig unheimlich. Der fremde Fahrer hatte auch noch eine dunkelgetönte Sonnenbrille auf. »Hallo!« , erwiderte dieser freundlich.

Jürgen Clasen beruhigte sich etwas. »Wohin geht es denn?« , fragte er, »Und wo ist Benny?«

»Der hatte einen Unfall und kann nicht kommen.«

»Ach du lieber Himmel!« Bademeister Clasen erschrak. »Aber er hat mir doch Nachrichten geschrieben, dann wird es nicht so schlimm sein. Oder? Fahren wir zu ihm?«

»Nein!« Mehr sagte der Mann nicht.

»Nein, es ist nicht so schlimm oder nein, wir fahren nicht zu ihm?« , fragte Jürgen Clasen ungeduldig nach. So langsam reichte es ihm. Dieser angebliche Freund bekam ja kaum die Zähne auseinander. Irgendetwas stimmte doch hier nicht! Wo fuhr der Freund denn hin? Jürgen Clasen versuchte sich zu orientieren. Wohin führte diese Landstraße? Weit und breit war kein Verkehrsschild zu sehen. Hätte er bloß früher aufgepasst, ärgerte sich der Hobbydetektiv über sich selbst. So ein Anfängerfehler! Jürgen Clasen wurde es unheimlich und er fragte jetzt noch einmal energisch nach, wohin die Fahrt denn ginge.

»Halt endlich die Klappe!« , zischte der Mann.

»Ich will sofort raus! Halten Sie auf der Stelle an!« , schrie Jürgen Clasen aufgebracht.

»Wie du willst.« Die Stimme des Fremden klang verächtlich.

Er fuhr in einen kleinen Waldweg rein. Jürgen Clasen bekam Angst.

Was hatte der Unbekannte mit ihm vor?

Der Mann stoppte das Auto und stieg aus. Dabei war er immerzu darum bemüht, dass sein Fahrgast sein Gesicht nicht sehen konnte. Jürgen Clasen versuchte die Autotür zu öffnen. Vergeblich. Er saß fest. Noch ehe er protestieren konnte, riss der Mann die Tür selbst auf und attackierte Jürgen Clasen mit einem Elektroschocker. Dann legte er den bewusstlosen Bademeister auf die Rückbank und deckte ihn mit einem großen, dunklen Handtuch zu. Bevor er losfuhr, nahm er seinem Gefangenen noch dessen Handy ab. Er trat einmal kräftig darauf und warf es anschließend in den Wald.

25. Kapitel

Niklas Lux war zurück von Fuerteventura und befand sich auf dem Weg zur Familie Vogt in der Anglersiedlung. Frank Vogt hatte seine »Hausaufgaben« gemacht. Er hatte alles was er an Fotos, Briefen, Andenken aus der gemeinsamen Kinder- und Jugendzeit mit Michael Hoffmann zu Hause fand, zusammengepackt und zu seinem Bungalow gebracht. Heute wollte der Maler mit ihm diese Sachen durchgehen und anschließend weiter fahren in sein Atelier. Er freute sich schon riesig auf einen ruhigen Abend zu Hause. Die Untersuchungen zum plötzlichen Ertrinken seines alten Kumpels Richy hatten Niklas Lux stark in Anspruch genommen. Er war auf Fuerteventura nicht einmal dazu gekommen, auf ein Surfbrett zu steigen. Stattdessen hatte er genug damit zu tun, die Termine mit der Polizei, dem Gerichtsmediziner und den Kollegen von der Surfschule unter einen Hut zu bringen. Die freie Zeit reichte gerade mal noch für ein Glas Wein mit Richys Freundin Gabi am Abend und dann fiel der Maler müde in sein Bett. Im Nachhinein war er deshalb sehr froh, dass Christin nicht mitgekommen war. Er hätte am Tage wirklich kaum eine freie Minute für sie gehabt. Das hätte ihren Krach bestimmt noch verstärkt. Wenn es überhaupt noch etwas zu kitten gab. Dass dieser Markus bei Christin übernachtet und die Frechheit besessen hatte, an ihr Handy zu gehen, das sollte Christin ihm erst einmal erklären. Wie der ihn am Telefon abserviert hatte! Das ließ der Maler nicht mit sich machen. Er erwartete, dass sich Christin bei ihm meldete. Vielleicht war ja alles ganz harmlos und Markus hatte sich nur aufgespielt. Niklas Lux wanderte mit den Fingern immer wieder über das Telefondisplay in seinem Auto. Es war zu verlockend, einfach bei Christin anzurufen. Sein Stolz kämpfte ständig mit seiner Sehnsucht. Er hatte das Gefühl, seine Freundin jetzt erst richtig kennenzulernen. Oder hatte Frieda doch recht gehabt und sie war einfach zu jung für ihn? Die fast zwanzig Jahre Altersunterschied konnte er nicht verleugnen. Der Maler zögerte. Schließlich wählte er doch Christins Nummer. Es war früher Nachmittag und sehr heiß, wie schon den ganzen Sommer über. Vielleicht hatte sie ja frei und war telefonisch zu erreichen.

»Hallo?« , fragte Christin, »Niklas, bist du das?«

Niklas Lux bekam Herzklopfen wie ein frisch Verliebter: »Ja!« , krächzte er etwas verlegen. Aber er freute sich, Christins Stimme zu hören. Im Hintergrund hörte er es laut plätschern, lachen und kreischen, wie aus einer Badeanstalt. Gerade wollte er nachfragen, da schrie jemand laut neben dem Handy auf: »Aua, aua Christin, hilf mir! Mich hat eine Wespe gestochen und ich bin allergisch! Ah!«

Es war Markus. Eindeutig. Der Maler hatte seine Stimme erkannt.

»Niklas? Ich muss auflegen. Es geht gerade nicht!« , meldete sich Christin noch einmal kurz.

Niklas Lux schaltete seine Freisprechanlage aus und drehte das Radio auf volle Lautstärke. Sie war also schon wieder mit ihm zusammen und bestimmt nicht, um ihn zu malen, dachte er wütend.

Die Geräusche kamen eindeutig von draußen, von einem Strand oder Badesee.

Gleich würde er auch an einem solchen ankommen, denn schon in einer Viertelstunde würde er die Anglersiedlung erreicht haben. Es fiel ihm schwer so nahtlos umzuschalten und sich auf die Detektivarbeit zu konzentrieren. Am liebsten wäre er jetzt in den

Wald gelaufen und hätte ordentlich laut herumgeschrien oder an die Bäume getreten und sich dabei vorgestellt, es wären die Schienbeine von Markus. Oder ein anderes Körperteil. Der Maler musste schlucken. Christin hatte doch nicht etwa... Ausschließen konnte er es nicht mehr. Wie bekam er diese Bilder nur aus seinem Kopf heraus? Er ermahnte sich, sich zusammenzureißen und jetzt konzentriert an die Arbeit zu gehen.

»Herr Maler, Herr Maler« , die kleine Lisa kam Niklas Lux schon aufgeregt entgegen. Sie wedelte mit ein paar Blättern vor der Nase des Ermittlers herum. »Schau mal bitte, was ich gezeichnet habe! Eines ist für dich. Du darfst dir ein Bild aussuchen.«

Niklas Lux begrüßte Lisa herzlich und freute sich, dass das Mädchen offensichtlich in sehr guter Verfassung war.

Das konnte man von ihrem Vater, Frank Vogt, nicht sagen, stellte der Maler erschüttert fest. Der war in den letzten Wochen abgemagert und sah trotz der Bräune in seinem Gesicht grau und fahl aus. Nervös kam er Niklas Lux entgegen und sagte mit schwacher Stimme: »Guten Tag, Herr Lux! Schön, dass sie so rechtzeitig kommen konnten. Ich habe alles auf dem Terrassentisch ausgebreitet. Ob es etwas bringt, wage ich zu bezweifeln. Was sollte ich denn mit Michaels Tod zu tun haben?«

»Wenn ich das wüsste, Herr Vogt, müsste ich mir nicht mehr die Mühe machen, es zu überprüfen. Es ist eine Vermutung von mir, eine mögliche Spur, der ich nachgehe.«

»Ja, tun sie das ruhig, ist ja ihr Job als Detektiv« , sagte Frank Vogt müde. Niklas Lux dachte, der Mann ist wirklich fast am Ende und fragte: »Wie geht es ihnen denn? Wenn ich mir die Bemerkung erlauben darf, sehen Sie alles andere als gesund aus, Herr Vogt.«

»Ach, ich habe mir in den letzten Tagen eine Sommergrippe aufgesackt und kaum gegessen. Das habe ich Ruckzuck wieder drauf, falls sie meine schlackernden Hosen als Indiz gesehen haben. Meine Frau hat mich auch schon darauf angesprochen. Ich hatte in letzter Zeit einfach keinen Appetit. Der ganze Stress und nun der Infekt...«

»Na, Sie erholen sich schon wieder, Herr Vogt. Nur nicht verzagen!« , versuchte der Maler den niedergeschlagenen Frank Vogt aufzumuntern. »Wo ist denn der Rest der Familie?«

»Meine Frau ist mit Finn zum See. Vincent und Marie sind mitgegangen. Sie passen auf den kleinen Wirbelwind auf, dann kann Nicole auch mal eine Runde schwimmen. Lisa ist bei mir geblieben, sie hatte Sie ja schon begrüßt. Meine Tochter wollte es sich nicht nehmen lassen, Sie zu treffen.«

»Ja« , lachte der Maler, »sie hat mir gleich ihre kleinen Kunstwerke gezeigt. Wo ist sie denn jetzt?«

»Im Bungalow, sie malt schon wieder. Ich habe ihr gesagt, wenn sie uns jetzt nicht bei der Arbeit stört, hätten Sie im Anschluss sicher ein paar Minuten Zeit, um ihre Bilder anzuschauen.«

»Natürlich Herr Vogt, das mache ich gern.«

»Bitte nehmen Sie Platz, Herr Lux, hier ist ein Fotoalbum aus meiner Kinder- und Jugendzeit und dort eine Kiste mit allerlei Krimskrams. Mehr habe ich nicht gefunden. Spätere Fotos von Geburtstagsfeiern und Grillpartys mit der Familie Hoffmann hat meine Frau Nicole. Nur falls Sie auch aus dieser Zeit Bilder benötigen.«

»Vielleicht später noch« , bedankte sich Niklas Lux.

Er nahm sich zuerst das in braunes Leder

eingebundene Fotoalbum vor und blätterte langsam darin.

Frank Vogt und Michael Hoffmann hatten gemeinsam ein Gymnasium in Hamburg besucht. Seit der fünften Klasse waren sie Freunde gewesen. Die meisten Bilder im Album zeigten Frank Vogt jedoch nur im Kreise seiner Familie oder im Urlaub mit den Eltern und der Schwester. Zusammen mit Michael Hoffmann gab es nur zwei Fotos. Eines war das Klassenfoto der 8. Klasse. Ein weiteres Bild mit den beiden zeigte sie beim Angeln an der Elbe. Frank Vogt meinte zu Niklas Lux, der Zeitpunkt müsste kurz nach dem Abi gewesen sein. Er wunderte sich selbst, dass Michael auf so wenigen Bildern zu sehen war, obwohl er mit seinem Freund doch sehr viel Zeit verbracht hatte. Es gab eben damals noch keine Smartphones oder Handys mit Kameras, begründete Frank Vogt diesen Umstand.

Niklas Lux fotografierte die besagten zwei Bilder ab und schaute dann die Kiste mit den Kindheitserinnerungen von Frank Vogt durch. »Darf ich?« , fragte er und schüttete den Inhalt der Kiste ganz vorsichtig auf den Tisch. Frank Vogt nickte teilnahmslos.

Nun kam auch Lisa herbeigeeilt. Sie hatte anscheinend keine Lust mehr, im Bungalow zu bleiben.

»Papa, Papa, was hast du dort Schönes? Kann ich damit spielen? Bitte, Papa!« Sie streckte ihre kleine Hand nach den vielen bunten Sachen aus.

Lisas Vater hatte Mühe, die aufkommenden Tränen zu unterdrücken. Es war für ihn eine zusätzliche Qual, die Schätze seiner Kindheit so vor sich zu sehen. Als würde er seinen Nachlass ordnen. Schließlich würde sein Leben bald zu Ende sein, dachte er voller Wehmut und Trauer.

Niklas Lux hatte natürlich die Rührung in den Augen von Frank Vogt bemerkt. Er glaubte, dass dessen psychisch labiler Zustand schuld daran sei, dass Frank Vogt jetzt einfach so sentimental reagierte. Deshalb wollte der Maler ihm kurz Zeit geben, sich wieder zu sammeln und fragte nach der Toilette.

»Ich zeige sie dir!« , rief Lisa und nahm den Maler an die Hand.

Frank Vogt fing indessen an, die Kleinteile auf dem Tisch zu sortieren. Den Kopf auf den linken Unterarm gestützt, schob er mit der freien Hand seine Medaillen von den Sportwettkämpfen in die eine Ecke des Tisches. Reiseandenken, wie Magnete und Abzeichen, legte er fein säuberlich vor sich in eine Reihe und die zahlreichen Sport- und Schwimmabzeichen gleich darunter. Übrig blieb ein kleiner Haufen von Sammelfiguren aus Überraschungseiern. Die Figuren würde Frank Vogt gleich seiner Tochter geben. Sie hatte sich ja von seinen Erinnerungen etwas zum Spielen gewünscht.

Niklas Lux saß inzwischen wieder mit am Tisch und schaute auf die liebevoll sortierten Erinnerungen von Lisas Vater. Auf einmal kam Bewegung hinter den Vorhang zur Terrasse. Lisa stürzte hervor und lehnte sich über den Tisch. Ihre großen Kinderaugen wanderten hin und her.

»Papa! Och, ist das spannend. Du hast aber viele Medaillen. Warst du Weltmeister?«

»Nein, nein, Lisamäuschen!« , wehrte Frank Vogt die Bewunderung seiner Tochter bescheiden ab.

Aber Lisa Interesse an den sportlichen Erfolgen ihres Vaters war schon wieder verflogen. Sie hatte die Sammelfiguren entdeckt: »Darf ich die mitnehmen?«

Frank Vogt schickte einen fragenden Blick in

Richtung Niklas Lux.

»Helfen Ihnen die Sachen weiter, Herr Lux?«

Der Maler bat darum, alles einmal fotografieren zu dürfen.

»Selbstverständlich, Herr Detektiv. Wenn es der Wahrheitsfindung dient!« , kam Lisa ihrem Vater zuvor.

»Natürlich!« , bestätigte dieser und sagte: »Lisa, du bist manchmal ein bisschen vorlaut.«

»Ich weiß« , antwortete Lisa selbstbewusst.

Der Maler und Frank Vogt mussten lachen. Niklas Lux bewunderte insgeheim den erstaunlichen Wortschatz der Vorschülerin.

Lisa nahm ihre neuen Eroberungen an sich und verschwand sofort mit ihnen im Bungalow.

»Finn darf nicht damit spielen! Hörst du, Lisa!« , rief Frank Vogt seiner Tochter noch nach.

»Ist doch klar« , tönte es hinter dem Fliegengitter hervor, »er könnte die Kleinteile verschlucken.«

Frank Vogt schüttelte den Kopf, schaute den Maler an und sagte stolz: »Meine Tochter! Was soll man dazu bloß sagen?«

»Ein außergewöhnliches Kind und Sie lieben sie

sehr, Herr Vogt.«

Frank Vogt schluckte bei den Worten des Malers. Es sah aus, als würde er jeden Moment in Tränen ausbrechen.

»Herr Lux, Sie wollten sich doch noch Lisas Bilder ansehen« , brachte er gerade noch hervor, bevor ihm die Stimme versagte.

»Ja, natürlich. Das darf ich nicht vergessen.« Niklas Lux schaute bei seinen Worten auf Lisas Vater, der wie ein Häufchen Unglück vor ihm saß. Er sagte: »Ich gehe jetzt zu Lisa in den Bungalow, schaue mir ihre Bilder an und suche mir eines aus. Das hatte ich ihr ja versprochen. Bitte überlegen Sie inzwischen dringend, ob Sie mir nicht doch etwas erzählen wollen, Herr Vogt. Was bedrückt Sie so sehr?«

»Es ist nichts. Wirklich« , versicherte Lisas Vater. Er versuchte sich zusammenzureißen. Es gelang ihm so halbwegs und der Maler hatte die schlechte Vorahnung, dass er auch dieses Mal nichts von Frank Vogt erfahren würde.

Mit der mageren Ausbeute von zwei Fotos und diversen Abbildungen von Sammelteilen und

Sportauszeichnungen des Frank Vogt fuhr der Maler zurück zu seinem Anwesen.

Bald würde er endlich wieder zu Hause sein. Leider kamen nun die Gedanken an Christin zurück. Er vermisste sie und sie vergnügte sich schon wieder mit diesem Markus. Wer war das überhaupt? Langsam kam das Modell Markus dem Maler komisch vor. Irgendwie erschien ihm alles so inszeniert. Sein kriminalistisches Gespür schaltete der Maler ja im Privaten nicht aus, manchmal auch zum Leidwesen seiner Freunde und Verwandten.

Deshalb stellte er sich wegen Christins Modell Markus zunehmend Fragen: Warum durfte er der Kunststudentin Christin offiziell über sich fast nichts erzählen und verbrachte dann privat Tage und sogar Nächte mit ihr? Wie passte das zusammen? Wo blieb der professionelle Abstand?

Dieses ganze Kunstprojekt fand der Maler zwar vom Ansatz her wichtig und interessant, aber irgendwie auch unausgegoren. Wer waren die Initiatoren? Woher kam das Geld? Warum hatte man Christin ausgesucht? Die bekannten Fakten waren dem Maler zu dürftig. Christin hatte ihm versichert, auch nicht mehr zu wissen. Der Maler glaubte aber inzwischen, dass ihr Stolz, die drei Modelle in einem europäischen Wettbewerb zu zeichnen, sie für die Realität ein wenig blind gemacht hatte. Niklas Lux war ja als Gastdozent an einigen Kunsthochschulen des Landes tätig und kannte das übliche Prozedere bei internationalen Wettbewerben. Warum hatte er sich bloß nicht gleich darum gekümmert! War ihm Christin nicht mehr wichtig genug? Nein, das konnte er ausschließen. Es war seine Arbeit, die alles überlagerte. Die ihn die Aufmerksamkeit und nötige Sensibilität für sein Privatleben kostete. Aber er würde es wieder gut machen. Markus musste aus seiner Anonymität herausgeholt werden! Bei den Beziehungen des Malers war das doch ein Kinderspiel. Niklas Lux war fest entschlossen, Christin diesem mysteriösen Markus nicht kampflos zu überlassen. Er drückte auf das Gaspedal und wollte noch heute Abend seine Schwester Frieda um Hilfe bitten.

26. Kapitel

Jürgen Clasen kam langsam wieder zu sich. Mühsam

versuchte er, sich in dem halbdunklen Zimmer zu orientieren. Er lag gefesselt auf einem alten muffigen Teppichboden. Seine Hände waren auf dem Rücken zusammengebunden, die Enden des Seils waren an einem Holzpfeiler gesichert worden. Verzweifelt drehte sich der gekidnappte Bademeister hin und her. Seine Schreie verschluckte ein dicker Knebel in seinem Mund. Er musste würgen und konnte es gerade noch verhindern, dass sein Mageninhalt wieder hochkam. Jürgen Clasen haute mit seinen, durch Klebeband verschnürten Füßen auf den Fußboden, um sich bemerkbar zu machen. Vergeblich. Es dröhnte nur dumpf durch den schmalen, langen Raum. Unter sich vernahm Jürgen Clasen ein fortlaufendes Glucksen und Plätschern. Über sich registrierte er die Holzdielen eines Spitzdachs und wenn er den Kopf sehr weit nach hinten bog, konnte er am Giebel ein verhangenes Fenster erkennen. Nur spärlich drang das Tageslicht durch die alte, zerschlissene Gardine hindurch.

Der Bademeister schlussfolgerte: Es war also noch nicht so spät am Abend oder schon der nächste Tag angebrochen. So genau wusste es Jürgen Clasen natürlich nicht. Seitdem er in dem geheimnisvollen blauen

Opel von diesem Verrückten angegriffen worden war, fehlte ihm jede Erinnerung. Hätte er bloß auf seine Schwester und den Detektiv gehört! Das hatte er nun von seinem Alleingang. Aber in Einem war er sich sicher, Kerstin Klein war ermordet worden und er war dem Täter dicht auf den Fersen. Dass er jetzt gefangenworden war, musste mit den Fotos auf Benjamins Handy zusammenhängen. Entweder steckte der Bengel von Anfang an mit drin oder der Entführer hatte ihm das Handy abgenommen und Jürgen Clasen in eine Falle gelockt. Der Bademeister wusste gerade nicht, welche Variante ihm lieber war. Ach, egal wie, es war alles ein riesengroßer Mist. Er hätte heulen können vor Wut über seine Dummheit und er hatte Angst.

Jürgen Clasen war sich schon bewusst, dass er es mit einem kaltblütigen Menschen zu tun hatte, der nicht davor zurückschreckte, einen Menschen zu töten. Deshalb schaute sich der Bademeister nochmals genauer um, solange er die Gelegenheit dazu hatte. Wie konnte er hier bloß wieder herauskommen?

In Richtung seiner Füße sah er einen Metallbügel hochragen. Vielleicht gehörte dieser zu einer Bodenklappe, überlegte er. Ja bestimmt, kombinierte der

Hobbydetektiv Clasen. Darunter befand sich vielleicht der Aufgang zu dieser Art Dachbodenzimmer. Aber warum gluckerte es die ganze Zeit. Er dachte noch einmal stark nach. Unter ihm befand sich wahrscheinlich Wasser. Der langgezogene Raum, in dem er gefangen gehalten wurde, war sehr spartanisch eingerichtet. Zwei schmale Betten, eine alte Wäschetruhe, zwei Hocker, der versiffte Teppich und ein kleiner Beistelltisch waren alles, was der Bademeister in seinem eingeschränkten Radius erblicken konnte. Hier übernachte jemand nur zur Not. Es war eher ein Schuppen, als ein Bungalow.

Ja natürlich! Jürgen Clasen hätte sich jetzt mit der Hand vor den Kopf gehauen, wenn er nicht durch die Fessel daran gehindert worden wäre. Es war ein Schuppen, ein Bootsschuppen! Einer in dem unten das Boot geparkt wurde und wo sich darüber die Möglichkeit zur Übernachtung oder kurzfristigem Unterschlupf bot. Da gab es auch schönere Exemplare als diesen Verschlag hier, dachte Jürgen Clasen. Aber ein Gefängnis war ja nie schön. Auch wenn er in einem goldenen Käfig gelegen hätte, an seiner Situation würde sich nichts ändern, philosophierte Bademeister Clasen.

Er war gekidnappt worden und er war in Gefahr. Niemand wusste, wo er sich aufhielt, auch er selbst nicht. Außer, dass es irgendwo an einem Gewässer sein musste, welches breit genug war, um darauf mit einem 8 m langen Boot zu fahren. Jedenfalls schien ihm der Schuppen diese Größe herzugeben. Jürgen Clasen schwitzte und das nicht nur wegen der unerträglichen Hitze in seinem Gefängnis.

Er hatte Angst.

Plötzlich hörte er von unten Geräusche. Das Plätschern verstärkte sich. Es rumste und knallte. Hatte sein Entführer das Boot in den Schuppen gefahren? Was würde jetzt mit ihm passieren, fragte sich Jürgen Clasen voller Furcht. Sollte er sich wehren oder lieber schlafend stellen? Er entschied sich für letzteres. Jürgen Clasen hörte Schritte, die näher kamen und er vernahm deutlich, dass jemand redete. Es quietschte. Die Bodenluke wurde hochgedrückt, vermutete der Bademeister und sein Puls schnellte in die Höhe. Sein Herz klopfte so laut, dass Jürgen Clasen Angst hatte, sein Peiniger könnte es hören.

Der blieb aber zum Glück auf der Hälfte der schmalen Treppe stehen. Er telefonierte gerade und schaute, in einer Hand sein Handy am Ohr, durch die Luke in das Dachzimmer hinein: »Er liegt bei mir im Bootshaus. Da ist er sicher. Er schläft noch. Ich habe ihm etwas gespritzt, da er schon im Auto drohte, wieder wachzuwerden. Mann ist hier drinnen eine stickige Luft! Der Kerl stinkt so nach Schweiß, diesen Mief bekomme ich nie wieder raus.«

Jürgen Clasen kniff die Augen zusammen. Der Knebel juckte in seinem Mund. Er fürchtete gleich husten zu müssen.

Der Mann ging wieder nach unten und telefonierte weiter: »Ihr müsst mir helfen. Was soll ich mit ihm machen? Der hat Hilfssheriff gespielt und sein kleiner Assistent hatte mich sogar fotografiert.«

Der Entführer hatte die Luke wohl noch aufgelassen, dachte Jürgen Clasen, denn er konnte immer noch genau verstehen, was der sagte: »Nein, das mach ich nicht!«

»Ja, ich weiß, ihr habt mir das Zeug besorgt. Es hat bisher gut funktioniert. Dafür habe ich auch bezahlt. Aber ich töte keinen Unschuldigen.«

Bademeister Clasen atmete erleichtert auf.

»Darum müsst ihr euch kümmern« , setzte der

Mann jetzt kaltblütig nach.

Jürgen Clasen wurde übel. Wie konnte er hier nur schnell wieder herauskommen?

Da sprach der Mann schon weiter: »Gut, das ist ein Deal. Ich mache das Boot startklar und komme vorbei. Ja, ich kenne mich aus. Ist doch keine halbe Stunde von hier entfernt.«

Der Unbekannte rannte jetzt geschäftig in seinem Bootsschuppen hin und her. Jürgen Clasen hörte, wie er über die Stege lief. Die ganze Konstruktion des Schuppens vibrierte. Die Luke hatte der Mann offengelassen. Ob mit Absicht oder aus Versehen, Jürgen Clasen wusste es nicht. Aber er war zum ersten Mal dankbar für seinen starken Schweißgeruch. Wenn die Luke aufbliebe, war die Chance, dass ihn jemand finden würde, größer. Er durfte die Hoffnung nicht aufgeben. Benny steckte jedenfalls nicht mit diesem Verbrecher unter einer Decke, stellte Jürgen Clasen fest. Das beruhigte den Bademeister, dann hatte er sich wenigstens nicht in dem Jungen getäuscht. Hoffentlich ging es Benny gut. Das Handy hatte er dem Mann ja bestimmt nicht freiwillig herausgerückt. Jürgen Clasen überlegte, was er noch tun könnte, um seine Situation irgendwie zu verbessern. Er durfte doch nicht einfach widerstandslos abwarten, dass DIE sich um ihn kümmern würden.

Der Entführer wollte ihn ja nicht töten, dass sollten andere erledigen. Wie scheinheilig diese Aussage doch war, dachte Jürgen Clasen. Er behauptete er würde keinen Unschuldigen umbringen. Aber Kerstin Klein hatte der bestimmt auf dem Gewissen. Was hat diese arme Frau denn getan? Wer war dieser Mann, dass er so über andere richtete und das Todesurteil über sie verhängte. Für Jürgen Clasen stand fest, dass er war ein ganz hinterhältiger, feiger Mörder war und er arbeitete nicht allein. Seine skrupellosen Partner hatten ihn, Jürgen Clasen, jetzt übernommen. Die Beseitigung eines lästigen Mitwissers schien für diese Menschen kein Problem darzustellen. Dafür sollte sein Entführer irgendetwas anderes tun. Er sprach ja von einem Deal am Telefon. Leider hatte der Bademeister nicht mithören können, was am anderen Ende der Leitung gesagt worden war und welcher niederträchtige Mensch dahintersteckte.

Der Hilfsdetektiv ging wieder mit Jürgen Clasen durch. Ungeachtet der eigenen Gefährdung, grübelte er über die möglichen Konstellationen. Jetzt hätte er sich gern mit diesem Niklas Lux ausgetauscht. Vielleicht hatte der ja eine Idee, wenn er, Jürgen Clasen, sonst schon die halbe Arbeit für ihn erledigte.

27. Kapitel

Christin und Markus lagen auf einem großen Badelaken zwischen den vielen anderen nach Abkühlung lechzenden Menschen. Die Liegewiese war proppenvoll. Der vertrocknete Rasen schaute kaum noch unter den unzähligen bunten Handtüchern, Strandmatten und Decken hervor. Markus kühlte gerade seinen Stich mit Eiswürfeln, welche ihm ein Pärchen aus der Kühltasche spendiert hatte.

»So schlimm ist es aber gar nicht, Markus!« , Christin schmunzelte. Markus kam ihr etwas zu wehleidig vor. Der schaute daraufhin gekränkt und sagte: »Wahrscheinlich war es nur eine Bremse oder Mücke. Das konnte ich doch nicht gleich wissen. Wenn du schon einmal einen allergischen Schock gehabt hättest, würdest du anders darüber denken.«

Christin entschuldigte sich für ihre unbedachten

Worte. Aber insgeheim war sie einfach ein wenig verärgert, weil sie wegen der Panikattacke von Markus das Telefonat mit Niklas abrupt abgebrochen hatte und der sich nun nicht mehr meldete. Sie hatte selbst schon zweimal versucht, zurückzurufen. Doch Niklas ging nicht mehr an sein Handy.

Enttäuscht und nachdenklich schaute Christin über die Liegewiese in Richtung des schimmernden Wassers. Es wurde langsam Abend, doch die im Speckgürtel von Berlin gelegene Naturbadestelle war immer noch sehr voll. Insbesondere Pärchen säumten jetzt kuschelnd den Strand. Niemanden zog es nach Hause in die überhitzen Wohnungen und Häuser.

»Komm Christin, lass den Kopf nicht hängen« , umschmeichelte Markus sie. Wie zufällig ließ er seinen Bizeps aufblitzen, als er sich zu Christin drehte. »Wir gehen jetzt eine Runde schwimmen, damit du auf andere Gedanken kommst und für heute Abend habe ich noch eine Überraschung für dich vorbereitet.«

Christin liebte Überraschungen. Sie war nicht besonders verwöhnt, kam aus einfachen Verhältnissen und musste mit ihrem Stipendium haushalten. Ihr Freund Niklas war ihr gegenüber nie geizig, aber in letzter Zeit etwas einfallslos bei den Unternehmungen gewesen. Markus dagegen hatte sofort einen Draht zu ihr gefunden. Sie konnte es sich nicht erklären, warum er eine solche Anziehung auf sie ausübte. Aber gut, sie hatte sich nichts vorzuwerfen. Niklas war selbst schuld! Wenn er nie Zeit für sie hatte, musste sie sich eben alleine amüsieren. Sie sprang auf und rief: »Komm Markus! Wer als Erster im Wasser ist, darf sich etwas wünschen!«

»Gern, sehr gern, ich wüsste schon was. Aber warte bitte noch!«

»Dann hast du schon verloren!« , lachte Christin.

»Och, schade. Aber ich muss vorher wirklich dringend telefonieren« , sagte Markus. »Es geht um die Überraschung« , flüsterte er vielsagend und seine Augen funkelten im Licht. Er stand auf und ging mit seinem Handy etwas abseits an den Rand der Wiese. Dort hatten sich die Handtuchreihen bereits merklich gelichtet.

Christin rief ihm zu: »Ich laufe schon ins Wasser!«

Markus nickte kurz und sie sah, wie er mit seinem Handy am Ohr aufgeregt hin und her lief und heftig mit den Händen gestikulierte. Vielleicht klappte es ja doch nicht mit der geplanten Überraschung, befürchtete Christin. Sie wunderte sich darüber, wie wütend der sanfte Markus gerade werden konnte. Christin blieb deshalb noch kurz stehen und schaute misstrauisch zu ihm hinüber, aber er schien sich gerade wieder beruhigt zu haben. Christin lief nun zum Wasser und warf sich in das kaum noch kühlende Nass. Kurz darauf war auch Markus hinter ihr und legte seine Hände um ihre schlanke Taille. Sie schob diese behutsam wieder weg.

»Lass uns rausschwimmen, meine Künstlerin! Hier sind so viele Leute. Schaffst du es bis zu der kleinen Insel dort?« , flüsterte Markus Christin daraufhin werbend ins Ohr.

»Na klar!« , rief sie. »Mal sehen, wer als Erster da ist!« Christin kraulte auch schon los. Markus folgte ihr mühelos. Sie alberten im Wasser herum wie aufgeregte Kinder und Markus ließ keine Möglichkeit aus, Körperkontakt zu Christin aufzunehmen.

Oder suchte sie selber bewusst seine Nähe? Christin war hin und hergerissen von ihren Gefühlen und sie wusste, dass es gelogen wäre, wenn sie nicht zugeben würde, das Werben von Markus zu genießen. Sie musste einen klaren Kopf behalten, dachte sie und machte ein paar energische Schwimmzüge. Die Insel kam irgendwie überhaupt nicht näher, dachte sie leicht besorgt. Christin verließen nämlich langsam ihre Kräfte. Sie wollte vor Markus angeben und hatte gleich losgekrault wie eine Wilde. Das hatte sie zu viel Energie gekostet. Die Hitze forderte ihren Tribut, auch bei Christin. Sie ärgerte sich, dass sie es nicht lieber gleich mit Brustschwimmen begonnen hatte, um die lange Strecke kräfteschonender zurücklegen zu können. Ihre Beine wurden bereits schwer wie Blei und die Abendsonne brannte auch noch unbarmherzig.

»Christin« , prustete Markus plötzlich dicht neben ihr, »Du kannst dich gern an mir festhalten. Häng dich einfach an mich ran.«

Christin legte dankbar die Arme um den Hals von Markus und ließ sich halb auf seinem Rücken liegend ziehen. Sie brauchte jetzt nur noch ein paar unterstützende Beinbewegungen machen. Erleichtert kuschelte sich Christin in die nassen Haare von Markus. Sie entspannte sich und musste sich eingestehen, dass ihr der enge Körperkontakt mit diesem Mann sehr angenehm war. Obwohl sie so wenig über ihn wusste und ihn erst seit kurzer Zeit kannte, war er ihr inzwischen sehr vertraut geworden. Sie fühlte sich in seiner Gegenwart sicher und geborgen.

»Es wird alles gut, Christin.« Markus schien völlig ohne Anstrengung

zu schwimmen. Dafür bewunderte Christin ihn.

»Bin ich nicht zu schwer?«

»Kein Gramm hast du zu viel« , antwortete Markus.

»Du Schelm! Du weißt, wie ich es meine« , raunte ihm Christin ins Ohr. »Ich möchte jetzt aber wieder selbst schwimmen, Markus.«

»Ist es dir nicht angenehm so?«

»Doch, natürlich.«

»Also ich könnte ewig mit dir so weiterschwimmen« hauchte Markus liebevoll.

»Es sind ja nur noch ungefähr fünfzig Meter bis zur Insel. Die schaffe ich jetzt alleine.« Christin glitt von Markus herunter und schwamm ein paar Züge neben ihm. Plötzlich beschleunigte der kurz, drehte sich um und schwamm nun mit kräftigem Beinschlag genau vor ihr, immer auf der Stelle.

»Markus, was soll das?« , rief Christin erschrocken.

»Du bist zu schön, um wahr zu sein« , sagte Markus und griff Christin unter die Arme. Er hob sie hoch und zog sie im Wasser auf seinen Schoß. Während er mit den Beinen weiter kräftige Schwimmzüge machte, spürte Christin bei jeder seiner Bewegungen wie sich sein Glied hart und fordernd gegen ihre Bikinihose presste. Sie konnte nicht ausweichen. Sie dachte noch, dass sie es wirklich nicht soweit hätte kommen lassen dürfen, aber sie hatte sich auch nicht entschieden genug dagegen gewehrt. Doch ihr »Nein« verschluckte der See. Christin sackte, noch ehe irgendetwas passiert war, in den Armen von Markus leblos zusammen und ging unter. Sofort zog Markus sie wieder hoch, erfasste ihren Kopf und schwamm mit ihr im Rettungsgriff die restliche Strecke zur Insel. In aller Ruhe trug er ihren widerstandslosen Körper aus dem Wasser. Dann legte er Christin am Ufer hinter einem Strauch ab. Seine Augen streiften begierig über ihren makellosen Leib. Er wollte sie haben und er würde sie bekommen. Ganz freiwillig sogar, denn sie war kurz davor, ihm zu verfallen. Er strich ihr die nassen Haare vorsichtig aus dem Gesicht. Wie ein gefallener Engel lag sie da, dachte er. Ihr Anblick erregte ihn immer mehr. Er konnte seine

Begierde kaum noch zügeln. Sein Körper sendete ihm deutliche Signale. Später, sagte er sich. Alles zu seiner Zeit.

Er stand auf. Sein prüfender Blick ging konzentriert über den kleinen Strand. Hier war niemand sonst zu sehen. Es war auch kein Boot vor Anker und die weite Strecke zur Insel zu schwimmen, trauten sich nur Wenige.

Markus hockte sich wieder neben Christin und schaute jetzt ungeduldig Richtung Wasser. Na endlich, dachte er. Dann nahm er Christin vorsichtig auf den Arm und trug sie zu dem sich langsam nähernden Motorboot.

28. Kapitel

Niklas Lux war inzwischen wieder in seinem Atelier angekommen und machte endlich seine »Hausaufgaben« , wie er es nannte. Er sortierte und ordnete die gesammelten Informationen seiner Recherchen der vergangenen Woche. Außerdem druckte er sich die auf Fuerteventura und bei der Familie Vogt aufgenommenen Fotos aus.

Die Akten der Opfer aus den Schwimmbädern hatte er bisher leider nur überflogen. Deshalb studierte er diese jetzt intensiver und gründlicher.

Von Kerstin Klein gab es die meisten Informationen. Sie war in ihrer Jugend eine erfolgreiche Nachwuchsschwimmerin gewesen und es existierten einige Berichte aus regionalen und überregionalen Zeitschriften über das Schwimmtalent. Alle Informationen hatte der Maler von seiner Zwillingsschwester Frieda per E-Mail erhalten. Er schaute sich die Artikel erst einmal auf dem Bildschirm an und wollte sich diese später ausdrucken, falls etwas Relevantes dabei wäre. In einer alten Jugendzeitschrift stand zum Beispiel eine Reportage über die junge Schwimmerin. Alles war unter dem Motto geschrieben, wie man mit Talent und Trainingsfleiß zum Erfolg kam. Auch Kerstin hatte ganz unten anfangen. Das erste Foto zeigte Kerstin Klein in ihrem Freischwimmerkurs. Dort war sie wohl von einem der Schwimmlehrer entdeckt worden. Kerstin Klein war die jüngste unter den Schwimmschülern gewesen, so stand es im Artikel. Auf dem Foto sah der Maler ein zierliches kleines Mädchen zwischen fünf Jungen und noch einem weiteren Mädchen. Die kleine Gruppe stand in Badebekleidung aufgereiht vor einer Wand im Schwimmbad und jeder hielt stolz eine Urkunde hoch. Irgendetwas an dem Foto machte den Maler jedoch stutzig. Aber er konnte nicht sagen, was genau ihn irritierte und er las deshalb erst einmal den Rest des Artikels durch. Die Bilder druckte er sich anschließend alle aus und legte sie zu den anderen Fotos aus seinen jüngsten Ermittlungen. Dann verteilte der Maler alle Bilder auf dem Fußboden, in der Hoffnung, eine Eingebung zu bekommen, warum ihm vorhin irgendetwas merkwürdig vorgekommen war. Seine Augen wanderten konzentriert über die aufgereihten Fotos. Mit seinem phänomenalen Bildgedächtnis konnte er blitzschnell Übereinstimmungen oder Gemeinsamkeiten erkennen und analysieren, waren sie auch noch so unscheinbar.

Da! Niklas Lux schlug sich auf die Oberschenkel. Das war es! Er hatte es! Jetzt, wo er alle Fotos nebeneinander sah, fiel es ihm sofort auf. Michael Hoffmann und Frank Vogt waren ebenfalls in der Schwimmgruppe von Kerstin Klein gewesen. Mit den nassen Haaren und vielleicht ein, zwei Jahre jünger als auf ihrem Klassenfoto, war die Ähnlichkeit mit den beiden nicht sofort erkennbar. Zumal der Maler das Klassenfoto vorher noch nicht gründlich genug studiert hatte. Aber das tat er jetzt. Andere Kinder der Klasse waren offenbar nicht in der Schwimmgruppe von Kerstin Klein gewesen. Jedenfalls war es auf den Fotos nicht ersichtlich. Aber es gab eine Verbindung zwischen Kerstin Klein, Michel Hoffmann und Frank Vogt! Wo der gemeinsame Schwimmkurs stattgefunden hatte, war aus dem Artikel leider nicht ersichtlich. Das Bild von ihrem Freischwimmerkurs war auch nur ein kleiner Aufhänger in der umfangreichen Reportage über die spätere Leistungsschwimmerin Kerstin Klein. Für den Maler war es aber eine riesengroße Spur. Sofort forschte er in den Akten nach Kinder-, und Jugendbildern, doch leider vergeblich. Logisch, dachte der Maler, warum sollten sich Kinderfotos in den Akten der Menschen befinden, deren Leben mit über vierzig vorsätzlich beendet worden war.

Bei Kerstin Klein waren es ja auch erst viel spätere Zeitungsberichte über die Schwimmerin, in denen zufällig das Kinderbild mit auftauchte.

Niklas Lux überlegte weiter. Er arbeitete hochkonzentriert, um die Mosaiksteinchen in seinem Kopf zusammenzufügen. Der getötete Michael Hoffmann und sein Freund Frank Vogt waren zum Zeitpunkt des Fotos nur normale Teilnehmer an einem Schwimmkurs gewesen. Meistens kamen die Schüler für einen Kurs doch aus einem gewissen Umkreis des Bades. Es musste sich also irgendwo in Hamburg oder in der Nähe befinden, wenn es zu den bekannten Biografien der drei Personen passen sollte.

Weil der Maler nicht an Zufall glaubte, sondern auf Logik und fleißige Recherche vertraute, wollte er sich dringend Kinder und Jugendfotos von den toten Geschwistern Katrin und Oliver Weigel zum Vergleich besorgen. Von diesen beiden Opfern war ja die Frau ebenfalls im Schwimmbad ertrunken und ihr Bruder hatte sich aus ungeklärtem Grund, auf grausame Art und Weise in einem See ertränkt. Der Maler wollte prüfen, ob die Geschwister ebenfalls Mitglieder der Schwimmgruppe waren. Er schickte deshalb sofort eine eilige E-Mail an seine Schwester und sandte ihr auch das Gruppenbild der Schwimmschüler im Anhang mit.

Der Maler beschloss außerdem, jetzt gleich Frank

Vogt anzurufen und ihn nach diesem Schwimmkurs zu befragen. Vielleicht erinnerte er sich an Kerstin Klein und konnte dem Maler mehr von ihr erzählen als aus diesen Zeitungsausschnitten hervorging. Oder wusste Frank Vogt vielleicht etwas über eine mögliche Verbindung zwischen Kerstin Klein und seinem getöteten Freund Michael? Hatten die beiden auch dreißig Jahre später noch im Kontakt gestanden? Beide wohnten doch in Hamburg. Der Maler hatte so viele Fragen. Wäre ihm dieses Foto von der Schwimmgruppe nur schon eher aufgefallen! Aber das konnte es ja nicht, denn er hatte gerade erst das Klassenfoto aus etwa der gleichen Zeit von Frank Vogt erhalten. Deshalb hatte der Maler überhaupt erst die Ähnlichkeiten bemerkt. Er hatte sich wirklich keine Nachlässigkeiten vorzuwerfen, dachte er erleichtert. Warum ging Frank Vogt jetzt nicht an sein Handy? Teilnehmer nicht erreichbar, hörte der Maler nur immer wieder.

Irgendwie hatte er kein Glück mehr mit seinen Anrufen. Christin ging auch nicht an ihr Handy. Seit gestern blieb es stumm. Seit sie so abrupt aufgelegt hatte, nur weil den Waschlappen Markus ein Insekt gestochen hatte. Was sollte der Maler nur tun? Was war mit seiner Freundin los? Er wusste es nicht und ihm blieb auch keine Zeit lange darüber nachzudenken.

Niklas Lux stand auf und ging vom Wohn- und Arbeitszimmer hinüber in sein Kunstatelier. Er schaute auf die Stative mit seinen begonnenen Leinwänden. Kerstin Klein beanspruchte bisher eine für sich allein und sein ehemaliger Polizeikamerad Richy ebenfalls. Michael Hoffmann und die kleine Lisa hatte der Maler bereits auf ein gemeinsames Bild gemalt. Aber warum nur Lisa? Warum nicht Frank Vogt? Den musste er wirklich endlich dazu nehmen, dachte Niklas Lux. Der hatte sich die letzten beiden Male bei ihren Treffen schon sehr merkwürdig verhalten. Frank Vogt wollte Lisas Badeunfall plötzlich nicht mehr aufgeklärt haben und tat das Geschehene sogar als Lappalie ab. Er verhielt sich aber trotzdem wie jemand, der sehr große Angst hatte und mächtig unter Druck stand. War er vielleicht das nächste Opfer? Der Maler konnte es nicht ausschließen. Aber von wem wurde er bedroht und warum?

Wenn Kerstin Klein wirklich mit den beiden

Freunden Frank und Michael in Verbindung gestanden hatte, konnte er ihr Bild gleich wieder einrollen und müsste die Vorstudien auf die Leinwand der beiden Männer und Lisa übertragen. In diesem Stadium seiner Arbeit schien ein Bild tatsächlich für vier Personen zu reichen. Zwei von ihnen waren schon tot. Der Zusammenhang war da, aber welcher? Niklas Lux spürte die Gefahr und er wusste, es galt sich jetzt zu beeilen. Frank Vogt musste ihm endlich sagen, was er wusste. Sonst konnte der Maler ihm wirklich nicht helfen.

Er lief mit seinen mannshohen Leinwänden im Atelier hin und her, um sie neu zu positionieren. Zum Abschluss bekam jeder Fall wieder sein eigenes Gemälde.

In der einen Ecke des Ateliers fiel dem Maler wieder das verhangene Bild mit dem Wolf ins Auge. Mit dem war er keinen Schritt weitergekommen! Wie denn auch und wann? Niklas Lux hatte inzwischen mit etwas Abstand zum Geschehen eine dunkle Ahnung wer hinter dem Wolf steckte. Der gefährliche Unbekannte, der sich als Wolf bezeichnete, hatte im letzten Fall des Malers die Fäden gezogen und alle manipuliert, auch ihn selbst. Wolf ließ verzweifelte Menschen, die eigentlich

Hilfe brauchten und suchten, zu Verbrechern werden. Die Faszination des Bösen hatte wieder willenlose Werkzeuge gefunden, dachte der Maler erschüttert. Und dieses Schema war Niklas Lux leider nicht unbekannt. Aber seit er den letzten Fall aufgeklärt hatte, war der Wolf nicht mehr in Erscheinung getreten. Der Wolf hatte die Kohlezeichnungen, welche der Maler aus den gelösten Entführungsfällen erstellt hatte, wirklich nicht gekauft. Diesmal hatte nachweislich ein in der Szene bereits sehr bekannter Kunstsammler die Bilder erworben und kein Mittelsmann eines unbekannten Geldgebers. Das hatte der Galerist Holger ihm hoch und heilig versichert. Ja dieses Mal war der Maler mehr auf der Hut! Es wurmte ihn noch heute, dass er so blind gewesen war und auf die von Wolf ausgelegten Köder angebissen hatte. Der Maler war sich sicher, dass ihm seine jetzigen Detektivfälle nicht zugespielt worden waren. Die Quellen waren alle sauber. Das hatte er überprüft.

Aber er hatte so ein Gefühl, dass der Wolf ihm trotzdem im Nacken saß, ihn beobachtete und sich nur deshalb solange zurückhielt, weil er diesmal gewinnen wollte und keinen Fehler machen wollte, wie beim letzten Mal.

Niklas Lux spürte die unmittelbare Gefahr. Es war wieder wie früher. Er hatte das gleiche beklemmende Gefühl, das Böse zu erahnen und doch nicht eingreifen zu können. Erinnerungen an seine Internatszeit kamen hoch und schnürten dem erfahrenen Detektiv die Kehle zu. Er trank erst einmal ein Glas Wasser.

Welche Intrige hatte sich der selbsternannte Wolf wohl dieses Mal ausgedacht? Wenn derjenige dahintersteckte, den Niklas Lux vermutete, dann war der Wolf ein hochintelligenter Psychopath, ein Narzisst und Manipulator eines Ausmaßes, wie er es nie wieder bei irgendeinem Menschen kennengelernt hatte.

Dann war Wolf einer, der alle um den Finger wickeln konnte und wenn sie nicht mehr nach seiner Pfeife tanzten, schwer bestrafte. Er hatte schon damals auf dem Internat in der Oberstufe einen ganz perfiden Strafenkatalog entwickelt, natürlich heimlich und von den Lehrern und Erziehern unbemerkt. Strafen für die Gerechtigkeit, hieß sein ernanntes Credo. Schon als Jugendlicher glaubte er sich über Recht und Gesetz einfach hinwegsetzen zu können. Nach außen gab er sich überaus verträglich und keiner hatte sein zweites, böses Gesicht bemerkt. Die, die es kennenlernten, sprachen niemals darüber. Sie schwiegen. Manche für immer. Niklas Lux hatte schon im Internat versucht, gegen ihn anzukämpfen, aber vergeblich. Er hatte keine geeigneten Mittel gefunden und die gleichen unfairen Waffen wollte er nicht einsetzen. Deshalb hatte er sich auch dem Berufswunsch seiner Zwillingsschwester Frieda angeschlossen und wie sie eine Ausbildung zum Kriminalkommissar sehr erfolgreich absolviert. Alle Karrieretüren hatten ihm offen gestanden, aber schon die erste hatte sich dann für immer geschlossen. Ein dunkles Kapitel aus dieser Zeit, das Niklas Lux verdrängt hatte und an welches er heute schon gar nicht denken wollte. Als Ergebnis der Ereignisse hatte er den Dienst quittiert und niemand kannte den wahren Grund. Auch nicht seine Schwester Frieda.

Niklas Lux schlug sich als zeichnender Künstler durch, der Detektivaufträge annahm, um über die Runden zu kommen und nannte sich fortan der Maler. Erst beide Befähigungen in der Kombination hatten ihn dann richtig erfolgreich gemacht, behauptete Frieda. Er sei zu Recht der erfolgreichste Privatdetektiv Deutschlands geworden. Von den Erlösen seiner Bilder konnte er sogar ein Leben in Wohlstand führen. Aber was nutze ihm das, dachte Niklas Lux traurig. Er war oft einsam und Privates blieb auf der Strecke. Der Maler musste ja gerade zusehen, wie er die Scherben seiner Beziehung mit Christin noch gekittet bekam.

Niklas Lux verhängte das Bild mit dem Wolf jetzt wieder. Der konnte, ja er musste warten, seine aktuellen Klienten waren wichtiger. Die schwebten vielleicht sogar in akuter Lebensgefahr.

Frank Vogt ging leider immer noch nicht an sein Telefon. Niklas Lux versuchte es jetzt bei seiner Frau Nicole. Sie würde zu dem Foto der Schwimmgruppe zwar wahrscheinlich nichts viel sagen können, aber vielleicht konnte sie dem Maler helfen, schnellstens ihren Mann ans Telefon zu bekommen.

Niklas Lux wählte die Handynummer von Nicole Vogt.

»Frau Vogt? Hier ist Niklas Lux.«

»Herr Lux! Gott sei Dank! Das ist ja Gedankenübertragung. Ich wollte sie gerade anrufen. Mein Mann ist verschwunden!«

29. Kapitel

Jürgen Clasen lag immer noch gefesselt im Dachgeschoss des Bootsschuppens. Sein Entführer war gleich nach dem von ihm belauschten Telefongespräch, mit dem Boot davongefahren. Die Luke zum Dach blieb zum Glück offen und Jürgen Clasen bildete sich ein, ab und zu einen Hauch frischer Luft zu spüren. Sein Peiniger schien sich sicher gewesen zu sein, dass hier niemand hinkommen würde, als er das Versteck so einfach offenließ. Wahrscheinlich befand sich der verdammte Schuppen irgendwo im Schilf verborgen, weit abgelegen von jeglicher Zivilisation, fluchte Jürgen Clasen in sich hinein. Oder, der Mann hatte einfach vergessen, die Luke zu schließen. Vielleicht würde ihn ja doch noch jemand befreien kommen, wenn er Glück hatte. Ein klein wenig Hoffnung keimte bei dem schon ziemlich dehydrierten Bademeister auf. Lange würde er hier aber nicht mehr durchhalten können, ohne etwas zu trinken. Lieber Gott, lass doch bitte jemanden vorbeikommen, wenigstens meiner Schwester zuliebe, betete Jürgen Clasen um Beistand von ganz oben. Was sollte er auch sonst noch tun. Seine Lage schien aussichtslos zu sein.

Da! Plötzlich hörte er Geräusche. Jemand kicherte. Eine Frau oder ein Mädchen. Jürgen Clasen schärfte alle Sinne, die er hatte. Seine Nerven waren zum Zerreißen gespannt. Wie sollte er sich nur bemerkbar machen? Er hatte doch den Knebel im Mund. Verzweifelt versuchte er diesen ekligen Stoffballen loszuwerden. Ein vergebliches Unterfangen. Dann schlug er mit den gefesselten Füßen auf den Boden, so stark er konnte. Doch der Teppich dämpfte seine Bewegung und außerdem schaffte es der auf der Seite liegende und völlig entkräftete Bademeister nur, seine Beine wenige Zentimeter über den Boden zu heben. Tränen schossen ihm in die Augen.

Derweil kam unter ihm immer mehr Leben in den Schuppen. Das konnte aber kein Boot sein, überlegte er. Das Wasser blieb ja ruhig. Dafür trippelten auf den Stegen schnelle Schritte hin und her und immer wieder hörte er es lachen. »Nun bleib stehen!« , sagte auf einmal eine männliche Stimme. Die Mädchenstimme kicherte wieder und lockte: »Komm! Komm hierher!«

Die Schritte kamen näher. Jürgen Clasen hörte es jetzt laut rascheln und klappern. Plötzlich quietschte es rhythmisch. Das Geräusch kam von der steilen, freien Treppe zum Dachboden. Jürgen Clasen war sich ganz sicher.

Das weibliche Kichern war inzwischen in fortwährendes Stöhnen übergegangen. Plötzlich sah der Bademeister, wie sich ein weiblicher Körper rückwärts durch die Luke schob und dabei lustvolle Laute ausstieß. Den Kopf weit nach hinten gebogen, berührten die Haare der jungen Frau bereits den Teppichboden.

Jürgen Clasen klopfte weiter verzweifelt mit seinen Beinen. Warum hörten die ihn denn bloß nicht? Doch das Pärchen war so stark mit sich beschäftigt, dass sie die Zeichen des Gefangenen nicht bemerkten. Jürgen Clasen gab nicht auf. Er reckte seinen Kopf hoch, so gut er konnte. Einer der Stühle verdeckte aber leider die direkte Sicht vom Aufgang zu seinem Lager.

Auf einmal wurde es ruhig und der Kopf des jungen Mannes schaute auch kurz durch das Loch zum Dachboden.

»Das hätten wir hier oben ja noch bequemer haben können. Ich hatte schon Angst, dass die Treppe zusammenbricht« , sagte er zu dem jungen Mädchen.

Die drehte den Kopf beiseite und schaute dem gefesselten Bademeister jetzt genau in die Augen. Dann schrie sie laut und richtete sich ruckartig auf. Ihr Freund rutschte entblößt und ziemlich schmerzhaft für seine freien Körperteile den Aufgang hinunter.

»Schitt! Aua!« , rief er. »Was machst du denn, Ines?«

»Hier liegt einer! Der ist gefesselt, der Arme.«

Jürgen Clasen nickte heftig und brummte durch den Knebel, so gut er konnte.

»Komm hoch, Alexander! Wir müssen ihm helfen. Den können wir doch hier nicht so liegen lassen.«

Jürgen Clasen rannen Tränen der Erleichterung über sein Gesicht.

»Ich komme, muss nur noch meine Hose anziehen!« , rief der junge Mann von unten hoch.

»Verzeihung! Wir wussten nicht...« , sagte Ines zum Bademeister Clasen. Sie wurde rot und zog ihr Kleid wieder zurecht. Dann flüsterte sie durch die Bodenluke: »Alexander, bring bitte meinen Slip mit hoch, der liegt da irgendwo, wo du ihn hingeworfen hast.«

Die ganze Sache war ihr mehr als peinlich. Sie hatte Alexander vor einer Woche auf dem Campingplatz kennengelernt. Dessen Eltern waren neu dort mit ihrem Wohnwagen. Das verliebte Pärchen hatte keine Möglichkeit für ein paar Stündchen der Zweisamkeit und war deshalb am See entlanggewandert, in der Hoffnung etwas Passendes zu finden. Der völlig abgelegene und von Schilf eingewachsene Bootsschuppen kam ihnen da gerade passend erschienen. Vom Land aus war er fast nicht zu erkennen. Sie hatten eigentlich nur mal neugierig hineinschauen wollen. Ein längerer Aufenthalt war nicht gleich geplant gewesen. Es hätte ja jemand vor Ort sein können. Doch dann war es einfach so passiert. Sie balgten sich und alberten herum und schon konnten sie die Finger nicht mehr voneinander lassen. Dass der Gefangene alles mitbekommen, also vorrangig mitgehört hatte, konnten sie ja nicht ahnen.

Alexander hatte zum Glück ein Taschenmesser dabei und befreite Jürgen Clasen aus seiner misslichen Lage. Ines holte ihre Wasserflasche und hielt sie dem völlig ausgetrockneten Bademeister hin. In einem Zug hatte er alles ausgetrunken.

»Kinder, ich bin euch bis an mein Lebensende dankbar« , stammelte er unter Tränen. »Seid ihr von der Landseite gekommen?«

Die beiden bejahten die Frage.

»Dann lasst uns bloß schnell in dieselbe Richtung abhauen. Ich bin in Gefahr und ihr seid es jetzt wahrscheinlich auch. Wir müssen weg, bevor einer von diesen verrückten Verbrechern zurückkommt. Man will mich umbringen. Ich habe in einem Mordfall recherchiert und bin dem Täter zu nahegekommen.«

»Sind Sie Polizist?« , fragte Alexander.

»Nein, Bademeister.«

Ines zuckte mit den Schultern und schaute Alexander fragend an.

»Egal« , sagte der, »wir müssen erst einmal weg, wie der Herr Bademeister schon erklärt hat.«

»Sagt Jürgen zu mir. Ich heiße Jürgen Clasen. Ich bin aus Hamburg.«

»Aus Hamburg? Na dann hast du noch ein paar Kilometer nach Hause. Wir sind hier am Rand von Berlin« , erklärte Alexander dem völlig verdutzten Bademeister.

Ines bat ihn: »Jürgen, du verpetzt uns aber nicht.

Wir sind mit unseren Eltern hier in der Nähe auf dem Campingplatz. Die dürfen das nicht wissen, du weißt schon was.«

»Kinder, ich war doch auch mal jung. Der Onkel Jürgen kann schweigen wie ein Grab. Aber nun nichts wie weg hier, sonst schweige ich vielleicht bald für immer. Wenn wir einigermaßen in Sicherheit sind, müsste ich dringend telefonieren.

Ihr habt doch ein Handy dabei, oder?«

»Na, sicher« , antworteten beide zugleich.

Ach, ich wusste es, auf die Jugend von heute ist Verlass, dachte Jürgen Clasen erleichtert. Er konnte sein Glück kaum fassen und kletterte schnell die Treppe hinunter. Dass jetzt bloß nicht noch irgendetwas schief ging, zweifelte Jürgen Clasen sein großes Glück schon wieder an. Die kurze, aber intensive Gefangenschaft hatte ihn ängstlicher werden lassen. Außerdem machte er sich Sorgen um den Studenten Benny.

30. Kapitel

Niklas Lux befand sich bereits auf dem Weg zur Anglersiedlung an einem der Berlin umgebenden

Gewässer. Sein eigenes Anwesen war ja keine Autostunde entfernt. Nicole Vogt hatte so verzweifelt geklungen. Sie machte sich große Sorgen um ihren Mann, der seit dem Morgen nicht mehr aufgetaucht war. Gemeinsam mit Vincent war sie seit Stunden auf der Suche. Sie hatten schon überall nachgeschaut, alle Nachbarn und Freunde befragt. Marie passte derweil auf Finn und Lisa auf. Nicole Vogt und Vincent waren gerade auf dem Weg zur etwas entfernter gelegenen Lieblingsbadestelle ihres Mannes gewesen, als der Maler angerufen hatte. Er war erschrocken und aufgrund der Vorgeschichte befürchtete er, dass die Aufregung der Familie berechtigt war. Deshalb hatte sich der Maler sofort entschieden, zu den Vogts zu fahren.

Auf dem Besucherparkplatz preschte er so schnell in eine der freien Buchten, dass der Kies nur so nach oben stob. Der Maler sprang aus seinem Auto und lief mit schnellen Schritten den Weg zur Parzelle der Familie Vogt. Als er auf den blitzweißen Bungalow mit den blauen Fensterläden zusteuerte, kam ihm die völlig aufgelöste, Tränen überströmte Marie schon entgegen.

Auf dem Arm hielt sie den zappelnden Finn. »Lisa ist weg!« , schluchzte sie. »Ich kann sie nicht finden. Sie war auf einmal verschwunden. Ich war nur mit Finn auf der Toilette. Es hat etwas gedauert. Lisa hat auf der Terrasse gemalt. Das angefangene Bild liegt dort noch...«

Immer wieder wurde die Erzählung des Mädchens von lautem Schluchzen und Weinattacken unterbrochen. Niklas Lux streichelte ihren Arm. Auch Finn hielt nun still und legte seinen Kopf an die Brust des verzweifelten Teenagers.

»Was soll ich bloß Nicole sagen, Herr Lux? Ich habe nicht genug aufgepasst« , schluchzte Marie und bekam einen neuen Weinkrampf.

»Doch, das hast du, Marie. Dich trifft wirklich keine Schuld. Lass mal den kleinen Finn herunter. Komm, Finn, wir gehen zu deiner Sandkiste. Und du Marie holst uns etwas zu trinken, dann setzen wir uns auf die Terrasse. Dort haben wir Finn im Blick und können beratschlagen, wie wir vorgehen. Lisa ist bestimmt nicht weit weg. Vielleicht sucht sie ebenfalls nach ihrem Vater. Sie ist ein kluges Mädchen. Sie findet den

Weg zurück zum Bungalow, ganz sicher.«

Der Maler wollte mit seinen Worten erst einmal die aufgeregte Marie beruhigen. In seinem Inneren sah es jedoch ganz anders aus. Er war hoch angespannt. Die Situation schien mehr als bedrohlich zu sein. Er würde gleich in der Siedlung fragen, ob jemand Lisa gesehen hatte. Marie konnte sich ja mit dem Kleinen nicht weit entfernen. Eigentlich sollte der Maler sofort Nicole Vogt anrufen und über Lisas Verschwinden informieren, aber er entschied sich, noch eine halbe Stunde damit zu warten, um die Mutter nicht noch mehr zu beunruhigen. Sie suchte ja mit Vincent gerade das Seeufer ab und würde sowieso bald zurück. Dann würde er allerdings die Polizei einschalten müssen. Noch hoffte er aber, dass Frank Vogt vielleicht einfach nur dem ganzen Stress entflohen war. Lisa, die sehr an ihrem Vater hing, hatte es wahrscheinlich nicht mehr ausgehalten und suchte jetzt auf eigene Faust nach ihm. Der Maler wusste, dass diese Möglichkeit, die er inständig erhoffte, doch die unwahrscheinlichste war. Er überlegte krampfhaft, was er jetzt als Erstes tun sollte und malte deshalb zur Unterstützung in seinen Skizzenblock.

Seine Gedanken fuhren gerade Achterbahn und eine solche zeichnete er jetzt auch. Wie musste er die Wagen sortieren, damit die Bahn ihn zum Ziel brachte? Langsam kam Struktur in die Überlegungen des Malers. Er durfte jetzt keinen Fehler machen und musste seine Entscheidungen zur rechten Zeit treffen. Zum Glück hatte sich Marie wieder beruhigt und spielte mit Finn in der Sandkiste.

Da klingelte das Handy des Malers. Frieda war am anderen Ende der Leitung: »Niki, grüß dich. Ich rufe wegen deiner eiligen Nachfrage an.«

»So schnell, dass ist ja Klasse. Hast du etwas Neues für mich?«

»Und ob, du hattest den richtigen Riecher! Die Geschwister Katrin und Oliver Weigel waren auch in der Schwimmgruppe. Fotos von den beiden habe ich so schnell keine auftreiben können. Aber die Redaktion der Jugendzeitschrift hat auf meine Bitte hin, im Archiv gegraben und die ehemals geplante Bildunterschrift wieder hervorgezaubert. Da diese aufgrund der Länge zweizeilig geworden war, fiel sie damals dem Korrekturstift zum Opfer, damit der Artikel noch auf die Doppelseite gepasst hat. Zuerst sollten dort die Namen stehen. Ich habe sie dir gemailt. Und weißt du, was erstaunlich ist, warum ich gleich anrufe? Es war auch ein Olaf Reich dabei, dein alter Polizeikamerad Richy!«

»Nein!« , rief der Maler ins Handy. »Das glaube ich jetzt nicht.«

»Doch, ich habe es verifiziert. Der Fotoabgleich war schneller möglich, als bei den Weigels. Olaf Reichs wohlhabende Familie füllte früher öfter die Klatschblätter mit ihren Geschichten und die Kinder waren auch auf Bildern präsent. Es handelt sich definitiv um den Richy, dessen Tod du aufklären willst.«

»Frieda, Moment, ich muss ein neues Blatt aufschlagen... Also, das bedeutet, dass in dem Freischwimmerkurs, der später erfolgreichen Leistungsschwimmerin Kerstin Klein auch die Freunde Michael Hoffmann und Frank Vogt, die Geschwister Oliver und Katrin Weigel sowie Richy waren. Und dann ist doch noch ein weiterer Junge auf dem Foto abgebildet. Der ist jetzt bestimmt auch in Gefahr!« , schlussfolgerte der Maler blitzschnell.

»Nein, das ist er nicht. Er lebt nicht mehr. Er hat sich das Leben genommen. Deshalb konnte sich die langjährige Redaktionssekretärin der Zeitschrift auch so gut an dieses, ja erst fünf Jahre nach dem Kurs verwendete Bild erinnern. Es gab wohl Ärger, weil der Junge, obwohl er bereits tot war, noch abgebildet wurde. Darüber existierte auch Schriftverkehr.«

»Hast du Informationen zur Familie.«

»Natürlich Niklas, es sind ja schließlich immer noch unsere Fälle. Du wolltest doch nur an dem Bademeister dranbleiben.«

»Ja, natürlich. Stimmt, den müsste ich auch mal wieder sprechen. Aber gerade bin ich im Stress, Frank Vogt ist schon den ganzen Tag verschwunden und seine fünfjährige Tochter Lisa ist zwischenzeitlich auch nicht mehr auffindbar. Aber erst seit kurzer Zeit. Ich sitze bei den Vogts auf der Terrasse und bastle an einem Notfallplan.«

»Niki, du musst die Kollegen einschalten!«

»Ja doch, gleich. Ich muss nur noch kurz überlegen.«

»Aber nicht zu lange, hörst du!«

»Bitte maile mir alles, was du zur Familie des Jungen hast, der sich umgebracht hat. Wie alt war er da eigentlich?«

»Zwölf.«

»Mhm. Das ist so schrecklich. Ein Kind nimmt sich das Leben. Warum?«

»Niki, es steht alles in der Akte. Nur soviel, die Eltern leben nicht mehr und der Bruder ist wohl seit langem ausgewandert. Wir haben niemanden erreicht. Du hast alle Informationen schon in deinem geheimen Postfach. Ich bin bereits spät dran und muss dringend ins nächste Meeting.«

»Ja, ich schaue gleich auf meinen Laptop. Jetzt muss ich aber erst sehen, wie ich Lisa wiederfinden kann« , antwortete der Maler seiner Schwester schon etwas gereizt.

Die Ereignisse schienen sich zu überschlagen. Niklas Lux bekam Schweißausbrüche, er musste einen kühlen Kopf bewahren und eines nach dem anderen erledigen. Der oder die Täter hatten es also auf die Gruppe des Freischwimmerkurses abgesehen. Nur eines der Mitglieder war noch am Leben. Der Maler hoffte es jedenfalls, denn es handelte sich um den verschwundenen Frank Vogt. Der schied aber für den Maler als Täter aus. Wenn sich herausstellen sollte, dass er hinter dem Ganzen stecken würde, könnte ich meinen Detektivjob an den Nagel hängen, dachte Niklas Lux.

Wenn Frank Vogt aber nicht der Täter war, dann war er ganz sicher entweder selbst das nächste Opfer oder seine Tochter Lisa oder sogar beide. Der Maler zeichnete in Windeseile eine Skizze nach der anderen.

Inzwischen waren schon fünfzehn Minuten vergangen und er hatte sich noch immer nicht auf die Suche nach Lisa begeben. Jeden Moment konnten Nicole und Vincent zurückkommen und dann würde das Ganze eskalieren. Niklas Lux verglich noch einmal die Todesursachen. Michael Hoffmann, Richy, Kerstin Klein und die Geschwister Weigel waren ertrunken - plötzlich und unerwartet ohne gesundheitliche oder äußere Einflüsse. Nur Oliver Weigel hatte sich selbst getötet, war aber eigentlich auch ertrunken. Wenn der Unternehmer irgendeinen Grund gehabt hätte, seinem Leben ein Ende zu setzen, dann wäre er doch nicht mit einem Stein um den Bauch ins Wasser gesprungen. Das passte nicht. Oliver Weigel hatte eine Ehefrau und einen sechsjährigen Sohn hinterlassen. Aha, ein kleineres Kind war mit im Spiel! Hier sah der Maler eine Parallele zu Frank Vogt mit der fast sechsjährigen Lisa. Kerstin Klein und Richy waren kinderlos. Vincent und Marie, die Kinder von Michael Hoffmann, waren schon fast erwachsen.

Die Tochter von Frank Vogt war ja von einem mysteriösen Fremden gerettet worden. Die näheren Umstände hatte der Maler aus Frank Vogt leider die ganze Zeit nicht herausbekommen können. Das war ihm aber Beweis genug, dass etwas mit dem Badeunfall nicht stimmte und Frank Vogt erpresst wurde. So wie der Maler es schon ganz am Anfang gespürt hatte: Ein liebender Vater wurde mit dem Leben seines Kindes unter Druck gesetzt. Wenn er jetzt bloß schnell mit dem kleinen Jungen von Oliver Weigel oder mit seiner Witwe sprechen könnte. Das würde ihm helfen, Ideen zu entwickeln, wie er Frank Vogt finden konnte. Und das hoffentlich lebendig. Aber der Maler wusste, dass die Zeit gegen ihn arbeitete.

Plötzlich schrie Marie in der Sandkiste auf: »Lisa! Lisa! Wo warst du denn?« Finn fing an zu brüllen. Er hatte sich total erschrocken, weil Marie so geschrien hatte. Marie weinte jetzt wieder, diesmal aber vor Erleichterung. Niklas Lux begrüßte Lisa mit einem Handschlag und holte sich schnell ein kaltes Bier aus dem Kühlschrank der Vogts. Ein riesiger Stein war ihm vom Herzen gefallen. Lisa war wieder da und der sowieso schon gestressten Familie blieb weiterer Kummer erspart.

Lisa schaute in die Runde und meinte: »Ich habe mich schon so beeilt, aber es war trotzdem umsonst. Ich habe meinen Freund Jan gesucht. Der kommt schon in die zweite Klasse und kann lesen. Marie wollte ich nicht stören, da Finn sonst wieder wegläuft und dann dreht Mama noch durch.«

»Lisa, dafür bist du, statt Finn, weggelaufen. Was glaubst du was für große Sorgen wir uns um dich gemacht haben?« , schaltete sich der Maler ein.

»Aber, Marie war auch solange auf der Toilette mit Finn. Der braucht immer ewig. Ich kenne das. Solange wollte ich nicht warten« , verteidigte sich Lisa und fuhr fort, »Jan wohnt nur zwei Bungalows weiter. Aber er war nicht da. Da bin ich noch zum Spielplatz. Da war er auch nicht. Dann habe ich seine Mutter getroffen und die meinte, er macht einen Ausflug mit seiner Oma. Die ganze Lauferei war umsonst!«

Lisa stapfte jetzt wütend mit den Füßen auf. Der Maler tröstete sie: »Hauptsache du bist wieder da, du kleine Abenteuerin. Trink erst einmal etwas!«

Lisa ergriff das Glas Wasser, welches der Maler ihr

reichte und trank es in einem Zug leer.

»So!« , sagte sie, »Dann musst du mir jetzt helfen, Herr Detektiv!«

Sie kramte ein zusammengefaltetes Stück Papier aus ihrer Hosentasche und legte es auf den Tisch. Das Papier wies Wasser- und Schmutzspuren auf und schien bereits mehrmals gefaltet worden zu sein.

Niklas Lux griff danach und fragte Lisa: »Was ist das und woher hast du es?«

»Es ist ein Brief. Ich habe ihn heute zwischen Finns Spielsachen gefunden. Er war unter die Kisten mit den Bauklötzen geraten. Bestimmt ist der von Papa, denn es kommt sein Name mehrmals darin vor. Den kann ich nämlich schon lesen. FRANK, das Wort habe ich deutlich erkannt und meinen Namen auch, LISA. Mein Freund Jan sollte mir den Brief vorlesen. Ich glaube, der Brief gehörte zu dem Korken, den Finn ja auch schon aus Papas Rucksack genommen hatte. Wisst ihr noch, als Papa so böse geworden ist und Finn sogar angeschrien hat. Ach Papa, wo ist Papa?« , besann sich Lisa jetzt.

Der Maler hatte den Brief bereits überflogen während Lisa weiter plapperte. Er versuchte sich nichts anmerken zu lassen. Doch seine Gesichtsfarbe verriet ihn.

Marie fragte deshalb: »Herr Lux, ist alles in Ordnung? Was steht in dem Brief?«

Noch ehe der Maler eine Antwort schuldig blieb, kamen Nicole Vogt und Vincent erschöpft von ihrer Suche zurück. Der Maler faltete den Brief und steckte ihn rasch in seine Hemdtasche.

»Herr Lux« , rief Nicole Vogt, »Gott sei Dank, dass Sie da sind.«

»Jetzt finden wir Papa ganz bestimmt. Mach dir keine Sorgen, Mama.«

Die kleine Lisa fiel ihrer Mutter freudig in die Arme. Nicole bedankte sich bei Marie für das Aufpassen und nahm ihr den kleinen Finn ab.

Vincent holte sich sofort eine Cola und setzte sich völlig erschöpft auf einen Stuhl. Er fragte seine Schwester Marie wie es mit den beiden Kleinen gewesen sei. Marie schüttelte nur stumm den Kopf und Lisa schaute schuldbewusst zu Vincent. Der zog die Augenbrauen hoch, aber Marie legte ihren Finger auf die Lippen und deutete in Richtung Nicole.

Niklas Lux wusste, nachdem er die schreckliche

Drohung an Frank Vogt gelesen hatte, er musste jetzt mit Nicole Vogt sprechen und die Polizei einschalten. Er nahm sein Handy und sah dort mehrere verpasste Anrufe. Er hatte vorhin nur kurz auf lautlos gestellt, um sich besser zu konzentrieren. Verdammt, und dann hatte er leider vergessen, sein Handy wieder einzuschalten. Es war eine unbekannte Nummer, unter der mehrmals versucht wurde Niklas Lux zu erreichen. Der Maler zögerte erst, sah dann aber, dass er von derselben Nummer eine Nachricht bekommen hatte. Es war Jürgen Clasen der ihm völlig konfuse Sachen auf die Mailbox gesprochen hatte und dringend um Rückruf bat.

31. Kapitel

Jürgen Clasen ärgerte sich, der Detektiv nahm einfach nicht ab. So ein Mist, dachte er. Ewig konnte er den Teenagern nicht zur Last fallen. Er saß am Kiosk des Campingplatzes und ließ sich erst einmal eine Bratwurst mit Pommes schmecken. Das frischverliebte Pärchen saß ein wenig abseits und schleckte Eis. Jürgen Clasen hatte das Eis auf seine Rettung spendiert. Sein

Portemonnaie war ihm vom Entführer zum Glück in der Hosentasche belassen worden. Nur sein Handy hatte dieser mitgenommen. Jürgen Clasen war darüber wütend, denn es war neu und teuer gewesen und außerdem ein Geschenk seiner Schwester Rita. Aber dieses Mal durfte sie nicht sauer sein. Er hatte gut darauf aufgepasst und war am Verlust völlig unschuldig.

Erwartungsvoll schaute er immer wieder auf das Handy der hilfsbereiten Ines, in der Hoffnung, dass der Detektiv Niklas Lux ihn endlich zurückrief. Das Mädchen sah bereits ständig zu ihm herüber und zeigte auf ihre Uhr.

Endlich, dass Handy klingelte und der Anrufer war tatsächlich Niklas Lux.

»Herr Lux, endlich! Ich habe Neuigkeiten. Ich habe den Mörder. Also besser gesagt, er hatte mich. Aber ich wurde befreit. Von Ines und Alexander. Da soll nochmal einer auf die heutige Jugend schimpfen! Der bekommt es mit mir zu tun!«

Bademeister Clasen war kaum zu bremsen. Niklas Lux musste ihn etwas barsch unterbrechen: »Herr Clasen, ich verstehe nur Bahnhof. Bitte konzentrieren Sie sich, das ist jetzt wie bei einem Notruf. Da kennen Sie sich doch aus, oder?«

»Ja« , antwortete Jürgen Clasen etwas zögerlich.

»Also wo sind Sie, was ist passiert, wie geht es Ihnen? Das Ganze in Kurzform bitte. Hier, wo ich bin, geht es gerade um Leben und Tod.«

»Bei mir doch auch« , schmollte der Bademeister. Aber er hatte verstanden und erzählte dem Maler seine Geschichte so kurz und präzise wie möglich.

»Herr Clasen, können Sie dort wo Sie jetzt sind, bleiben? Irgendwie müssen Sie sich unter vielen Leuten aufhalten. Ich komme bald zu Ihnen. Ich befinde mich nur zwei Seen weiter.«

»Kommen Sie mit dem Boot?« , wunderte sich der Bademeister.

»Nein, mit dem Auto natürlich. Wir befinden uns beide an einer Seenkette am Rande Berlins. Ich bin in einer Bungalowsiedlung bei einem Klienten. Alles andere später. Warten Sie bitte und sorgen Sie dafür, dass Sie unter dieser Handynummer weiterhin erreichbar sind. Das Handy ist sozusagen beschlagnahmt.«

»Das soll ich dem hilfsbereiten Mädchen sagen?«

»Falls es Schwierigkeiten gibt, ja. Herr Clasen, es geht hier um eine akute Gefährdung eines

Menschenlebens. Deshalb muss ich jetzt schleunigst die Polizei einschalten und dann hole ich Sie ab.«

Niklas Lux schrie fast ins Telefon. Er musste sich so dringend um den verschwundenen Frank Vogt kümmern und dieser nervige Bademeister kapierte einfach nichts.

In seiner Aufregung hatte der Maler gar nicht wahrgenommen, dass Nicole Vogt, Vincent und Lisa um ihn herumstanden. Alle schauten ihn entgeistert an und Lisa sagte: »Du bist ja gar nicht immer nett.«

»Ja Lisa, ich weiß, ich bin unter Zeitdruck. Manchmal schafft man es nicht, freundlich zu sein, auch wenn man es eigentlich sein sollte« , antwortete er nachdenklich.

Der Maler wusste genau, dass der Bademeister gerade Schlimmes durchgemacht hatte, dass es bestimmt genauso war, wie er erzählt hatte. Nachdem Niklas Lux den grausamen Brief an Frank Vogt gelesen hatte, war ihm klar geworden, dass dieser Täter wirklich vor nichts zurückschreckte. Deshalb hätte der Maler viel sensibler mit dem Opfer Jürgen Clasen umgehen müssen. Außerdem war der ja tatsächlich auf der richtigen Spur.

Niklas Lux konnte sich nicht erklären, was mit ihm selbst los war. Seine permanente Gereiztheit wirkte sich inzwischen auf seine Arbeit aus, stellte er resigniert fest. Er versuchte ja ständig, die Anspannung zu verdrängen und sich auf seine Fälle zu konzentrieren. Doch in seinem Inneren nagte und bohrte die Ungewissheit und das Misstrauen. Christin hatte sich noch immer nicht gemeldet und war weiterhin nicht mehr erreichbar. Wenn er hier alles für die Fahndung nach Frank Vogt in die Wege geleitet hatte und auf dem Weg war, Jürgen Clasen abzuholen, würde er in der Kunsthochschule anrufen. Vielleicht wussten die etwas über den Verbleib von Christin. Außerdem hoffte er, dass Frieda ihm Informationen über diesen Markus besorgen konnte. Sie tat es schon widerwillig und meinte, wenn er nicht aktenkundig sei, hätte sie keine Möglichkeiten. Wegen Niklas pubertärem Eifersuchtsgehabe würde sie nichts Unerlaubtes tun. Der Maler war ein wenig sauer auf Frieda. Na vielleicht war eine der Damen aus dem Sekretariat der Hochschule auskunftsfreudiger. Er würde dort auch mal wieder mit Kaffee und Kuchen auftauchen, schließlich war er durch seine Tätigkeit als Gastdozent kein Unbekannter.

»Worüber grübelst du?« , fragte Lisa.

»Ich habe gerade überlegt, wie wir deinen Papa so schnell wie möglich finden können« , log Niklas Lux.

»Frau Vogt« , sagte er dann, »kann ich Sie bitte unter vier Augen sprechen?«

Nicole Vogt ging mit dem Maler in den Bungalow. Der erzählte ihr von seinen Befürchtungen und zeigte ihr den Brief. Er verschwieg, dass es mit Oliver Weigel bereits ein Opfer gab, welches sich auf diese Weise selbst getötet hatte. Es war auch so schon schlimm genug für Nicole Vogt. Sie zitterte am ganzen Körper und hielt sich immer wieder die Hand vor den Mund, um nicht laut zu weinen oder zu schreien.

Niklas Lux gelang es schließlich, sie weitestgehend zu beruhigen und er bat sie, alle Örtlichkeiten, an denen ihr Mann die Aufforderung sich zu ertränken, umsetzen könnte, aufzuschreiben. Wo kannte er sich aus? Wo konnte er an ein Boot kommen? Das waren die Fragen des Detektivs an Frank Vogts Ehefrau.

Den See an dem sich die Anglersiedlung befand, hielt der Maler für die unwahrscheinlichste Möglichkeit. Zu groß war die Gefahr, von Bekannten oder der Familie gesehen und erkannt zu werden. Aber ausschließen durfte man es natürlich auch nicht.

Vielleicht war Frank Vogt auch nur geflüchtet, überlegte Niklas Lux

laut. Doch sogleich korrigierte er sich. Er befürchtete, dass es sich so nicht verhielt, da dann Lisa statt seiner sterben sollte. Das würde ihr Vater niemals zulassen. Nicole Vogt nickte unter Tränen und holte sich etwas zu schreiben. Sie wollte so gut wie möglich helfen, ihren Mann zu retten.

Niklas Lux leitete inzwischen alle erforderlichen Maßnahmen bei der örtlichen Polizei ein, die sofort die Fahndung nach Frank Vogt veranlassten. Die ersten Kollegen waren bereits zur Familie Vogt in die Anglersiedlung unterwegs.

Seiner Schwester Frieda schickte der Maler eine dringende Nachricht zum Stand der Dinge und bat um Rückruf, um das weitere Vorgehen zu besprechen. Die Fälle des BKA überschnitten sich ja gerade mit seiner Detektivarbeit und es war wichtig, dass jetzt alle an einem Strang zogen. Oberste Priorität hatte es für den Maler, Frank Vogt lebend zu finden. Als zweites musste der Mörder zur Strecke gebracht werden. Niklas Lux machte sich deshalb sofort auf den Weg zu

Jürgen Clasen, der ja ein wichtiger Zeuge war.

Während der Fahrt rief Niklas Lux noch im Sekretariat der Kunsthochschule an. Er wollte wissen, ob den Damen irgendetwas über den Verbleib seiner Freundin bekannt war.

»Guten Tag, Frau Heider!«

»Herr Lux, der Maler persönlich. Schön, dass Sie sich melden. Besuchen Sie uns demnächst mal wieder?« , fragte Frau Heider, die Hochschulsekretärin.

»Ja, sobald ich Zeit habe, bin ich auf eine Tasse Kaffee bei Ihnen. Mit ihrem Lieblingskuchen, versprochen! Jetzt bin ich aber in einer Mordsache mit dem Auto unterwegs und wollte Sie zwischendurch etwas Privates fragen.«

»Ach, ich kann es mir schon denken. Wegen der Christin, Ihrer jungen Freundin... Der Professor ist vielleicht sauer, glauben Sie mir! Sie sollen jetzt wohl um gutes Wetter bitten, Herr Lux? Aber das hat keinen Zweck mehr, er hat das Projekt schon anderweitig vergeben. Nochmal würde er nicht auf Ihre Empfehlung hören, Herr Lux, hat der Professor gesagt. Er war schon sehr enttäuscht.«

»Moment!« , unterbrach Niklas Lux die aufgebrachte Sekretärin. »Was für eine Empfehlung?«

»Na, Ihre! Wir sollten doch Christin für das Projekt auswählen. Eine Frau von der Kommission des Projekts hatte den Professor angerufen und gesagt, dass es Ihr Wunsch sei, der aber natürlich diskret behandelt werden sollte. Der Professor hatte kein Problem damit, da er Christin fachlich auch sehr schätzte. Sie sei begabt, empathisch und zuverlässig, waren seine Worte. Doch nun ist Christin einfach nicht mehr zu den Terminen erschienen. Zuerst haben wir uns sogar Sorgen gemacht. Aber dann hat sie uns eine E-Mail geschickt und mitgeteilt, dass sie aus persönlichen Gründen abbrechen müsse. Das war sehr peinlich für die Hochschule. Ich habe noch versucht, Christin telefonisch zu erreichen, aber vergeblich. Die neue Studentin hat sich gleich gut eingearbeitet. Das Modell mit den Brandnarben hat sich aber leider abgemeldet. Er war sehr verärgert und hat sich am Telefon riesig aufgeregt. Er hat es abgelehnt, weiter mitzumachen, ohne Christin. Die anderen beiden bleiben zum Glück dabei. Aber die hatten sowieso noch keine Sitzung bei ihrer Freundin gehabt, da sie das Modell Markus einmal dazwischengeschoben hatte. Das fanden wir jedoch in Ordnung. Der Professor hatte Christin ja die eigenständige Terminverteilung überlassen. Es wäre ja nicht ungewöhnlich gewesen, wenn sie ein Bild nach dem anderen gemalt hätte und nicht alle drei parallel.«

»Liebe Frau Heider, das tut mir wirklich leid. Ich wollte Christin auch nicht entschuldigen. Ich weiß ehrlich gesagt selbst nicht, wo sie ist. Das ist alles so verwirrend. Nur eines kann ich ihnen mit Sicherheit sagen, von mir kam nie eine Empfehlung! Diese besagte Dame hätte ich gern gesprochen. Das kann mir Christins Professor ja bei Gelegenheit erklären. So etwas würde ich nie tun, er kennt mich doch, verdammt!«

»Herr Lux, regen Sie sich nicht auf! Es ist alles gut, das Projekt läuft weiter und ihre Freundin taucht bestimmt wieder auf.«

»Ja, das hoffe ich. Danke Frau Heider, dann weiß ich Bescheid. Ich bin gleich am Zielort. Nochmals Danke und bis bald!«

»Bis die Tage Herr Lux, oder Wochen. Wie Sie Zeit haben, aber den Kuchen nicht vergessen. Und falls Sie Christin sehen, sie soll sich lieber beim Professor melden und ihre Gründe erklären. Wir verstehen das einfach nicht. So kennen wir sie gar nicht.«

»Mach ich, Frau Heider. Tschüss!«

Niklas Lux musste aufpassen, dass er auf dem Sandweg zum Campingplatz der Teenager nicht ins Schleudern geriet. Die Neuigkeiten zu Christin fand er so ungeheuerlich, dass er sein Straßentempo noch nicht gedrosselt hatte und jetzt in blinder Wut wie ein Rallyefahrer durch den Wald raste. War Christin etwa mit diesem Markus durchgebrannt? Traute er ihr so etwas zu? Er konnte gerade keinen klaren Gedanken fassen.

Es war ihm alles zu viel: Einer seiner Klienten, ein liebevoller Familienvater, brachte sich vielleicht gerade um. Ein selbsternannter Hilfssheriff legte sich mit einem Serienmörder an und suchte nun beim Maler Schutz und seine Freundin verschwand mit seinem Nebenbuhler. Gerade hasste der Maler seinen Job. Aber er musste weiterarbeiten. Mit quietschenden Bremsen hielt er auf dem Besucherparkplatz und rief Bademeister Clasen an.

Der hatte in der Zwischenzeit das Handy von Ines

nicht aus den Augen gelassen. Er hatte dem freundlichen Pärchen noch ein weiteres Eis spendiert und festgestellt, dass in seinem nur spärlich bestückten Portemonnaie schon Ebbe herrschte. Vielleicht würde der Detektiv ja seine Spesen übernehmen, hoffte Jürgen Clasen. Schließlich brauchte er auch ein neues Handy. Dafür hatte er eigentlich gar kein Geld mehr über, dachte er traurig. Er verabschiedete sich von den hilfsbereiten Teenagern und bat sie, niemanden etwas zu erzählen. Er würde dafür schließlich auch den Mund halten. Der Maler hatte ihm gerade am Telefon kurz erklärt, dass die Polizei den Bootsschuppen observieren würde, aber man wollte den Entführer und wahrscheinlichen Mörder von Kerstin Klein nicht aufscheuchen. Deshalb sollten Alexander und Ines nichts verraten. Aber Jürgen Clasen konnte den Maler beruhigen, die Teenies würden schweigen, schon im eigenen Interesse. Der Bademeister hatte den Parkplatz erreicht. Erschöpft und froh, in Sicherheit zu sein, setzte er sich zu Niklas Lux ins Auto.

»Moin, Kollege! Danke fürs Abholen« , begrüßte Jürgen Clasen den Maler.

Der schmunzelte zwar, sagte aber anerkennend:

»Schön, Sie zu sehen, Herr Clasen, vor allem lebendig. Hut ab, sie hatten den richtigen Riecher. Aber auch viel Glück, mein Lieber. Ihr Alleingang hätte schlimm enden können. Ihr Badehelfer Benny liegt leider im Koma. Die Ärzte wissen nicht, ob er durchkommt. Er hat schwere Kopfverletzungen nach einem vorsätzlich herbeigeführten Sturz mit dem Fahrrad davongetragen. Ich habe leider gerade diese traurige Nachricht erhalten, während ich hier auf Sie gewartet habe.«

Jürgen Clasen schwieg betroffen und flüsterte: »So ein Mist. Ich werde Benny rächen. Ich kriege das Schwein!«

»Herr Clasen! Sie machen gar nichts mehr allein. Sie sind ein wichtiger Zeuge und als solcher arbeiten Sie jetzt nur noch mit mir und der Polizei zusammen! Haben Sie mich verstanden?«

»Ja doch, Herr Detektiv.«

»Gut, dann erzählen Sie mir bitte alles, was Sie wissen. Und zwar von Anfang an.«

32. Kapitel

Der Maler schielte während der Erzählung des Bademeisters immer wieder auf das Telefondisplay seines Autos. Er hatte immer noch keine Rückmeldung von seiner Schwester wegen Markus bekommen. Jetzt, wo Christin wahrscheinlich mit ihm zusammen verschwunden war, wollte er erst recht wissen, wer dieser Mann wirklich war. Er hatte Frieda deshalb eben gerade noch eine SMS zur Erinnerung geschickt. Sie sollte sich unbedingt melden, auch wenn sie keine Informationen über Markus hätte.

Jürgen Clasen erzählte während der Fahrt immer noch ausschweifend die abenteuerreiche Geschichte seiner Ermittlungen, wie er seine Recherchen selbst nannte.

Da meldete sich das Autotelefon des Malers über die Freisprechanlage. Endlich rief Frieda zurück. Niklas Lux reichte dem Bademeister ein paar Kopfhörer und bat ihn diese aufzusetzen. Die Gespräche mit seiner Schwester vom BKA gingen Jürgen Clasen als Zeuge nichts an. Der Bademeister schmollte kurz und sah es nicht ganz ein, schließlich habe er entscheidend dazu beigetragen, dass der Mörder bald gefasst werden könnte. Frieda schaltete sich nun beruhigend in den Streit der Männer ein und besänftigte den Bademeister, indem sie auf eine ausgesetzte Belohnung hinwies. Nun fügte er sich doch noch.

Niklas Lux war aufgeregt und seine Nerven zum Zerreißen gespannt: »Wer ist dieser Markus, Frieda? Weißt du es?«

»Ja, leider Niki, seit zehn Minuten. Ich melde mich deshalb auch erst so spät. Ich wollte auf Nummer sicher gehen. Es war bis eben noch alles in Ordnung mit ihm. Du siehst halt manchmal Gespenster. Nicht jeder Nebenbuhler ist ein Schwerkrimineller, Brüderchen! Du weißt, dass ich mich für dich etwas weiter aus dem Fenster gelehnt habe... Also, hör zu! Dein Konkurrent heißt wirklich Markus, Markus Steinbach. Er ist Ingenieur und kommt aus einem kleinen Ort in der Nähe von Hannover. Er hat eine Frau und zwei Kinder. Der Unfall beim Grillen hat ihm im Alter von dreizehn Jahren Teile des Gesichts und Halses verbrannt. Das ist alles korrekt. Er hatte sich extra Urlaub für das Kunstprojekt genommen, sagt seine Frau. Die letzten beiden

Tage, habe er sich aber nicht mehr gemeldet. Auch sonst immer nur kurz, meisten per SMS. Er sei sehr eingebunden gewesen, sagt seine Frau.«

»Na, ich weiß ja, wo er eingebunden war, Frieda« , schimpfte der Maler.

»Nun warte doch mal ab, die Geschichte wird noch richtig mysteriös. Ich wollte dir eigentlich schon heute Morgen über Markus Steinbach Bescheid geben, doch dann kam die Nachricht, dass ein Toter auf den meine Beschreibung passte, gefunden wurde. Er lag in einem Campingwagen in der Nähe des Steinhuder Meeres. Das ist ein großer See nur ungefähr dreißig Kilometer entfernt von Hannover. Wie lange er schon tot ist, wird die Obduktion zeigen. Wie gesagt, Niki, die Nachricht ist ganz frisch. Aber der Tote ist Markus. Definitiv. Die Identifizierung war bei den auffälligen Körpermalen kein Problem.«

»Aber wo ist dann Christin, Frieda?« , schrie der Maler ins Telefon und trat dabei so stark auf das Gaspedal, dass Jürgen Clasen, der unter seinen Kopfhörern vor sich hindämmerte, erschrocken aufsah.

Frieda räusperte sich kurz und sagte verwundert: »Na du bist gut, Niki. Christin sollte ich ja nicht suchen.

Du wolltest Informationen über Markus.«

»Sorry, Schwesterherz! Ich drehe noch durch. Ich bin gleich mit dem Zeugen Clasen wieder in der Anglersiedlung. Ich mache mir große Sorgen um Frank Vogt. Meine Nerven liegen blank.«

»Ich weiß, Niklas, die Fahndung läuft ja.«

»Frieda, stell dir vor, Christin ist wirklich verschwunden. Sie hat sogar das Kunstprojekt abgebrochen, angeblich aus persönlichen Gründen. Das Modell Markus hat daraufhin auch nicht mehr mitmachen wollen. Ich habe Christin das letzte Mal nur ganz kurz gesprochen, als sie an irgendeinem See mit Markus war und der Schlappschwanz wegen eines Insektenstichs herumheulte.«

»Niki, beruhige dich. Es wird sich alles aufklären. Du kennst ja meine Meinung zu deiner Beziehung mit der jungen Studentin. Aber ich helfe dir. Maile mir bitte die Eckdaten, wann du mit Christin gesprochen hast und wann sie sich an der Hochschule abgemeldet hat.«

»Ja, mache ich Frieda, gleich wenn ich bei Vogts im Bungalow angekommen bin und es kurz passt.«

»Niki, du sagtest eben, Markus sei auch am Telefon gewesen, als du Christin das letzte Mal gesprochen hast?«

»Die blöde Stimme erkenne ich unter Tausenden. Frieda du wirst es nicht glauben, der hatte sogar bei Christin übernachtet und mich am Telefon abgespeist wie einen dummen Jungen! Mir tut es natürlich leid, dass er tot ist, vor allem für seine Frau und am meisten für die Kinder. Aber glaube mir, Frieda, irgendetwas stimmte nicht mit diesem Markus! Ich hatte von Anfang an so ein schlechtes Gefühl.«

»Da muss ich dir recht geben. Garantiert stimmt etwas nicht mit ihm, sonst wäre er jetzt nicht tot. Das muss doch einen Grund haben. Er wurde umgebracht, soviel steht fest. Den Rest erfahren wir erst nach der Obduktion. Die Kollegen haben ihn ja gerade erst gefunden.«

»Die Kollegen?«

»Nein, entschuldige Niki. Ich meine, sie haben den Fall aufgenommen. Gefunden hat den Toten ein Wanderer mit Hund. Der aufmerksame Mischling kläffte wie wild an dem alten abgestellten Wohnwagen und daraufhin wurde das Herrchen aufmerksam.«

»Was wären wir ohne unsere vierbeinigen Helfer!« , sagte Niklas Lux anerkennend. »Im Ernst Frieda, wie viele Leichen blieben wohl unentdeckt im Wald verscharrt oder irgendwo versteckt, wenn nicht die Spürnase eines klugen Hundes sie entdeckt hätte.«

»Das stimmt, Niki.«

»Schwesterchen, ich bin da, gleich stehe ich auf dem Parkplatz der Anglersiedlung. Ich lege auf. Vielen Dank, Frieda, für alles!«

»Sehr gern. Viel Erfolg, Niki, wir bleiben in Verbindung.«

Niklas Lux blieb noch ein paar Minuten im Auto sitzen. Die Nachricht, von Markus Tod, musste er wenigstens kurz verdauen. Was bedeutete das jetzt für Christin? Dem Maler wurde flau im Magen. Das erste Mal musste er in Betracht ziehen, dass Christin vielleicht nicht mehr lebte. In was hatte dieser hinterhältige Markus sie bloß hineingezogen?

Jürgen Clasen entledigte sich derweil seiner Kopfhörer und stieg schon mal aus dem Auto. Sofort kamen ihm zwei Polizeibeamte entgegen, um ihn für eine Befragung in den Bungalow der Vogts zu bringen. Er war jetzt der wichtigste Zeuge, dachte der Bademeister stolz und bat die Beamten, seine Schwester anrufen zu dürfen. Er hatte ja kein Handy mehr. Nicole Vogt reichte ihm ihres.

33. Kapitel

Die Abendsonne schien besonders intensiv auf diesen stillen und abgelegenen Teil des Sees. Als wäre ihr blutroter Lichtkegel ein gedimmter Spot, welcher den Darsteller noch besser in den Fokus des Geschehens bringen sollte. Der Standort für die Inszenierung war perfekt gewählt worden. Das Schilf wuchs hier an einigen Stellen sehr weit in den See hinein und verbarg dadurch Wasserstellen, die Vorbeifahrende deshalb nicht sofort wahrnehmen konnten. Eine dieser Wasserstellen sollte heute das Grab von Frank Vogt werden.

Frank Vogt ruderte mit dem Kahn genau dorthin. Er war schon den ganzen Tag unterwegs und musste sich während seiner Fahrt oft verstecken, da ein Polizeiboot die Seenkette rauf und runter fuhr. Er hatte sich nachts einfach, unbemerkt von der Familie aus dem Bungalow geschlichen. Heimlich hatte er den

Ruderkahn von einem der Nachbarn genommen, von dem er wusste, dass dieser während der nächsten Tage wegen einer Operation am Fuß nicht vor Ort sein würde. Dann hatte er sich auf seinen letzten Weg gemacht. Frank Vogt sollte seinem Leben heute ein Ende setzen, so hatte der Wahnsinnige es von ihm verlangt. Die Nachricht mit der Beschreibung des Ziels und der Wasserstraße hatte am Tag vorher in seiner Brötchentüte gesteckt, die er morgens vom Bäcker geholt hatte. Der unbekannte Mörder schien allgegenwärtig zu sein und verfolgte ihn auf Schritt und Tritt. Da war sich Frank Vogt sicher. Es gab kein Entrinnen. Er fühlte sich nur noch beobachtet und hatte schreckliche Angst um Lisa. In letzter Zeit war überhaupt kein normales Leben mehr für ihn möglich gewesen. Alpträume und Panikattacken waren sein täglicher Begleiter geworden und gegessen hatte er auch fast nichts mehr, da er sich danach ständig übergeben musste. Frank Vogt war deshalb sogar froh darüber, dass jetzt bald alles vorbei war.

Der Familie fiel er nur noch zur Last. Nicole und die Kinder wussten ja nicht, wie es um ihn stand. Noch ein Stückchen weiter in die Mitte rudern, dachte er, dann würde er eine gut geschützte Position erreicht haben. Er hielt an und legte die Ruder ins Boot. Ein Anker auszuwerfen, hielt er auf dem ruhigen See nicht für nötig. Er atmete noch einmal tief durch und begann mit den Vorbereitungen. Dafür holte Frank Vogt jetzt zuerst seinen Rucksack unter der Ruderbank hervor und stellte ihn vor sich. Er hatte statt des geforderten Steins lieber seine Sporthanteln, mit denen er sonst auch im Urlaub Frühsport machte, in seinen Rucksack gepackt. Den so gefüllten Rucksack wollte er sich dann umbinden, bevor er ins Wasser springen würde.

Traurig schaute er ein letztes Mal in den Himmel. Er zitterte jetzt schon am ganzen Körper, obwohl er noch saß. Wahrscheinlich hatte er einen Sonnenstich, schließlich war er den ganzen Tag bei der Bruthitze unterwegs gewesen.

Aus der Ferne hörte er plötzlich ein Hubschraubergeräusch näherkommen. Frank Vogt schaute erneut nach oben, konnte aber nichts erkennen. Wozu auch, dachte er. Lisa oder ich, da habe ich wirklich keine Wahl.

Aufgeschreckt durch den herannahenden Hubschrauber schrien jetzt die Rohrdommeln im Schilf auf ihre unnachahmliche Art. Als würden diese Vögel ihn antreiben wollen, es endlich hinter sich zu bringen. Ja, es wird Zeit, dachte er und stand auf. Der Kahn schwankte dabei etwas. Frank Vogt machte einen wackeligen Schritt nach vorn, um sich nach seinem mörderischen Gepäck zu bücken. Fahrig und aufgeregt wie er war, blieb er dabei mit dem Fuß im Rucksackträger hängen und fiel mit Schwung der Länge nach hin. Er spürte als Letztes noch, wie seine Stirn auf die Holzkante des Ruderkahns aufschlug. Dann wurde ihm schwarz vor Augen.

34. Kapitel

Christin war gerade aufgewacht. Wie lange hatte sie denn hier schon geschlafen? Was waren das überhaupt für Sachen, die sie anhatte? Diesen hochwertigen weißen Seidenpyjama kannte sie gar nicht. So etwas konnte sie sich überhaupt nicht leisten. Christin schlief eigentlich meistens in zu großen Baumwollshirts. Oft in denen ihres Freundes Niklas. So hatte sie ihn wenigsten bei sich, wenn sie sich mal wieder wochenlang nicht treffen konnten. Ach Niklas, dachte Christin traurig, was ist bloß mit uns passiert?

Christin rekelte sich jetzt langsam aus ihrer Zudecke und setzte sich auf die Bettkante. Ihre Arme und Beine waren schwer wie Blei. Sie hatte das Gefühl, hundert Jahre geschlafen zu haben, so wie Dornröschen. Christin musste lachen. Was war das für eine alberne Sentimentalität von ihr! Wo war sie denn nun wirklich? Christin schaute sich um. Ihr Blick blieb an der hohen stuckverzierten Decke und der stoffdurchwirkten Tapete hängen. Das musste eine Villa aus den 19. Jahrhundert sein, dachte sie. Bodentiefe Sprossenfenster im Erker des großzügigen Zimmers ließen die Sonne durch luftige Vorhänge blinzeln. Ihr Bett hatte einen Himmel und auf dem Nachtschränkchen standen tatsächlich Rosen. Es waren gefüllte, lachsfarbene Rosen mit besonders intensivem Duft, die Christin sehr mochte. Davor lag ein gefaltetes Kärtchen auf dem mit goldener Schrift stand: »Willkommen Christin! Ich freue mich auf dich.«

Eine Unterschrift gab es nicht. Christin war nun schlagartig richtig wach geworden und sprang auf. Mit nackten Füßen rannte sie über den Holzfußboden zum Fenster und schob die Gardine beiseite. Unten erblickte sie einen Parkplatz auf dem zwei Luxuslimousinen standen. Der gesamte Hof war von einem hohen Metallzaun umgeben. Überall hingen Kameras. Die Zufahrt zu dem Anwesen verlor sich schnell in einem dichten Wald. Sie war gefangen! In einem goldenen Käfig, stellte Christin mit Schrecken fest.

Christin versuchte sich daran zu erinnern, was sie als Letztes gemacht hatte. Es fiel ihr schwer, aber sie zwang sich, ihre Gedanken zusammenzunehmen. Sie war mit Markus zur Erholung an einen Badesee bei Berlin gefahren. Sie waren irgendwie beide sehr weit geschwommen, erinnerte sich Christin. Ihr waren die Kräfte ausgegangen. Jetzt kamen die fehlenden Bilder zurück: Christin hing auf Markus Rücken, er war dann mit ihr weitergeschwommen. Oder war sie zum Schluss doch allein im Wasser gewesen? Aber was war danach passiert? Hatte Markus sie gerettet? Christin hatte große Erinnerungslücken an das letzte Geschehen im See. Sie wusste nur noch sicher, dass Markus mit ihr auf eine Insel schwimmen wollte.

War das hier die Insel? Nie und nimmer, dachte sie. Die Insel war nicht bewohnt, sondern nur ein kleiner bewaldeter Fleck mitten auf dem See. Das hatte

Markus selbst gesagt und vom Badestrand aus, sah man es auch. Er schien die Insel zu kennen. Diese imposante Villa, in der sich Christin gerade befand, stand bestimmt nicht dort.

Christin ging zur Zimmertür und drückte die Klinke. Die Tür war abgeschlossen. Jetzt bekam sie Angst. War sie tatsächlich eine Gefangene?

Neben ihrem Bett entdeckte sie noch eine Tür. Vielleicht war die ja offen, hoffte Christin. Enttäuscht musste sie feststellen, dass es nur der Zugang zu einem luxuriösen kleinen Badezimmer war. Na wenigstens konnte sie auf die Toilette gehen und sich frisch machen, tröstete sich Christin. Jetzt sah sie auch, dass auf einem Bügel im Bad ein elegantes knielanges rotes Sommerkleid hing und auf dem Hocker hochwertige Spitzenunterwäsche in ihrer Größe lag.

Wieder befand sich daneben eine gefaltete Karte mit goldener Schrift beschrieben: »Für dich, meine Prinzessin! Schuhe findest du im Schrank.«

Was sollte das bloß alles? Christin schaute in den Spiegel. Sie sah sehr blass aus und hatte tiefe Augenringe. Das kam bei ihr selten vor.

Irgendetwas war mit ihr passiert, ängstigte sich Christin. Und der ganze Luxus in dem Zimmer konnte sie nicht darüber hinwegtäuschen, dass sie dort gefangen war. Tränen der Ungewissheit und Angst rannen über ihr Gesicht. Sie nahm ein flauschiges weißes Handtuch und schnäuzte kräftig hinein. Dann warf sie es wütend in die Dusche. Sie wollte das hier alles nicht. Sie wollte nach Hause. Wo war Markus? Hatte er das alles inszeniert? Christin konnte es sich eigentlich nicht vorstellen. Aber was wusste sie schon über ihr Modell? Eigentlich fast nichts und trotzdem hatte sie sich etwas in ihn verliebt. Das musste sie zugeben.

Auf einmal klopfte es an der Tür. Christin ging schnell wieder aus dem Bad heraus. Ihr Herz hüpfte vor Aufregung.

»Ja, herein bitte! Wo bin ich hier?« , rief sie noch im Laufen.

Dann sah sie, wie ein Brief unter der Zimmertür durchgeschoben wurde. Christin nahm die Botschaft an sich und setzte sich erst einmal in einen der zwei Sessel von der Sitzgruppe unterm Fenster. Mit fahrigen Fingern schob sie den unverschlossenen Briefumschlag auf und riss den Inhalt heraus.

Auf dem dreifach gefalteten Papier stand, wie schon gewohnt, mit der goldfarbenen Schrift geschrieben: »Liebe Christin, ich hoffe du hast dich schon eingelebt. Bei mir wird es dir an nichts fehlen. Vergiss bitte Markus. Er lebt nicht mehr. Seine Zeit war abgelaufen. Aber glaube mir, du wirst ihn nicht vermissen. Ich erkläre dir bald alles persönlich. Bitte kleide dich an für deinen Empfang, Prinzessin.« Auch diese Nachricht an Christin trug keine Unterschrift.

Christin saß wie vom Blitz getroffen da. Sie weinte. Markus sollte tot sein? Wie denn und warum? Sie griff nach der Karaffe auf dem Tisch und goss sich ein Wasser ein. Langsam aufsteigende Wut mischte sich unter ihre Trauer. Was wurde hier mit ihr gespielt? Wer war der Unbekannte? Was hatte er mit Markus gemacht? Hatte er ihn umgebracht? Christin zitterte am ganzen Leib, aber sie ahnte, dass sie sich wohl fügen musste, um zu erfahren, wer der Unbekannte war. Mit schleppenden Schritten ging sie deshalb zurück in das Badezimmer. Das blutrote Kleid auf dem Bügel kam ihr wie eine schlechte Prophezeiung vor. Angewidert streifte Christin die schwarze Spitzenunterwäsche über und zog anschließend das Kleid an. Dann verstrubbelte sie sich ordentlich die Haare und band sie nur lose zusammen. Christin nahm auch nichts von der Kosmetik, die bereitstand. Ihr Entführer sollte auf keinen Fall den Eindruck haben, dass sie sich für ihn schön machen würde. Die Schuhe zog sie auch nicht an. Sie lief sowieso am liebsten barfuß. Das Kleid musste sie ja wohl oder übel überziehen, denn schließlich wollte sie dem Unbekannten nicht in der Reizwäsche oder im Pyjama gegenübertreten.

So halbwegs zurecht gemacht, ging Christin voller Angst, aber entschlossen sich zu wehren, wieder an die Tür. Sie rief so selbstbewusst wie es ihr in diesem Moment möglich war: »Ich bin fertig! Ich will jetzt wissen, wo ich bin und was mit Markus passiert ist! Sofort aufmachen!«

Christin hämmerte zur Untermauerung ihrer Entschlossenheit wie wild mit ihren zarten Fäusten solange gegen die Tür, bis ihre Knöchel schmerzten. Doch niemand meldete sich. Verzweifelt setzte sie sich wieder an den Tisch vor dem Fenster und starrte teilnahmslos an die Decke. Plötzlich klopfte es. Christin schreckte auf. »Herein!« , rief sie vorsichtig. Die Tür ging auf und

Christin war froh, dass sie schon saß.

35. Kapitel

Niklas Lux konnte es kaum glauben. Frank Vogt war gefunden worden und zwar lebend! Der Maler war so glücklich und jetzt hatte er auch wieder dieses Gefühl von großer Befriedigung und Dankbarkeit über seinen Beruf als Privatdetektiv. Eine Arbeit, für die es sich lohnte, die Strapazen und persönlichen Entbehrungen auf sich zu nehmen. Wenn er in die Gesichter von Nicole Vogt und den Kindern schaute, bei denen die Angst und Anspannung einer großen Erleichterung gewichen war, dann wusste er, es hatte sich gelohnt.

Heute sollte auch noch Sandra Hoffmann, die Mutter von Marie und Vincent, zur Anglersiedlung kommen, um ihre beiden Teenager abzuholen. Nachdem sich die Ereignisse so wie jetzt absehbar entwickelt hatten, war klar, dass es keinen Grund mehr gab, die Ehefrau von Michael Hoffmann weiter in Untersuchungshaft zu behalten. Auch dieser Familie hatte der Maler also geholfen und seinen Auftrag erfüllt, denn er konnte die Unschuld von Sandra Hoffmann beweisen.

Die Aufklärung des Mordes an Kerstin Klein musste der Maler zugegebenermaßen zu einem nicht unerheblichen Teil dem Bademeister Clasen zurechnen. Leider lag der Student Benny im Koma und war nicht so glimpflich davongekommen wie der Glückspilz Jürgen Clasen, dem das verliebte Pärchen zur Flucht verholfen hatte, dachte der Maler traurig.

Jürgen Clasen war gerade mit einem Beamten nach Berlin gefahren, zu einer Gegenüberstellung mit seinem, inzwischen gefassten Entführer. Die Stimme würde er jederzeit wiedererkennen, behauptete der Hobbydetektiv Clasen.

Der Verdächtige wurde heute von der Polizei gefasst, als er, wie erhofft, ahnungslos in seinen Bootsschuppen zurückkam. Der Observierte schaute nur kurz oben im Dachzimmer nach. Als er niemanden mehr vorfand, dachte er sicher, dass sein »Problem« beseitigt worden war. So, wie in dem von Jürgen Clasen belauschten Telefonat abgesprochen worden war. Aber da hatte er sich verrechnet! Als ihn dann zu seiner Überraschung die Beamten auf dem Dachboden des Schuppens festnahmen, flippte er völlig aus und lieferte mit seinen Flüchen gleich selbst den Beweis, dass er wirklich der Entführer des Bademeisters war. Später widerrief er dann seine Aussage und behauptete, nichts davon zu wissen und unter Drogen zu stehen. Er schrie nach seinem Anwalt und erklärte, dass alles ein Riesenmissverständnis wäre. Doch es nutze nichts, er wurde verhaftet und zum Verhör nach Berlin gebracht. Zu seiner Identität machte er den Beamten wohl sehr widersprüchliche Angaben, so hatte es der Maler aus einer polizeiinternen geheimen E-Mail erfahren. Der Account war ihm zugänglich gemacht worden, nachdem Frieda dafür gesorgt hatte.

Bei der Durchsuchung des Schuppens des Verdächtigen hatten die Beamten mehrere Ausweise mit verschiedenen Namen und einen Reisepass, sowie Aufenthaltsdokumente für Spanien gefunden. Anhand der darin befindlichen spanischen Identifikationsnummer ermittelten die Beamten, dass der Verdächtige schon über zehn Jahre seinen Hauptwohnsitz auf der Kanareninsel Fuerteventura hatte. Gerade wurde beim BKA versucht, seine wahre Identität von den spanischen Behörden herauszubekommen.

Als Niklas Lux diese Informationen von der

Auswanderung las, dachte er sofort an den ermordeten Richy. Nicht nur, dass Richy auch Mitglied der Schwimmgruppe war, er war ja ebenfalls nach Spanien, genauer gesagt auf die Ferieninsel Fuerteventura ausgewandert. Vielleicht konnte der Maler Gabi Seiler auch bald eine Erklärung für die schrecklichen Geschehnisse geben. Das machte ihren Lebensgefährten Richy zwar nicht wieder lebendig, aber es brachte etwas Ruhe und Gewissheit in das Leben von Gabi Seiler.

Während Niklas Lux von der Anglersiedlung aus in Richtung Berlin fuhr, dachte er weiter über den mutmaßlichen Serienmörder nach. Der Entführer von Jürgen Clasen schien ihm definitiv der Serienkiller zu sein, da war sich der Maler mit den Beamten einig. Es würde eine Zeit dauern, aber man würde es ihm beweisen, auch ohne Geständnis. Doch wo war sein Motiv? Wer war dieser Mensch, der so kaltblütig einen nach dem anderen aus einer harmlosen, ehemaligen Schwimmlerngruppe ermordete? Zwei der Mitglieder hatte er sogar in den Selbstmord getrieben. Zum Glück war Frank Vogt, kurz bevor es zu spät war, gerettet worden. Die Besatzung des Hubschraubers hatte ihn leblos in einem Kahn liegend vorgefunden. Die Wasserrettung war sofort zu ihm gefahren und außer einer Platzwunde und einer ordentlichen Gehirnerschütterung hat er keine körperlichen Schäden davongetragen. Zur Sicherheit soll er noch ein paar Tage im Krankenhaus verbleiben, da sein Allgemeinzustand noch sehr schlecht war. Niklas Lux wollte ihn dort so schnell wie möglich besuchen.

Jetzt würde der Maler aber erst einmal in Berlin den Verdächtigen befragen. Als Sonderermittler hatte er dazu die Berechtigung bekommen. Niklas Lux wollte das Motiv knacken. Er ahnte, dass es mit der Freischwimmergruppe zu tun haben musste. Der Verdächtige hatte ja am Telefon geäußert, er töte keine Unschuldigen. Das hatte den Maler aufmerksam werden lassen. Wessen hatten sich denn diese Schwimmer schuldig gemacht, damals oder in ihrem späteren Leben? Und warum hatte sich ein Junge aus der Schwimmgruppe kurz nach Beendigung des Freischwimmerkurses umgebracht? Er hielt doch, ebenso wie die anderen, stolz seine Urkunde auf dem Foto hoch. Die Nachforschungen zum schon dreißig Jahre zurückliegenden Selbstmord des Kindes hatte Frieda parallel angeschoben und Niklas Lux wartete stündlich auf die Ergebnisse. Bekannt war nur, dass die Eltern nicht mehr lebten und der Bruder sich im Ausland aufhielt.

Außerdem sprach der Bademeister Clasen von einem Deal, den sein Entführer mit irgendjemanden am Telefon hatte, der sogar im Gegenzug bereit gewesen war, Jürgen Clasen zu beseitigen. Welche Helfer hatte der Mörder also? Wer unterstützte ihn und welche Gegenleistung erbrachte der Verdächtige dafür? All das wollte Niklas Lux herausbekommen. Bisher schwieg der Verdächtige allerdings eisern und der Maler machte sich nicht die allergrößten Hoffnungen.

Man müsste mehr über den Mörder wissen, seine Schwachstellen ausloten, dachte er. Hoffentlich bekam Frieda etwas zur Identität des Verdächtigen heraus, bevor der Maler mit ihm gesprochen hatte. Dann konnte er vielleicht in der Befragung bei etwas Persönlichem ansetzen.

Bei aller Euphorie darüber, dass der Täter gefasst worden war, konnte Niklas Lux den Umstand, dass Christin nach wie vor verschwunden war, nicht länger verdrängen. Er hatte auch bereits die Kollegen in Berlin informiert, die Christin in die Vermisstensuche mit aufnahmen. Der Maler konnte glaubhaft machen, dass es nicht darum ging, dass seine Freundin mit einem Anderen durchgebrannt war und sich nur verleugnete. Nein, sie war spurlos verschwunden und der vermeintliche Nebenbuhler war tot, er war sogar ermordet worden. Das machte dem Maler die größten Sorgen. Er hatte riesige Angst um Christin und davor, dass ihr etwas Schlimmes zugestoßen war.

36. Kapitel

Christin glaubte ihren Augen nicht zu trauen, als Markus plötzlich in der Tür stand. Er lebte! Gott sei Dank, dachte sie, der Entführer hat mich in seinem Brief also angelogen. Aber warum?

»Christin!« , rief Markus sofort freudig erregt, während er das Zimmer betrat. Er stürzte auf die immer noch völlig überraschte Christin zu und hob sie aus dem Sessel in seine Arme. »Endlich!« , sagte er, »Endlich können wir zusammen sein.«

»Aber« , Christin stockte, »ich dachte, du wärst tot.

Wo ist der Besitzer des Hauses?«

»Der ist verreist. Ich habe das Haus von ihm gemietet. Er stellt es hin und wieder auch für Fernsehproduktionen zur Verfügung.«

»Spielen wir in einem Film mit?« , fragte Christin erstaunt.

»Ja, wie man es nimmt. Es ist unser Film, mein Engel. Und gerade sind wir beim Happyend.«

Christin schaute Markus nur ungläubig an. »Ich verstehe kein Wort, Markus. Bitte erkläre mir alles der Reihe nach! Wie bin ich hierhergekommen und warum stand in dem Brief, dass Markus tot ist?«

»Weil es stimmt. Es gibt Markus wirklich nicht mehr. Er wird nicht mehr benötigt. Er war nur meine Hülle. Aber du hast ja selbst gesagt, es geht dir um den Menschen dahinter und nicht um meine Narben.«

In diesem Moment zog sich Markus die Maske vom Gesicht und warf sie in eine Ecke des Zimmers.

»Siehst du! Glaubst du es jetzt? Markus hat ausgedient, mein Engel!«

Christin wurde übel, sie schwankte und glitt in den Sessel. »Wer bist du dann?« , presste Christin voller Entsetzen hervor.

»Ich nenne mich Wolf.«

»Wolf!« , schrie Christin. »Der Wolf?«

Wolf grinste vielsagend über sein ganzes, noch mit Maskenpuder benetztes Gesicht.

Jetzt wurde Christin einiges klar. Sie kannte das angefangene Ölgemälde mit dem Wolf aus Niklas Atelier und die Verbrechen bei denen Wolf im Hintergrund agiert hatte, waren ihr aus leidvoller persönlicher Erfahrung bestens bekannt. Christin war schockiert. Sie hatte für diesen Menschen Sympathie empfunden! Ja sogar mehr als das! Sie hatte für ihn ihre Beziehung zu Niklas in Frage gestellt! Christin wusste nicht, wohin mit ihren Gefühlen. Angst und Ekel mischten sich mit unbändiger Wut auf sich selbst, auf ihre Dummheit und Naivität. Aber ihre Gefühle zu Markus waren echt und die Beziehung zu Niklas war schon vorher brüchig gewesen. Was musste sie sich also vorwerfen? Sie wusste es nicht und war nur noch verzweifelt. Wie sollte sie hier bloß wegkommen?

Wolf streichelte ihr über die Schulter. Sie stieß ihn energisch weg.

Er versuchte sie zu beruhigen: »Christin, ich verstehe, dass du im Moment verschreckt bist. Vielleicht bist du sogar böse auf mich, wegen meiner Maskerade. Aber wie sollte ich an dich herankommen? Vom ersten Moment an, als ich dich sah, hatte ich mich in dich verliebt. Es war ein hartes Stück Arbeit, dich kennenzulernen. Das Projekt kam mir da wie gerufen. Ich habe den besten Maskenbildner engagiert, um authentisch auszusehen. Sogar die Konsistenz und der Geruch meiner Maske waren echter menschlicher Haut zum Verwechseln ähnlich. Wir waren uns ja schon sehr nahe und du hast nichts gemerkt. Du konntest mich also kennenlernen, wie ich bin, ohne von meinem Aussehen beeinflusst zu werden. Denn ich glaube, ohne Maske, kann ich mich erst recht sehr gut sehen lassen. Sei doch froh darüber! Ich lege dir meine Welt zu Füßen und du wirst wie eine Königin leben. Ich werde deine Kunst, mit allen Mitteln die ich habe, fördern. Ich habe selbst unzählige Kunstwerke in meiner Sammlung, von alten Meistern bis zu jungen Experimentellen. Alles was wertvoll ist und Rang und Namen hat, kannst du in meinem Haus im Original bewundern. Hier, schau dir die Bilder von meinem bescheidenen Domizil an! Dagegen ist diese Villa ein Gartenhäuschen, wenn auch wirklich hübsch gelegen. Das muss ich zugeben.«

Wolf hielt Christin jetzt ein paar Fotos unter die Nase. Sie erkannte darauf deutlich auch Bilder von ihrem Freund Niklas. Sie zeigte mit dem Finger darauf und sagte: »Die kenne ich.«

»Ein aufstrebender Stern, der Maler« , antwortete Wolf und es klang verächtlich. »Na ja, alle haben mal klein angefangen. Ich fördere eben auch neue Talente.«

»Niklas ist kein neues Talent! Er ist ein anerkannter Künstler!« , widersprach Christin wütend.

»Und ich will jetzt sofort nach Hause!«

»Natürlich, mein Liebling, das verstehe ich. Schon morgen früh fliegen wir los zu unserem gemeinsamen Zuhause. Mein Privatjet steht schon bereit. Deine Handtasche habe ich nach unserem Badeausflug an mich genommen. Außerdem habe ich aus deiner Wohnung Papiere und Dinge holen lassen, die dir vielleicht wichtig sind. Du siehst also, es ist alles vorbereitet für dein neues Leben.«

Christin schaute entgeistert auf Wolf. Der schien es tatsächlich ernst zu meinen. Natürlich! Christin nannte sich im Geheimen eine dumme Gans. Sie wusste doch, dass Wolf vor nichts zurückschreckte. Der würde seinen Plan durchziehen. Sogar Niklas hatte großen

Respekt vor ihm. Er vermutete, dass Wolf jemand aus seiner Vergangenheit sein könnte, von der er Christin ja nie etwas erzählt hatte. Sie konnte nur hoffen, dass Niklas nach alldem, was passiert war, noch einen Rest Liebe für sie empfand und nicht aufhören würde, sie zu suchen.

37. Kapitel

Niklas Lux hatte den Verdächtigen kurz begrüßt und saß ihm nun genau gegenüber. Dieser Mann sollte der vermeintliche Mörder sein, der einfach so im Wasser Menschen tötete, die nur in Ruhe baden, schwimmen, oder angeln wollten.

Zum Glück hatte ihm Frieda rechtzeitig vor der Befragung mitgeteilt, was der Maler schon vorher vermutet hatte: Der Verdächtige war der ältere Bruder des Jungen aus der damaligen Schwimmgruppe, welcher sich bald nach Ende des Kurses das Leben genommen hatte.

Bisher hatte der Mörder nicht gestanden, obwohl die Beweise erdrückend waren, aber nun gab es auch ein Motiv. Das älteste der Welt – es war Rache. Niklas

Lux wollte den Verdächtigen damit konfrontieren. Um den späten Rachefeldzug dieses Mannes wirklich zu verstehen, bedurfte es einer genauen polizeipsychologischen Aufarbeitung. Diese konnte und wollte Niklas Lux jetzt nicht leisten. Er verfolgte eine andere Strategie. Denn am meisten interessierte ihn, welche Helfer der Mörder hatte und wie er seine Opfer dazu gebracht hatte, plötzlich unterzugehen, obwohl sie alle gute Schwimmer gewesen waren. Es gab Mitwisser und Mittäter, da war sich der Maler sicher, denn Jürgen Clasen hatte von einem Deal berichtet. Dieser war nicht mehr eingelöst worden, da der Bademeister vorher ja mit viel Glück befreit worden war.

Der Maler wandte sich jetzt an den Verdächtigen: »Herr Holzfeld, ich bin Niklas Lux und arbeite als Privatdetektiv im Auftrag von Angehörigen der Opfer. Sie werden des mehrfachen Mordes, schwerer Körperverletzung und der Entführung verdächtigt.«

Sein Gegenüber schaute nur stumm ins Leere. Der Maler legte seinen Skizzenblock vor sich. Er hatte schon einige Striche vorgezeichnet und seine Fragen wie immer oben am Rand platziert.

»Herr Holzfeld, ich weiß, dass Sie beschlossen

haben zu schweigen. Das ist Ihr gutes Recht. Ich lege Ihnen aber nahe, sich wieder anwaltlichen Beistand zu nehmen. Wie ich hörte, haben Sie Ihrem Anwalt das Mandat entzogen.«

Es erfolgte wieder keine Reaktion des Angesprochenen.

Niklas Lux wollte jetzt vorankommen und begann direkt mit seinen Fragen. Er konfrontierte den Mann deshalb als Erstes mit dessen mutmaßlichen Motiv: »Herr Holzfeld, es tut mir sehr leid, was damals mit ihrem kleinen Bruder passiert ist. Aber wessen haben sich die Teilnehmer des Freischwimmerkurses vor so langer Zeit schuldig gemacht? Warum glauben Sie, hatten diese jetzt den Tod verdient?«

Nun kam Bewegung in das Gesicht des so direkt Angesprochenen. Die kalt blickenden Augen des großen sportlichen Mannes bewegten sich kurz hintereinander auf und zu, wie bei einem nicht steuerbaren Blinzeln. Er stoppte die Ticks indem er seine Augen zu Schlitzen zusammenzog. Dann presste er wütend durch seine Lippen: »Weil die schuld sind.«

Der Maler zeigte ehrliches Mitgefühl und fragte nach: »Das war sicher alles sehr schlimm für Sie, Herr

Holzfeld. Aber es waren damals Kinder. Und es gab einen Schwimmlehrer, an den Sie sich hätten wenden können, wenn es Probleme gegeben hat. Was ist passiert? Erzählen Sie mir, was Sie seit so vielen Jahren quält!«

Der Verdächtige schwieg immer noch. Niklas Lux überlegte, was er falsch gemacht hatte. Warum verschloss sich sein Gegenüber so plötzlich wieder? Offensichtlich wollte der Mann nicht über seine Beweggründe reden. Man würde auch Frank Vogt noch einmal befragen müssen, wenn es ihm wieder besser ging. Vielleicht wusste der, was damals im Schwimmunterricht vorgefallen war. Er war ja quasi der einzige Überlebende der Gruppe. Während Niklas Lux über die Motive des mutmaßlichen Täters grübelte, begann dieser auf einmal, von ganz alleine zu reden: »Herr Lux, sind Sie ein Maler? Oder nennen Sie sich nur so?«

»Wie kommen Sie darauf?« Niklas Lux antwortete gleich mit einer Gegenfrage.

»Sind Sie nun?« Der Mann wurde ungeduldig.

»Ja, ich bin es« , sagte der Maler, denn er wollte die plötzliche Zugänglichkeit des Mannes nicht wieder verlieren.

Der verdächtige Holzfeld fuhr fort: »Dann habe ich etwas für Sie. Ich sehe nämlich nicht ein, dass ich jetzt alles allein auslöffeln soll, nur weil andere ihre Aufgaben nicht richtig erledigt haben. Nur deshalb ist der perfekte Plan schief gegangen! Ich habe viel Geld dafür bezahlt. Fast meinen ganzen Lottogewinn.« Niklas Lux horchte auf, zwang sich aber, den einmal ins Reden gekommenen Holzfeld nicht zu unterbrechen. Der fuhr auch schon fort: »Wenn ich auf Ihre Unterstützung hoffen kann, Herr Lux, sage ich Ihnen, warum ich weiß, dass Sie der Maler sind. Es geht um Jemanden, der Ihnen wohl sehr nahesteht.«

Der mutmaßliche Mörder Holzfeld versuchte, dem Maler also Zugeständnisse abzuringen. Niklas Lux dachte, dass dem Wahnsinnigen sicher nicht klar war, dass er hier nicht in der Position war, Forderungen zu stellen. Trotzdem versprach er es ihm: »Ich werde sehen, was ich für Sie tun kann. Es kommt auf den Wert der Informationen an, die Sie mir liefern. Sie wissen ja, ich möchte herausbekommen, wer Ihre Helfer waren. Sie, Herr Holzfeld, sind sowieso überführt. In Ihrer Situation kommt es auf jeden Pluspunkt an, den Sie sammeln, wenn Sie die Polizei bei den Ermittlungen unterstützen.«

»Ja, das habe ich verstanden.«

»Sie könnten jetzt auch gleich ein vollständiges Geständnis ablegen, dann hole ich noch jemanden dazu.«

»Was soll ich denn gestehen? Sie wissen doch sowieso schon alles.«

Der Maler überlegte. Er wollte jetzt keine Unterbrechungen riskieren, solange Holzfeld noch nicht alles gesagt hatte: »Gut, dann geben Sie mir die Informationen, die Ihnen so wertvoll erscheinen, dass sie sich strafmildernd auswirken könnten!«

Der Verdächtige nickte und trank erst einmal von dem bereitstehenden Wasser. Fast schien er erleichtert zu sein, nun endlich alles loswerden zu können. Niklas Lux konnte sein Gegenüber irgendwie nicht so richtig einordnen. So eiskalt, wie die Ausführung seiner Taten gewesen war, schien Holzfeld doch nicht zu sein. Ihm war es ja auch wichtig, dass er nach seinem eigenen Schuldverständnis keine Unschuldigen auf dem Gewissen hatte.

Der Maler lockte ihn damit aus der Reserve: »Herr Holzfeld, Sie wollen doch nicht, dass Unschuldigen etwas passiert. Also los, raus mit der Sprache!«

»Nein, das will ich nicht. Deshalb will ich Ihnen vorher die Schuld der Teilnehmer des Freischwimmerkurses erklären. In meinen Augen haben diese sechs Kinder und Jugendlichen meinen kleinen Bruder Andreas in den Tod getrieben. Klein und schmächtig wie er war, er kränkelte als Kleinkind sehr, hatte er auch beim Schwimmen Probleme. Der sechswöchige Kurs mit fremden Kindern aus der Umgebung schien meinen Eltern das Richtige zu sein. Dort würde mein Bruder nicht auf seine Klassenkameraden treffen, die ihn mobbten, wo sie nur konnten. Andreas war zuerst auch mit Begeisterung im Kurs dabei. Doch dann ließ der inzwischen verstorbene Schwimmlehrer meinen Bruder gegen das kleine Mädchen schwimmen. Die war aber die Schnellste, ein richtiges Talent. Aus der wurde ja später eine Leistungsschwimmerin. Von da an war Andreas zum Gespött der Gruppe geworden und er nahm es sich eben mehr zu Herzen, als andere Kinder. Als dann die Tauchübungen begannen und er sich nicht traute, in die Tiefe zu tauchen, wurde er unter Wasser gedrückt. Wenn der Lehrer nicht hinschaute, machte jeder von den Bastarden mal mit. Das hat er mir weinend nach dem Unterricht erzählt, wenn ich ihn abgeholt habe. Andreas hat die Freischwimmerprüfung auch nicht vollständig bestanden. Er bekam trotzdem vorerst eine Urkunde, damit er nicht traurig war. Aber die Tauchprüfung musste er noch nachholen. Er übte deshalb wie verrückt, während unseres Campingurlaubs am See. Aber irgendwie schaffte er es nicht, unter Wasser zu bleiben. Er erreichte nie den Grund in der erforderlichen Tiefe. Eines Morgens lief er, von uns völlig unbemerkt, zum See. Dort stürzte er sich mit einem Stein, den er sich in einem Jutebeutel umgebunden hatte, vom Badesteg in das Wasser.«

Der verdächtige Mörder Holzfeld hatte dicke Schweißperlen auf der Stirn bekommen, während er erzählte. Mit zitternden Händen hielt er das Glas Wasser, welches der Maler ihm frisch eingegossen hatte.

»Herr Holzfeld, gab es denn einen Abschiedsbrief?«

»Nein.«

»Könnte es nicht sein, dass ihr Bruder einfach nur üben wollte, den Grund zu erreichen damit er die Tauchnorm schaffte?«

»Das glaube ich auf keinen Fall. Andreas war ängstlich und sicher auch unsportlich, aber er war nicht blöd. Den Beutel hatte er sich so umgebunden, dass er ihn unter Wasser nicht abbekommen konnte. Es hieß auch von Seiten der Polizei, er habe sich selbst getötet.«

Die Antwort des Mannes kam mit solcher Entschlossenheit, dass der Maler erschrak und lieber schnell weiterfragte, bevor der Verdächtige sich wieder abschotteten würde.

»Warum haben Sie sich erst so viele Jahre später an den von Ihnen beschuldigten Kindern gerächt?«

»Ich hatte vorher keine Möglichkeit. Mir war immer klar, dass die den Tod verdient hatten, genau wie der Schwimmlehrer. Aber der starb schon von allein vor zehn Jahren. Ich war nach dem schrecklichen Freitod meines Bruders lange in psychologischer Behandlung. Nachdem meine Eltern auch noch sehr früh verstarben, verlor ich jeglichen Halt. Später wanderte ich nach Fuerteventura aus. Hier arbeitete ich als Tauchlehrer und kam endlich zur Ruhe. Die Rachegedanken verflogen ein wenig. Doch dann traf ich auf der Kanareninsel zufällig den großmäuligen Olaf Reich aus dieser verdammten Schwimmgruppe. Alles brach wieder auf. Ich erkannte ihn sofort. Ich hatte meinen Bruder Andreas ja immer vom Schwimmunterricht abgeholt. Auch später hatte ich die Bastarde aus dem Kurs von damals nie ganz aus den Augen gelassen. Ich habe zwischendurch schon verschiedene Plänegeschmiedet und wieder verworfen. Erst der Kontakt zu einer geheimen Organisation gab mir die Möglichkeit, alle gleichzeitig innerhalb kurzer Zeit bestrafen zu können. Ein Mittelsmann hat mir einen richtigen Strafenkatalog vorgelegt, aus dem ich mir etwas aussuchen konnte. Und ich sage Ihnen, ich habe noch im milden unteren Bereich gewählt! Das nicht nachweisbare Gift für die kurzzeitige Lähmung vor dem Ertrinken haben die mir auch besorgt. Die Spritzen waren so klein, dass die Einstichstellen nicht auffielen. Für mich als Sporttaucher war es nicht schwer, die Nadeln bei den Schuldigen anzusetzen.«

Niklas Lux hielt den Atem an. Der Begriff »Strafenkatalog« kam ihm aus seiner Internatszeit bekannt vor. Damit konnte der Maler nur eine hochmanipulative Person in Verbindung bringen, von der er glaubte, dass diese sich jetzt Wolf nannte. Im Schutze einer Verbrecherorganisation praktizierte Wolf seine ganz eigene Auslegung von Recht und Gesetz. So wie er es schon viel früher im Internat begonnen hatte. Sollte sein alter Widersacher tatsächlich auch hinter den Morden im Wasser stecken? War er aus dem dunklen Netz wieder aufgetaucht? Jagte er alleine oder im Rudel? Der Maler hatte so viele Fragen. Diese konnte er dem Verdächtigen natürlich nicht stellen.

Der Maler musste sich konzentrieren, denn Holzfeld fuhr bereits mit seinen Ausführungen fort: »Das hat mich alles fast den ganzen Lottogewinn gekostet. Aber Geld macht ja bekanntlich nicht glücklich. Ich dachte, wenn alle ihre gerechte Strafe erhalten haben, wäre ich das.«

»Und sind Sie es?« , fragte der Maler.

Der Mann schwieg.

»Herr Holzfeld, das ist alles so unwahrscheinlich grausam und kaum zu beweisen, was Sie da erzählen. Sie müssen die Hintermänner schon nennen, sonst glaubt Ihnen das kein Richter.«

»Mach ich doch! Natürlich nur, soweit ich etwas weiß. Das lief alles über dunkelste Kanäle im Netz ab. Oder glauben Sie irgendjemand hat sich mir persönlich gezeigt? Die arbeiten perfekt und präzise. Dachte ich jedenfalls. Doch die Polizei hat mich trotzdem gefasst. Deshalb gehe ich davon aus, dass die anderen sich nicht, wie versprochen, um meinen Gefangenen gekümmert haben. Ich hätte es lieber selbst tun sollen.«

Der Maler dachte, dass sich jetzt doch wieder zeigte, dass er einem skrupellosen, kaltblütigen Mörder gegenübersaß, trotz der tragischen Geschichte mit dessen Bruder.

»Wer wollte sich denn um Ihren Gefangenen kümmern, Herr Holzfeld?«

»Na der, für den ich so plötzlich eine Kurierfahrt machen sollte. Den habe ich auch gesehen und ich würde ihn wiedererkennen. Der hatte so viele Narben im Gesicht, der ist unverwechselbar.«

Markus!!! Durchfuhr es den Maler. Der Helfer des Mörders war Markus. Doch zugleich wurde der Maler stutzig. Markus war doch zu dem Zeitpunkt schon tot gewesen. Ganz sicher. Niklas Lux vergewisserte sich noch einmal bei seinem Gegenüber wegen des Zeitraums. Aber der blieb bei seinen Angaben. Es konnte also doch nicht Markus gewesen sein!

»Herr Holzfeld, welcher Art war denn Ihre Kurierfahrt?« , wollte Niklas Lux deshalb wissen.

»Ich habe ein schlafendes Dornröschen in meinem Boot gefahren und das Narbengesicht hat während der

Fahrt schon gierig auf seine Beute geschaut. Als ich fragte, wer das sei, antwortete er, das wäre die gefallene Braut des Malers. Dann lachte er so hämisch. Ich dachte bisher, dass sei ein Witz gewesen. Aber als ich Sie mit Ihrem Skizzenblock hereinkommen sah, hatte ich so eine Eingebung und auf dem Polizeiflur wurde vorhin außerdem getuschelt, dass irgendein Maler persönlich kommen würde. Deshalb habe Sie gefragt, ob Sie der Maler sind.«

Niklas Lux sprang über den Tisch und packte den verdächtigen Holzfeld am Kragen. »Sie sagen mir jetzt auf der Stelle, wohin Sie die beiden gebracht haben, sonst sorge ich persönlich dafür, dass Sie sich Ihr ganzes restliches Leben wünschen, mich nie gekannt zu haben!« , schrie er.

»Ja doch! Loslassen!« , jammerte der Mann, »Ich habe die beiden von einer Insel abgeholt und an das Ufer von einem am See gelegenen Waldgrundstück gefahren. In dem Wald steht wohl die Villa von einem Prominenten, wird gemunkelt.«

Der Maler bebte vor Wut und hatte große Mühe, sich wieder in den Griff zu bekommen. Er ließ sein Gegenüber wieder los.

»Herr Lux, äh Herr Maler, Sie denken aber an unsere Abmachung« , winselte Holzfeld.

»Ich denke gerade an nichts Anderes!« , log der Maler, »Sie werden mich und ein paar Beamte jetzt sofort dorthin führen! Dann sprechen wir weiter. Ich hoffe für Sie, dass der Frau nichts passiert ist.« Sicherheitshalber ließ sich Niklas Lux noch eine detaillierte Personenbeschreibung der Frau geben. Es war zweifelsohne Christin. Doch wer war das Narbengesicht, welches Holzfeld beschrieben hatte, wenn es Markus nicht sein konnte? Der Maler hatte eine schlimme Vorahnung. Er stürzte auf den Flur und alarmierte die Polizeibeamten. Hoffentlich kam die Rettung für Christin noch rechtzeitig.

38. Kapitel

Christin weinte in ihrem Zimmer in der Villa bittere Tränen der Ausweglosigkeit. Wohin würde Wolf sie verschleppen? Und was würde wohl mit ihr passieren, wenn sie sich weigerte? Wolf hatte das Zimmer inzwischen verlassen, damit sie, wie er sagte, erst einmal zu sich kommen konnte. Dann würde sie von ganz allein einsehen, dass sie mit ihm das große Los gezogen hatte, statt auf Niklas zu setzen, der sich sowieso nur um sich und seine Klienten kümmern würde. Christin sollte in Ruhe ihre Sachen für die morgige Abfahrt zusammenpacken. Es würde in aller Frühe losgehen. Wolf hatte ihr einige exklusive Kleidungsstücke und Designerschuhe bereitgelegt. Ihre Handtasche und ihre Papiere wollte er Christin erst am Ziel der Reise zurückgeben.

Als ob es darauf ankäme, dachte Christin wütend. Wenn sie könnte, würde sie auch ohne ihre Papiere fliehen. Zur Not auch nackt. Aber ihr Zimmer lag im 2. Stock der Villa. Es war zu hoch, um aus dem Fenster herauszuklettern und durch die vielen Kameras auf dem Grundstück würde Wolf ihre Flucht sicher sofort bemerken. Als Kind hatte Christin immer gern unsichtbar sein wollen. Sie wünschte sich nichts mehr als das. Aber es hatte nie geklappt. Natürlich auch jetzt nicht. Resigniert schleppte sich Christin zum Fenster und schaute traurig in Richtung Wald. Plötzlich vernahm sie ein leises Brummen, das zuverlässig immer lauter wurde. Sie verrenkte sich fast den Hals, um aus dem nur kippbaren Fenster etwas mehr zu erkennen. Aber sie konnte leider nicht sehen, aus welcher Richtung das

Brummen kam. Doch es musste ein Hubschrauber sein. Ja, ein Hubschrauber! Christin jubelte innerlich. Jetzt hörte sie es deutlich. Vielleicht hatte Niklas nach ihr gesucht und eine Spur zu Wolf aufgenommen. Er war doch so eifersüchtig auf Markus gewesen und hatte sich vielleicht Erkundigungen eingeholt und herausbekommen, wer Markus wirklich war. Doch es schien Christin etwas zu optimistisch, daran zu glauben. Aber Niklas suchte sie! Da war sie sich ganz sicher. Der Hubschrauber wurde lauter und schien jetzt direkt über dem Haus zu fliegen, freute sich Christin.

Während sie gerade ein wenig Hoffnung schöpfte, wurde auf einmal ihre Zimmertür aufgeschlossen und Wolf trat herein: »Christin, beeile dich bitte! Sammle deine Sachen zusammen oder lass sie von mir aus hier. Ich kaufe dir wieder neue. Aber es muss jetzt wirklich schnell gehen! Wir reisen in fünf Minuten ab.«

»Warum denn auf einmal so plötzlich? Du hast gesagt, wir fahren morgen zum Flughafen und fliegen dann mit deinem Privatjet.«

»Ja, das mag sein, aber ich habe es mir anders überlegt. Ich habe dringende Geschäftstermine und muss deshalb schon heute nach Hause.«

Christin ahnte, warum Wolf es auf einmal so eilig hatte und sie versuchte, Zeit zu gewinnen.

Sie umschmeichelte ihn: »Schau mich doch an Wolf! So wie ich aussehe, kann ich doch nicht mit zu dir kommen. So ungepflegt und ungekämmt. Ich gehe jetzt erst noch ins Bad. Ich möchte mir etwas Neues anziehen. Du hast dir soviel Mühe gegeben beim Aussuchen der schönen neuen Kleidung.«

Wolf zog Christin zu sich heran. »Ich finde, du siehst bezaubernd aus, so wie du bist« , raunte er ihr ins Ohr. Seine Hände streichelten über ihren Po und er drücke sie ganz fest an sich. »Ich habe schon so lange darauf gewartet« , flüsterte er erregt.

»Wie schön, dass du es dir anders überlegt hast. Es konnte doch nicht sein, dass du plötzlich nichts mehr für mich empfindest, nur weil ich keine Narben mehr im Gesicht habe.«

Christin musste sich zusammennehmen, um Wolf nicht anzuschreien und ihm auf den Kopf zuzusagen, wie widerlich seine Logik sei und wie sehr sie ihn verabscheute. Schließlich hatte er den Markus nur gespielt.

Aber Christin behielt die Nerven und hauchte ergeben zurück: »Du hast ja so recht, Wolf. Ich musste mich nur erst mit der neuen Situation anfreunden. Schließlich habe ich gedacht, du seist tot.« Sie schenkte Wolf bei ihren Worten einen unwiderstehlichen Augenaufschlag und drehte sich geschickt aus seiner Umarmung. Dann ging sie mit wippenden Schritten Richtung Badezimmer. Wolf stürzte ihr hinterher und riss Christin an der Schulter herum. »Christin!« , rief er, »Ich weiß nicht, ob ich noch warten kann, bis wir bei mir zu Hause sind. Du musst nicht ins Bad, mein Stern.« Wolf umarmte Christin erneut und küsste ihren Hals. Sie zitterte vor Angst. Wolf legte ihre körperliche Reaktion allerdings anders aus und seufzte: »Ich weiß, du willst es auch.« Blitzschnell öffnete er den Reißverschluss des roten Kleides und zog es nach unten. Nun stand Christin in der schwarzen Unterwäsche vor ihm und Wolf begann sofort, sich selbst auszuziehen.

Als Christin den gierigen Blick seiner dunkelgrünen Augen sah, wusste sie, dass es zu spät war. Sie rannte durch das Zimmer. Wolf glaubte am Anfang noch, sie wollte ihn jetzt völlig wild machen. Aber dann warf

Christin einen herumstehenden Hocker nach Wolf und flüchtete zum Badezimmer. Sie erinnerte sich, dass es dort einen Absperrriegel von innen gab. Der war zwar nicht besonders stabil, aber sie würde Zeit gewinnen. Geschafft! Sie schloss sich im Bad ein. ihr Herz klopfte wie verrückt.

Wolf war kurz zu Boden gegangen, da der Hocker ihn voll an der Schläfe erwischt hatte. Er taumelte beim Aufstehen. Dann brüllte er wie ein wild gewordenes Tier: »Das machst du nicht noch einmal mit mir! Hörst du, Christin? Einen Wolf demütigt niemand!«

Er schwankte immer noch etwas, als er wütend vor die Badezimmertür trat.

»Du machst jetzt sofort auf und ich vergesse deine böse Tat und nehme sie als, sagen wir, ein besonderes heißes Vorspiel. Noch kannst du es wieder gut machen, Christin. Überleg es dir gut. Die Tür mache ich in zwei Sekunden auf. Die trete ich im Schlaf ein.«

Christin weinte und zitterte. Was sollte sie bloß machen?

In diesem Moment fuhren mehrere Polizeiwagen mit quietschenden Reifen vor die Villa. Niklas Lux stürmte mit einer Gruppe Polizeibeamter ins Haus. Wolf hörte den Lärm durch das offene Fenster und schaute auf den Hof. Verdammt, dachte er, die Schlampe hat mich zulange hingehalten! Er rannte aus dem Zimmer. So ein Mist, er wollte eigentlich schon längst losgefahren sein. Denn man hatte ihn darüber benachrichtigt, dass der schnüffelnde Bademeister, um den er sich eigentlich noch kümmern wollte, nicht mehr im Schuppen gelegen hatte. Das konnte nichts Gutes bedeuten und Wolf wollte deshalb lieber die Villa verlassen. Schließlich wusste ein Klient von diesem Standort. Aber der würde nichts sagen, sonst würden wir ihn sofort hochgehen lassen, beruhigte sich Wolf. Notgedrungener Maßen hatte er sich und Christin von diesem Mann mit dem Boot zur Villa fahren lassen müssen. Es hätte mit Christin anders nicht so schnell geklappt. Die Gelegenheit bei dem gemeinsamen Badeausflug war einfach zu verlockend gewesen. Er war diesem Weibsbild tatsächlich verfallen und war einfach zu ungeduldig gewesen. Jetzt ärgerte Wolf sich und rannte, leise fluchend weiter durch die Villa. Er musste unbedingt den Notausgang erreichen. Über den kam er vom zweiten Stock in den Keller und konnte sich dort verstecken. Es gab einige geheime Räume mit verschiebbaren Wänden in diesem Haus, da es oft für Fernsehproduktionen genutzt wurde. Wolf rannte die Treppe hinunter bis zum Weinkeller und schob eine extra eingebaute Tür im Regal beiseite. Gleich hatte er es geschafft, frohlockte Wolf. Doch statt in Sicherheit zu sein, schaute er jetzt in die blitzenden Augen von Niklas Lux, der ihn bereits erwartete.

Der Maler hatte sich noch während der Fahrt zur Villa von der Fernsehproduktionsfirma die aktuellen Hauspläne mailen lassen und bereits vermutet, dass Wolf durch eines der Geheimzimmer versuchen würde, zu flüchten. Ehe sich Wolf versah, klickten die Handschellen. Niklas Luxus würdigte ihn anschließend keines Blickes mehr und Wolf wurde von zwei Polizeibeamten abgeführt. Der Maler rannte wieder nach oben. Die anderen Beamten waren inzwischen schon mit dem Spürhund durch die Villa gelaufen und hatten Christin gefunden und befreit. Tränenverschmiert und zitternd wartete sie im Foyer des Hauses auf Niklas Lux. Überglücklich nahm der seine Freundin jetzt ganz fest in den Arm und sagte immer wieder: »Was machst du nur für Sachen, mein Engel.« Christin schluchzte:

»Ich habe gewusst, dass du mich retten würdest.«

39. Kapitel

Der Galerist Holger Schlehendorf fuhr auf den Parkplatz vom Anwesen des Malers. Er war guter Dinge, ja, er war förmlich in Hochstimmung, denn Niklas Lux wollte ihm heute das große Ölgemälde mit dem Wolf übergeben. Er hatte es tatsächlich vollendet. Denn Wolf war inzwischen verhaftet worden und saß bereits im Gefängnis. Die anderen angefangenen Bilder zu den Morden im Wasser, hatte der Maler noch nicht fertiggestellt. Es waren ja, durch die Vielzahl der Betroffenen, erneut mehrere Gemälde geworden. Zu meinem Glück, dachte Holger, aber für Niklas war es leider wieder sehr viel Arbeit.

Sein viel zu hohes Arbeitspensum hatte den Maler letztendlich auch von Christin entfernt. Holger wollte gleich nachfragen, wie der Stand der Beziehung bei den beiden denn jetzt war.

Niklas Lux öffnete ihm fröhlich die Tür. Er sah sehr entspannt aus, fand Holger.

»Mensch Niklas, du siehst ja wieder menschlich aus!

Geht es dir gut?«

»Ja, Holger, mir geht es wirklich gut. Wolf ist hinter Gittern. Ich kann gar nicht glauben, dass es zum Schluss so einfach war, ihn zu fangen.

Aber es wurde auch höchste Zeit! Er saß in der gemieteten Villa am See schon auf gepackten Koffern und wollte gerade mit Christin verschwinden. Doch die wehrte sich und hatte sich im Bad vor ihm versteckt. Wir fanden sie völlig fertig, aber zum Glück gesund vor.«

»Ja, ja« , philosophierte Holger, »der verbrecherische Wolf ist halt wieder über ein Weib gestolpert. Genau wie das letzte Mal. Nur dass es jetzt deine Freundin war, Niklas. Das musste dem Wolf ja das Genick brechen. Es war doch klar, dass du dann über dich hinauswächst. Aber was ist nun mit dir und Christin? Wie stehen die Liebesaktien?«

»Vorerst auf Freundschaft und Abstand, Holger. Es ist zu viel passiert und es hat zwischen uns schon vorher nicht mehr richtig gestimmt. Wir wollen jetzt einfach sehen, wie es sich entwickelt und herausfinden, ob wir einander wirklich brauchen. Ob jeder von uns es tatsächlich noch will. Christin muss sich sowieso zuerst auf ihr Studium an der Kunsthochschule konzentrieren. Nach dem Chaos mit dem Projekt ist dort einiges durcheinandergekommen. Obwohl ich ihrem Professor alles erklärt habe, wird sie das verlorengegangene Vertrauen jetzt erst zurückgewinnen müssen. Aber sie schafft das. Auch ohne mich, da bin ich sicher.«

Holger drängelte sich an Niklas Lux vorbei in das Atelier: »Nun zeig mir schon dein Meisterwerk!«

Niklas Lux zog das Tuch von der mannshohen Leinwand herunter und Holger blieb fast der Atem weg: »Schön. Einfach nur schön, Niklas.«

»Es freut mich, dass du zufrieden bist.«

»Aber warum hast du um den imposanten, herrlichen Wolfskopf jetzt noch ein Rudel von Wölfen gemalt. Wobei mir der graue Nebel im Hintergrund super gefällt.«

»Holger, ich glaube es gibt noch mehr von solchen gefährlichen Menschen wie Wolf. Vielleicht kommt gerade in diesem Moment ein neuer Leitwolf zum Vorschein. Mein alter Widersacher arbeitete ja mit einer geheimen Organisation zusammen. Du weißt, wie das in der alten Sage war: Schlägst du dem Drachen einen Kopf ab, wächst ein neuer, vielleicht sogar noch stärkerer nach. Ich werde auch in Zukunft auf der Hut sein müssen.«

»Pass auf dich auf Niklas! Versprich es mir und mach mal Urlaub! Es ist so heiß, vielleicht entspannst du ein paar Tage am See.«

»Ich glaube, im Moment eher nicht, Holger. Vom Wasser habe ich jetzt wirklich genug. Komm, lass uns den Wolf zu deinem Auto bringen! Du kannst bestimmt verstehen, dass ich froh bin, ihn gleich nicht mehr im Haus zu haben.«

»Aber sicher!« , lachte Holger, »Aus den Augen, aus dem Sinn! Ich weiß.«

Ganz bestimmt nicht aus dem Sinn, dachte der Maler. Denn er ahnte, dass die Macht des Bösen auch durch die Gefängnismauern reichen würde. Aber für den Moment genoss er es einfach, den Wolf das erste Mal wirklich besiegt zu haben.

Ende

Liebe Leserinnen und Leser, ich hoffe, es hat Ihnen gefallen.

Schreiben Sie mir Ihre Meinung und Anregungen oder fragen Sie, was Sie sonst noch zu meinen Büchern wissen möchten, gern unter meiner Autoren-E-Mail:
A.Collin@online17.de

Ihre/Eure A. Collin

JAVY«

AUSBLICKE

Jeder Fall des Malers ist eine in sich abgeschlossene Geschichte und kann einzeln gelesen werden.
Doch die Figuren entwickeln sich auch außerhalb des zu lösenden Kriminalfalls, deshalb kann es das Lesevergnügen steigern, die anderen Fälle des Malers ebenfalls zu lesen. Bisher sind auch erschienen:

Dein Todeslicht

Wie soll man so ein Ende begreifen...
das fragen sich nicht nur die entsetzten Angehörigen der Opfer mysteriöser Brandunfälle. Zu allem Unglück sind bei dem letzten großen Inferno auch noch zwei Kinder verschwunden, die dort gespielt hatten. Warum gesteht eine betroffene Mutter sogar einen Mord? Wer bedroht die Familie und warum?

Kalter Mord

Zieh dich warm an, denn dein Ende wird kalt! Eben noch schlief der kleine Paul tief und fest. Doch plötzlich findet ihn sein Babysitter draußen im Garten und fast erfroren wieder. Wird Paul aus dem Kältekoma aufwachen? Immer mehr Menschen erfrieren ohne Grund. Ist ein unbekannter Virus die Ursache oder begeht jemand kalte Morde?

Böser Wald

Es geht immer um Leben und Tod...
wenn die Bäume im Herbst ihr Laub verlieren. Einheimische und Besucher in Deutschlands Wäldern sind einer mörderischen Gefahr ausgesetzt. Gut getarnte Todesgruben fordern erste Opfer.

Totpunkt

Entscheide jetzt, wann dein Leben enden soll! Doch was passiert, wenn diese Entscheidung die einzige ist, die wir noch treffen können. Vier Erwachsene und ein Kind verschwinden spurlos. Sie werden unabhängig voneinander einfach aus ihrem Alltag gerissen und von ihren Lieben schmerzlich vermisst.

Lesermeinungen zu den Kriminalromanen mit dem Maler und Detektiv Niklas Lux:

„Ich liebe diese Detektivreihe mit dem Maler und dass die Spannung immer bis zur letzten Seite anhält. Toll geschrieben...“

„Der Thriller war wieder sehr gut. Sehr spannend ich wusste lange Zeit nicht was da gespielt wurde.“

„Wenn es einfach wäre, dann wäre es kein neuer Fall für den Maler. Den Mann möchte man kennenlernen.“

„Ein super spannender Krimi, wie die anderen vom Maler auch. Ich habe schon darauf gewartet, die neue Geschichte des Maler wieder zu verschlingen. Die Autorin verwebt verschiedene Handlungsstränge zu einem tollen Werk! Absolut lesenswert!!“

„Ein Thriller zum Mitfiebern und Mitzittern. Ein gnadenlos durchgehender Spannungsbogen...“

„Eine von Anfang bis Ende spannende Geschichte mit einem sympathischen Ermittler. So wie dieser seine eigenen Methoden hat, um gleich mehrere Fälle zu lösen ist auch die Story nicht 08/15...“

„Der Roman war spannend, aber nicht blutrünstig. Der Ermittler ist sympathisch.“

„... Es ist so packend, wie sich die einzelnen Fälle wieder zu einem großen Fall verbinden, dass man es kaum schafft, das Buch aus der Hand zu legen.“

JAVY«

IMPRESSUM

Mord im Wasser
Der zweite Fall für den Maler
Kriminalroman

Asja Collin c/o Medienzentrum
Hamburg Rondenbarg 8 /22525 Hamburg
Coverillustration: ac-agentur
Bildquelle: pixabay.com
Lektorat, Satz, Umschlag: JAVY Verlag
www.javy-verlag.de
info@javy-verlag.de

Personen und Handlung sind frei erfunden.
Eventuelle Ähnlichkeiten mit real existierenden Personen
sind rein zufällig und nicht beabsichtigt.
Markennamen, Warenzeichen,
Namen von Personen und Dingen der Zeitgeschichte,
falls diese im Buch verwendet werden,
sind Eigentum ihrer rechtmäßigen Eigentümer.

Druck: Caho Druckereibetriebsges. mbH
www.caho.de

ISBN: 978-3-948820-02-2